환상과 토포필리아

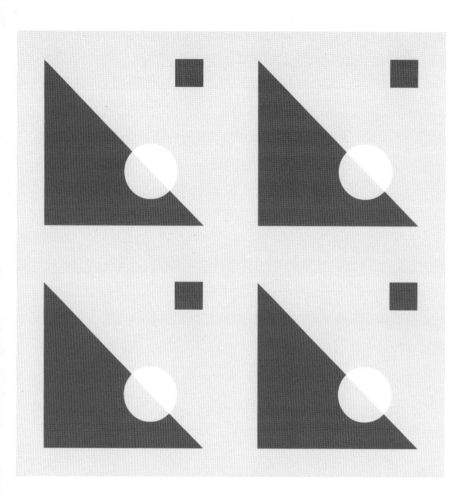

환상과 토포필리아

이재훈

역락

우리는 현실과 환상의 경계를 오고가며 살아간다. 신산한 현실에서 고통을 체감하고 환상을 통해 꿈을 꾼다. 인간은 꿈을 꾸는 능력으로 현실을 환기하고 견디는 힘을 얻는다. 문학의 언어는 현실과 환상의 경계를 더욱 극사실적으로 오고간다. 이때 주체는 특별한 존재로 매조지되며 자기만의 세계를 구축한다. 현실과 환상은 서로 대척점에서 있는 듯 보이지만 실상은 그렇지 않다. 현실의 축과 환상의 축은 언제나 상보적인 경우가 많다. 언어는 현실에서도 환상을 찾고 환상에서도 현실을 본다. 현실이 있기에 환상이 가능하며 환상이 있기에 현실의 힘을 믿는다.

시는 늘 현실의 언어로 쓰이지만 환상이 없다면 시는 꿈꾸지 못하는 메마른 언어에 지나지 않는다. 디지털의 발전과 인공지능의 출현 그리고 챗GPT까지 급속도로 발전되는 문명의 시대에 우리는 새로운 것을 따라가기 급급하다. 이런 상황에서 문학뿐 아니라 다양한 콘텐츠들은 현실과 환상의 경계를 자주 무화시킨다. 어쩌면 앞으로 현실과 환상의 경계는 더욱 무의미해질지도 모른다. 환상은 자주 현실 속에서 기술을 통해 완성되며 현실은 새로운 환상을 찾는다. 앞으로 시의 언어가 환상과 불가분의 관계일 수밖에 없는 이유이다.

현실과 환상을 가능케 하는 가장 중요한 토대는 장소이다. 토포필리아(topophilia)는 장소를 사랑하는 마음이다. 공간(space)과 다른 개념으로 사용되는 장소(place)는 시에서 아주 중요한 요소로 사용된다. 우리는 특정한 장소를 통해 기억을 떠올리고, 냄새가 맡아지며, 입안에 침이 돈다. 장소를 통해 사람과 사람, 사람과 사물이 연결된다. 시의 시간은 장소를 통해 사실적으로 형상화된다. 장소는 시적 주체를 둘러싼 모든 담화들을 연결하는 매개체이다. 토포스(topos)의 개념은 이런 모든 의미들을 대표하는 개념어이다. 논거의 장소에서 출발한 토포스가 시 속에 어떻게 투영되어 우리의 정서를 감화하며 변화시키는지 살펴보는 것은 중요한 연구이다.

그동안의 연구를 집적하여 책으로 묶는다. 제1부는 디지털 시대와 양식 (style)에 관한 연구이다. 시의 양식은 디지털 시대를 맞이하며 새로운 전환을 맞았다. 종이에 구현되는 문자를 넘어선 새로운 언어 양식이 다양하게 실험되고 구체적인 시적 텍스트로 제출되고 있다. 시의 언어는 매체의 변화에 따라 다양하게 변모되어 왔다. 그 변모양상을 일별하면서 새로운 양식의 출현과 미적 특성을 분석하였다. 시의 언어는 형태적인 변화뿐 아니라 다양한 매체와 연결되면서 서로 특수한 영향을 주고 받았다. 특히 디지털 시대의 언어는 어떻게 변화되었는지를 궁구했다. 몸의 상상력과 환(幻)체험은 새로운 미적 특성 중의 하나이다. 디지털 시대에 새롭게 대두된 현대시의 환상성은 어떤 양상으로 펼쳐졌는지도 연구하였다. 새로운 환상의 주체, 기괴성, 변신, 엔트로피, 해체된 몸 등의 특성을 띠고 있었다. 1부의 연구는 아주 짧은 시 양식사(史)에 해당한다.

제2부는 현재 문학과 상보적인 관계에 놓인 철학담론이 시에 어떻게 습합되어 구현되었는지를 살피는 연구를 모았다. 토포스, 파레시아, 멜랑콜리 등의 철학 담론을 통해 시를 새롭게 해석하는 단초로 삼는 연구이다. 파레시아는 현실을 바라보는 방법과 태도에 관한 철학이다. 현대시에 나타난 파레시아를 정치와 윤리의 관점에서 위험-말하기와 비판-말하기의 개념어로 나누어 분석하였다. 토포스에 대한 연구는 박용래와 허만하의 시를 통해 분석하였다. 박용래는 로컬 서사에 의한 토포스를 구현한 시인이다. 이를 통해 장소 이미지의 원형과 주체가 무엇인지를 해명할 수 있었다. 허만하는 적극적으로 토포스를 시적 방법론으로 선취한 시인이다. 시인의 시뿐 아니라 시론을 통해 전사의 토포스를 분석하고 산문시 형태와 어떤 연관관계에 놓이

는지를 살폈다. 멜랑콜리는 앞으로도 자주 분석되어야 하는 시적 담론이다. 현대시의 시적 주체들은 멜랑콜리의 특성이 자주 목도된다. 이형기의 시를 통해 상실의 멜랑콜리와 영웅적 멜랑콜리의 특성을 살펴보았다.

제3부의 연구는 융합방법과 초월의식을 다루었다. 시와 친연적인 관계에 놓인 회화를 어떠한 방법으로 융합하여 시화하였는지를 살폈다. 이승훈의 시집을 통해 샤갈의 작품을 시에 어떻게 수용하여 새로운 시적 스타일로 자리매김하였는지를 분석하였다. 회화를 시에 수용하면서 환상과 무의식의 세계를 더욱 사실적으로 드러낼 수 있었다. 초월의식은 구자운의 시를 통해 해명하였다. 구자운의 시에 드러난 각(刻)의 이미지와 바다 이미지를 통해 초월의식과 비극미의 일단을 이해할 수 있었다.

제4부는 글쓰기에 관한 논문이다. 필자가 재직하고 있는 건양대학교에서 수행한 교양교과목 '오레오 글쓰기'를 분석한 논문이다. 글쓰기는 실제 대학교 현장에서 다양한 방법론으로 교육하고 있으며 많은 연구 성과를 낳기도 했다. 오레오 글쓰기는 하버드대학교에서 150년 전부터 지금까지 수행해온 논증적 글쓰기의 방법 모델이다. 글쓰기를 어려워하는 학생들에게 쉽고 논리적인 글쓰기 방법과 도구를 교육하기 위한 하나의 방법적 시도이다. 실제 대학 교육에 적용한 결과 오레오 글쓰기 교과는 효과적인 교육 프로그램 방법론으로 체득할 수 있었다.

이번 연구서를 통해 앞으로 수행할 연구의 방향이 슬몃 엿보이는 듯하다. 다른 방법은 없다. 오늘도 내일도 시를 쓰고, 글을 쓸 것이다. 오늘도 내일도 시를 읽고 연구하며 글쓰기를 가르칠 것이다. 어쩌면 문학과 함께 하는 나의 운명이 행복을 위해서 저지른 무모한 열정은 아닐까 생각해본다.

2023년 가을
카프카 독서실에서

차례

제2부 철학 담론과 수사학

제3부 융합과 초월의 시학

제4부 보유: 글쓰기의 제담론

제1부

———

디지털 양식과 환상성

── 디지털 시대에 나타난 현대시의 환상성 연구

1. 서론 ─ 디지털 시대와 환상

이 글의 목적은 2000년대 이후 가속화되어온 디지털의 발달에 따른 문학
의 형질 변화를 '환상성'의 관점에서 살펴보려는 데 있다. 디지털이라는 용어
는 이미 보편적인 개념어로 자리잡고 있다. 특히 디지털은 2000년대 이후
연대기를 통과한 문학적 태도나 방법론을 다룰 때 주로 사용되는 용어이다.
디지털 기술이 한국 현대시와 어떠한 영향 관계에 놓여 있는지는 이미 여러
논문을 통해 드러난 바가 있다.[1] 디지털과 문학의 관계를 다룬 논문들은 대개
문학과 매체와의 관련을 다룬 연구나 디지털 기술을 이용한 창작자들의 세계
인식 변화에 그 초점을 맞추고 있다. 현대시와 매체와의 연관 관계를 다룬
논문은 문학 양식의 변화에 주목하고 있다. 특히 디지털 기술이 문자와 책이

---

[1] 대표적인 논문으로는 이성우의 「디지털 기술과 한국 현대시」(고려대학교 박사학위논문,
2005), 김양희의 「매체의 변화에 따른 시 변화 양상 연구」(한양대학교 박사학위논문,
2001), 이용욱의 「정보화 사회 문학 패러다임 연구: 사이버리즘의 이론적 모색」(한남대학
교 박사학위논문, 2000) 등을 들 수 있다.

라는 매체로 시도할 수 없는 새로운 방법론이라는 점에 큰 관심을 갖는다.[2] 디지털 기술로 인한 매체의 형질 변화는 새로운 '정보 혁명'으로까지 얘기되면서 문학의 기질적 변화 양상을 진단하고 있다.[3]

디지털 기술로 인한 매체의 변화와 문학장(場)의 변화 양상은 현재에도 계속 진행되고 있다. 아쉬운 점은 애초에 혁명으로까지 얘기되었던 변화의 양상이 미미하다는 점이다. 매체가 변화된다고 하더라도 그 매체의 텍스트인 시는 고유하게 남아 있기 때문이다. 시의 방법적 특질이 변화된 경우도 몇몇 확인할 수 있다. 2000년대 초에 등장한 새로운 방법론을 내세운 디지털 매체의 시 양식이다. '언어의 새벽: 하이퍼텍스트와 문학'(http://eos.mct.go.kr)과 '生時·生詩'(www.livepoems.net) 등이 대표적이다. 실험적 성격이 강한 위의 양식적 시도는 다른 방법적 실험과의 연결지점을 찾지 못하고 그대로 종료되는 결과를 낳았다.[4] 그럼에도 불구하고 위와 같은 형식적 실험은 많은 과제와

---

2   김채환은 이 부분에 대해 다음과 같은 변화 양상을 말했다. 1) 아날로그의 정보는 변형이 되면 원래 값을 복원할 수 없지만 디지털 정보는 전달 과정에 데이터에 문제가 있어도 복원이 가능하다는 점. 2) 디지털 정보는 문자, 그림, 소리 등의 소스에 상관하지 않고 같은 방식으로 기록되고 전달된다는 점 3) 디지털 정보는 컴퓨터 프로그램의 기능을 이용할 수 있어 복잡한 정보의 처리가 가능하다는 점 4) 디지털에 의해 대화 기능을 가진 양방향 프로그램이 가능해진다는 점.(김채환, 『디지털과 미디어』, 이진출판사, 2000, 86-87쪽 참조.)

3   최병우는 이를 다음처럼 정리했다. "인터넷은 컴퓨터와 통신의 획기적인 발전에 기반을 둔 것으로 하이퍼텍스트성, 다매체성, 양방향성, 실시간성 등을 그 중요한 매체 특성으로 하고 있다. 인터넷은 하이퍼링크에 의해 비선조적으로 정보를 연결하여 기존의 책이 가지고 있었던 선조적 글읽기의 한계를 넘어서고 자유롭게 필요한 정보를 확보할 수 있게 해준다. 또한 통신속도의 증가와 함께 발신자와 수신자가 실시간으로 음성, 문자, 동영상 등 다양한 형태의 정보를 실시간으로 주고받을 수 있게 되어 보다 확실히 매체에 의한 정보 혁명을 일으키고 있다."(최병우, 『다매체 시대의 한국문학 연구』, 푸른사상, 2003, 128쪽.)

4   임수영은 이 부분에 대해 의미있는 진단을 내렸다. "2000년 새로운 예술의 해를 맞아 문화관광부 문학분과위원회의 지원을 받아 진행된 '언어의 새벽'과 '生時·生詩'는 국내 최초의 하이퍼텍스트 시 쓰기 실험을 표방한 프로젝트의 성격으로 진행되었으며, 기성 문단의 시인들과 일반 독자들이 디지털화된 하나의 공간에서 미디어 매체를 활용한 새로운 창작과

가능성을 안겨 주었다. 디지털 매체로 대표되는 인터넷 공간은 일반 종이책과는 다른 매체적 성격을 가진다. 모니터라는 공간의 특수성은 서사보다 운문의 양식이 더욱 적합하다. 가독성과 감수성의 측면에서 운문은 인터넷 공간에서 큰 장점을 가진다. 또한 인터넷 가상공간은 다양한 매체를 활용할 수 있다. 텍스트 기반에서 다매체 기반으로 전이가 가능하다. 다매체 기반의 창작은 창작 주체가 한 사람에서 다수로 바뀐다. 창작자, 소스 제작자, 디자인, 영상시를 인터넷 공간 안으로 업로드하는 인터넷 서버 관리자 등이 함께 공동제작에 참여하게 된다. 새로운 매체를 통한 현대시의 변화 양상은 위처럼 다양하게 펼쳐지고 있다.

　매체와 양식에 따른 현대시의 변화와 함께 형식적 특성도 함께 주목해야 한다. 즉 양식의 변화가 시 형식에 어떠한 변화를 일으켰는가를 탐색하는 작업이다. 이와 관련해 노철은 '놀이의 언어' 혹은 '유목 언어'라는 개념어를 통해 새로운 형식을 탐색하고 있다.[5]

감상의 방식을 경험하게 하려는 목적을 갖고 진행되었다. 하지만 이들 사이트의 구축과 운영은 이벤트성 행사의 성격을 강하게 드러내었고, 대중적 홍보의 부족 때문인지 실제로는 일반 독자들의 참여가 저조해 능동적 독자의 참여라는 하이퍼텍스트의 성격이 부각되지 못했다."(임수영, 「디지털 시대에 직면한 한국 현대시의 변화상 연구」, 『인문논총』 72-2, 서울대학교 인문학연구원, 2015, 380쪽.)

[5] "디지털 문화는 문자문화처럼 정착되지 않고 순간 생산되고 재빠르게 사라지는 것이 가능하다. 지속적인 다듬기보다는 순간적인 제시가 관건이다. 이러한 속도는 반성적 시간보다는 놀이와 같은 성격이 강하다. 이러한 놀이 방식은 순간 여러 이미지가 접목되는 것으로 시의 형태가 일관된 구조인가를 반성적으로 검토할 필요가 없다. 하나의 표상은 다른 표상과 쉽게 결합하지만 그 결합에는 규칙이 없다. 규칙은 일정한 구조를 형성하려는 의도와 관련된 것으로 언어학적인 측면에서는 통사적 규칙을 따른다. 주어와 술어가 결합하여 의미를 형성하는 전통적인 언어 사용법이다. 그러나 새로운 시의 형태는 일정한 흐름의 구조를 형성할 필요가 없으므로 통사적 규칙에 구속되지 않는다. 여러 표상들과 함께 자유롭게 떠돈다. 그 표상은 놓인 자리에 따라 이미지를 형성하면 그만이다. 이러한 시의 언어를 '유목언어'라 부르고자 한다."(노철, 「디지털 시대의 현대시 형태와 인식에 관한 연구」, 『국제어문』 23, 국제어문학회, 2001, 4-5쪽.)

디지털 시대의 도래로 인한 양식과 형식적 연구의 과제에 이어 더 깊게 논구되어야 할 테마가 바로 주제적 탐구이다. 이러한 디지털 시대에 변화된 양상으로 '환상성'의 개념에 주목하고자 한다.

문학 개념으로서의 '환상'은 여러 차원에서 다양하게 논구되었다. 우선 환상에 대한 개념부터 정리하고 논의를 이어가고자 한다. 문학에서의 환상에 대한 개념은 일반적인 개념이 없이 다양한 층위를 통해 정의내리고 있다. "환상에 대한 개념은 환상을 정의하고자 시도한 사람의 숫자만큼이나 많다"[6]는 진단은 적확하다. 특히 문학에서 환상이라는 용어는 '환상문학'과 혼동되어 쓰이면서 "종종 현실세계와는 무관한 허구적 상상의 세계에 불과하거나, 현실성의 검증을 필요로 하지 않은 동화적 퇴행의 세계, 기괴하고 장난스러운 문학적 치기, 미학적으로 조율되지 못한 황당무계한 상상력의 출구인 것처럼 간주"[7]되어 왔다. 이 같은 어려움에도 불구하고 현대시에 나타난 환상성은 비교적 유사한 논의로 의견을 좁혀 왔다.

이창민은 현대시의 환상성에 대한 논의 중에서 가장 심도 깊은 연구를 진행해 왔다. 그는 토도로프와 로지 잭슨 등의 이론을 바탕으로 '환상시'의 개념을 새롭게 정리했다.[8] 이를 정리해 보면 다음과 같다.

① 묘사 및 기술의 대상과 방식을 아우르는 일정한 표현 방식이나 양식

---

6 원구식의 다음과 같은 인용을 통해서도 환상의 개념이 쉽지 않음을 확인할 수 있다. "환상 문학을 정의하고 주제를 분류한 이론가들은 많다. 프랑스에서는 카스테, 카이유와, 브리옹, 슈네데르, 자크망, 제노, 박스, 벨망-노엘이 커다란 공헌을 했다. 영어권에서는 펜졸트, 러브 크래프트, 오스드로프스키, 스카보로를 꼽을 수 있으며, 스페인어권에서는 보르헤스, 비오 이 카사레스, 코르타사르, 바레네체아, 벨레반을 들 수 있다. 그러나, 일반적으로 말해서, 엄밀한 경계도 없고, 정확한 개념도 없으며, 구체적인 사례에 적용할 수 있는 방법론도 없다."(원구식, 「왜, 환상인가?」, 『현대시』 2010년 1월호, 한국문연, 102-103쪽.)

7 최기숙, 『환상』, 연세대학교 출판부, 2007, 1쪽.

8 이창민, 「한국 현대시의 환상성 연구」, 『우리어문연구』 27, 우리어문학회, 2006, 149쪽.

개념으로 설정한다.

② 초자연적이고 비현실적 사건이나 현상의 기술이 주조를 이루는 작품을 대상으로 한다.

③ '환상' 개념의 외연을 경이와 괴기를 모두 포함하는 것으로 확대한다.

④ 환상이 비유적 의미를 지니지 않는 경우에 한정해 개념을 적용한다.

위와 같은 개념 설정을 기반으로 2000년대 이후 등장한 현대시의 환상성을 고찰해보고자 한다. 토도로프나 로지 잭슨은 환상성을 시 장르에 적용시키는 점에 대한 어려움을 토로하고 있다.[9] 이창민은 이를 한국 현대시에 맞게 새로운 개념을 규정해 놓고 있다. 또한 일반적인 의미에서의 '환상'이라는 개념을 함께 수용하고자 한다.[10]

현대시의 환상성을 다룬 논문은 시기별로 크게 두 가지로 나눌 수 있다. 2000년대 이전의 텍스트와 2000년대 이후 시작품을 텍스트로 한 연구로 나눌 수 있다. 이는 2000년대가 디지털 기술을 습득한 세대를 판가름하는 분기점이 되기 때문이다. 이 외에 환상을 다룬 평론이나 평문은 수십 편에 이른다는 점을 부기한다. 환상을 다룬 대표적인 논문들은 다음과 같다.

먼저 '환상'을 주제로 한 몇몇 텍스트를 주목할 필요가 있다. 김종삼,[11] 김구용,[12] 장만영,[13] 전봉건[14] 등의 텍스트는 환상성의 맥락에서 연구가 되었

---

9 "'환상적(fantastic)'이라는 단어의 어원은 본질적인 모호성을 지시하고 있다. 그것은 비실재적인 것이다. 죽은 것도 아니고 살아 있는 것도 아닌 유령처럼 환상적인 것은 존재와 무 사이에서 정지된 유령적 존재이다. 그것은 실재적인 것을 취하면서 그것을 파괴한다." (로지 잭슨, 『환상성』, 서강여성문학연구회 역, 문학동네, 2004, 32쪽.)

10 이러한 개념으로는 김중일을 들 수 있다. "현실에서 있을 수 없는 일을 있는 것처럼 상상하는 일이 환상이고, 현실에서는 존재하지 않는 것이 존재하는 것처럼 보이는 형상이 환상이다."(김중일, 「2000년대 시에 나타난 환상성」, 『한국문화기술』 1-1, 단국대학교 한국문화기술연구소, 2005, 147-148쪽.)

11 김양희, 「김구용 시의 환상성 연구」, 『한국언어문화』 52, 한국언어문화학회, 2013.

다. 이 연구들은 전후 시대의 피폐한 실존의식을 환상으로 극복하였다는 점에 주목하여 시가 내포한 환상의 다양한 맥락을 여러 층위에서 탐색하고 있다.

이창민[15]은 「한국 현대시의 환상성 연구」에서 '환상시'라는 개념을 통해 현대시의 환상성을 폭넓게 다루고 있다. 논의의 성격은 양식적 주제론이며 환상시가 갖추어야 할 기본적 조건을 규정하여 이를 토대로 사례분석을 통해 검증하고 있다. 이창민은 츠베탕 토도로프의 『환상문학 서설』, 로지 잭슨의 『환상성』, 캐스린 흄의 『환상과 미메시스』의 기존 저작의 맥락을 충분히 설명한 후 이를 현대시의 상황에 맞게 분석하고 있다.

박혜숙[16]의 「한국 현대시의 환상성」은 환상성을 주제로 삼고 있는 몇 안 되는 논문이다. 이 논문에서는 시 언어의 특성을 환상성의 언어로 규정한 후 시의 내재적 원리인 모호함이나 모순어법의 수사적 특징을 통해 환상성의 언어를 규명하려 했다. 또한 환상성을 '초현실주의'와 '초자연적 세계'의 두 가지 영역으로 나누어 환상성의 시들을 분석하고 있다.

김중일[17]은 2000년대 이후 시의 환상성을 논의하고 있다. 그는 2000년대 이후 한국의 현대시를 현실 재현의 시, 현실의 환상적 재현의 시, 환상의 현실적 재현의 시로 나누고 지금의 젊은 시인들은 '환상'이라는 현실에서 살고 있으면서 새로운 시적 지형도를 그려가고 있다고 진단한다. 이를 김민정의 시와 김근의 시를 통해 분석하고 있다.

---

12 이성민, 「김종삼 시의 환상성 연구」, 『한민족어문학』 54, 한민족어문학회, 2009.

13 박호영, 「장만영 시에 나타난 환상성 연구」, 『국어교육』 113, 한국어교육학회, 2004.

14 김양희, 「전봉건 시에 나타나는 환상성의 특징 연구」, 『한국언어문화』 43, 한국언어문화학회, 2010.

15 이창민, 「한국 현대시의 환상성 연구」, 『우리어문연구』 27, 우리어문학회, 2006.

16 박혜숙, 「한국 현대시의 환상성」, 『새국어교육』 76, 한국국어교육학회, 2007.

17 김중일, 앞의 책.

2. 환상 세대의 출현과 특성

환상성 연구 텍스트의 범위를 2000년대 이후로 잡고 있는 것은 특별한
이유가 있다. 2000년대 이후 문학에서 환상이 자주 제기되는 것은 자연스러
운 현상이다. 2000년대 이후 제기되는 환상은 문학뿐 아니라 전부면에서
일어난 사회현상이다.[18] 환상이 보편적인 사회현상으로 작동되는 시대를 경
험한 세대들은 환상을 온몸으로 직접 체감할 수 있다. 박혜숙은 환상문학의
중요성이 변화되어가는 점을 다음과 같이 분석하고 있다.

> 이러한 문화적 현상은 리얼리즘 문학의 쇠퇴를 알리는 것임과 동시에,
> 컴퓨터를 통해서 몰입할 수 있는 가상공간 등의 발전으로 인하여 누구나
> 환상적 세계를 즐길 수 있는 시대적 환경이 만들어졌다는 것을 의미한다.
> 그리고 한때는 인정받지 못하던 환상문학(fantastic literature)이 문학의 중
> 심으로 다가올 수 있는 환경 변화의 신호이기도 하다.[19]

현대시에 환상성을 대입하는 게 자연스러운 시대를 거치면서 새로운 세대
가 출현하여 새로운 화법을 보여주고 있다. 이들 세대는 흔히 '서태지 세대'
라 불린다. 1970년대 전후로 태어나 1990년대 초 서태지와 함께 학창시절을
보낸 세대이며 배낭여행 1세대이자 인터넷을 경험한 1세대이다. 이들 세대는
환상을 개념으로 인식하는 게 아니라 직접적인 몸으로 체감할 수 있는 세대

18　원구식, 앞의 책, 105쪽. "2000년대 중반 이후 한국시에 나타난 환상의 범람은 단순히 시적
　　인 차원을 떠나 하나의 사회현상이다. 문학에만 국한된 것이 아니라, 만화, 영화, 게임, 광
　　고, 애니메이션, 상품 표지, 인터넷의 판타지 소설 등에서 널리 발견된다. 오히려 환상은
　　가장 늦게 시에 상륙했다. 시기적으로 둔감하게 뒤늦게 나타났지만, 금단의 영역을 타파하
　　듯 여타의 다른 장르보다 더 격렬함을 보여준다."

19　박혜숙, 앞의 책, 514쪽.

이다. 또한 환상과 현실을 이원론적으로 구분하는 게 아니라 환상과 현실 사이를 오가는 멀티적 인식을 보여준다. 원구식은 다음과 같이 환상 세대를 정리하고 있다.[20]

① 이들은 환각을 경험한 세대이다. 환각은 필연적으로 환상을 발생시킨다.

② 이들은 디지털 기술을 경험한 세대이다. 기술의 발달이 양식의 변화에 끼치는 영향은 절대적인 것이다. 새로운 디지털 기술은 환상을 발생시킨다.

③ 이들은 모니터의 동화를 통해 세계를 경험한 세대이다. 동화는 환상의 세계이다. 애니메이션을 비롯 대중문화에 노출된 이들에겐 적지 않은 '동화파'의 시인들이 등장한다.

환상을 경험한 새로운 세대들은 늘 환상을 경험하며 살고 있다. 이 환상을 가능케 하는 것은 바로 디지털 기술이다. 디지털 기술은 끊임없이 환상을 재현해주며 환상 속에 들어갈 수 있는 자리를 마련해준다.

흄은 "환상 충동을 권태로부터의 탈출, 놀이, 환영(幻影), 결핍된 것에 대한 갈망, 독자의 언어 습관을 깨뜨리는 은유적 심상 등을 통해 주어진 것을 변화하고 리얼리티를 바꾸려는 욕구"라고 진단했다.[21] 지금의 현대시에 나타난 환상의 속성은 다채롭고 다양한 층위 속에서 새로운 주제의식을 가지고 있다.

2000년대 이후 새로운 세대들의 등장과 더불어 그 시적 특성으로 일컬어

20 원구식, 앞의 책, 106-107쪽.
21 캐스린 흄, 『환상과 미메시스』, 한창엽 역, 푸른나무, 2000, 55쪽.

지는 주제어 중의 하나가 바로 환상이다. 지금까지 미래파 시를 텍스트로 한 환상 논의들은 산발적으로 이루어져 왔다. 즉 "2000년대 중반 이후 미래파로 대변되는 한국시의 환상 범람 현상은 크게 보아 한국시를 미래파 이전의 시와 미래파 이후의 시로 갈라놓았다고 해도 지나친 말이 아니다. 한국시의 전위라 일컬어지는 이들은 '새로운 시'를 쓰는 시인들이 아니라 이전과는 '다른 시'를 쓰는 시인들이다. 모더니스트가 아니라 아방가르드인 것이다. 이들의 다양한 유형을 하나로 묶는 키워드는 '환상'이다"[22]는 진단은 적확하게 2000년대 중반 이후의 환상성을 정리해 놓은 말이다. 즉 환상이라는 용어를 새로운 세대들을 일컫는 개념어로 주로 사용하면서도 이들의 시를 어떤 특성에서 환상으로 규정하는지에 대해서는 크게 진전된 논의가 없었다.

2000년대 중반 이후의 새로운 시를 환상의 관점에서 본격적으로 살펴본 평자는 오형엽이다. 오형엽은 2000년대 전위시의 지형도를 환상성의 관점에서 분류하고 해석한 평자이다. 그는 "황병승, 김민정, 이민하 등의 '환상시'는 환상과 향유를 통해 실재와 충동의 대상을 포획하면서 대타자의 욕망에 대답하는 동시에 자기 욕망을 실현시킨다"고 환상성을 함유한 시인들을 진단했다.[23] 또한 2000년대 전위적인 시들을 환상이라는 관점에서 분류하여 유년적 환상, 신화적 환상, 언어적 환상, 사회적 환상으로 세분화하여 분석하였다.[24]

위에 제시한 환상세대의 특성을 기반으로 디지털 기술이 환상성을 가능케 하는 주요 요인이었음을 제시하였다. 이를 기반으로 2000년대 이후 등장한 시인들 중에서도 지속적으로 환상의 여러 양상을 보여준 정재학, 황병승,

---

22 원구식, 앞의 책, 102쪽.

23 오형엽, 「환상과 실재의 스펙트럼」, 『환상과 실재』, 문학과지성사, 2012, 171쪽.

24 유년적 환상으로는 박상수, 박판식, 유형진, 김안. 신화적 환상으로는 강정, 김경주, 이재훈, 박진성, 김근. 언어적 환상으로는 이준규, 최하연, 정재학, 송승환, 김참, 김언, 오은, 임현정. 사회적 환상으로는 장석원, 이승원, 김중일, 장이지, 김성규를 들어 환상성의 양상들을 폭넓게 점검하고 있다.(같은 책, 175쪽 참조.)

이민하 시인을 중심으로 논의를 진행하고자 한다. 정재학은 『어머니가 촛불로 밥을 지으신다』, 『광대소녀의 거꾸로 도는 지구』, 『모음들이 쏟아진다』의 시집을 통해 음악이라는 소리의 세계와 꿈이라는 환상의 세계를 넘나드는 시편들을 지속적으로 발표해 왔다. 황병승은 『여장남자 시코쿠』, 『트랙과 들판의 별』, 『육체쇼와 전집』을 내놓으며 미래파의 선두주자로 평가되는 시인이다. 그의 시는 장광설의 형식적 일탈과 B급 문화로 대표되는 마니아 소재들을 바탕으로 환상과 현실을 넘나드는 환상의 서사를 구축해온 시인이다. 이민하는 『환상수족』, 『음악처럼 스캔들처럼』, 『세상의 모든 비밀』을 출간하며 무의식과 예민한 몸의 감각을 통해 개별 주체가 느끼는 감각적인 환상성을 추구해왔다.

로지 잭슨은 토도로프의 환상성 이론의 성과를 높이 평가하면서 그가 가진 환상성 이론의 결함을 정신분석학적 이론에서 찾고 있다.[25] 이를 기괴한 것, 변신과 엔트로피, 해체된 몸들이라는 개념어를 통해 진단하고 있다. 즉 로지 잭슨은 정신분석학적 관점으로 환상성을 바라보고 있다. 잭슨은 토도로프의 환상 개념이 지닌 주요한 결함을 정신분석학적 이론의 부재로 꼽는다. 정재학, 황병승, 이민하의 주된 시세계는 환상이라는 주제어로 집약될 수 있는 시인이다. 또한 이들은 모두 정신분석학적인 환상성과 밀접한 연관을 가진 시인들이다. 정재학은 꿈의 서사로, 황병승은 무의식적 변신으로, 이민하는

---

25 "환상성에 대한 토도로프의 책이 지닌 중요한 결함들 중 하나는 정신분석학적 이론에 관여하기를 꺼린다는 점이다. 이와 관련해서 그의 책에는 환상문학이 지닌 보다 넓은 이데올로기적 함의들에 대한 주목이 상대적으로 부족하다. 이데올로기─거칠게 말해서 인간이 실재 세계를 경험하는 상상적 방법들이며, 세계에 대한 인간의 관계가 종교, 가족, 법, 도덕적 코드, 교육, 문화 등과 같은 다양한 의미 체계를 통해 유지되는 방법들─는 단순히 한 사람의 의식 세계에서 다른 사람의 의식세계로 전해지는 것이 아니다. 그것은 명백하게 무의식적으로 작용한다. 내가 보이게, 반복적으로 무의식적 제재를 다루는 문학을 취급할 때는 그런 제재가 이데올로기와 인간 주체 간의 관계를 재현하게 되는 방식을 소홀히 여기지 않는 것이 중요하다."(로지 잭슨, 앞의 책, 83쪽.)

무의식적 환의 감각을 통해 주체의 내면이 투사된다. 이들 시인들은 모두 무의식의 세계를 오가며 특별한 자신만의 발화를 만들어낸다. 하지만 환상성의 관점으로 시를 해석한 연구들은 아직까지 미미한 단계이다. 지금부터 로지 잭슨의 관점을 참고삼아 2000년대 이후 환상을 경험한 새로운 주체들이 어떠한 양상으로 환상을 구현해내는지 분석할 것이다.

3. 기괴성

기괴한 것은 불온하고 공허한 정서적 작용을 의미한다. 로지 잭슨은 "기괴한 문학에 나오는 섬뜩한 장면은 주체 내부에 감추어진 불안에 의해 생기며, 그 결과 주체는 그(녀)의 불안감에 입각해서 그 세계를 이해한다. 기괴함은 '오랫동안 잘 알고 있고 친숙했던 것에 대한 섬뜩한 느낌'을 의미한다"[26]고 말했다. 또한 기괴함의 층위는 친숙하지 않고 불편하고 낯설고 이질적인 것과 감추어지고 비밀에 부쳐지고 모호한 모든 것들이라고 말한다.[27]

기괴한 것은 불안의 정서 상태와 유사한 감정이다. 이런 기괴함은 낯선 공간에 대한 이미지나 낯선 대상에 대한 이미지를 섬뜩한 수사로 표현한다. 낯선 공간과 대상을 섬뜩한 분위기로 묘사함으로써 시적 긴장감을 불어넣으며 시를 현실세계가 아닌 또다른 시공간의 차원으로 치환시킨다. 기괴한 이미지와 대상을 통해 시는 낯선 시공간을 이리저리 오가며 환상의 자리를 마련하고 있다. 이러한 이미지는 디지털의 세계와 맞닿아 있다. 디지털의 세계는 기괴하고 낯선 이미지들이 가득한 세계이다. 하지만 디지털의 세계에

26　같은 책, 87-88쪽.
27　같은 책, 88쪽.

서는 기괴한 이미지들을 해석하지 않는다. 그 이유는 디지털의 환상을 막연한 환상으로 여기지 않고 극적인 유사 현실로 인식하기 때문이다. 디지털 속의 게임이나 판타지의 공간은 지금의 현실을 넘어서서 지금의 현실과 유사한 또다른 현실의 기능을 예고하고 있다. 그곳은 아무런 맥락없는 망상이나 공상이 아니라 새로운 질서가 자리매김한 또다른 대체 현실인 것이다.

로지 잭슨은 불편하고 낯설고 이질적인 것의 층위와 감추어지고 모호한 층위의 두 가지를 통해 기괴함의 본질을 파악하고 있다. 잭슨의 두 가지 층위의 기괴함은 아래의 시에서도 그 구조를 잘 파악할 수 있다.

시작은 어두웠지만
곧 환해졌다
분홍색 벽돌
회전문들

그리고 광대소녀,
창백한 사람

§

가면을 벗어도
얼굴은 없고 표정만 있다

표정도 가면이다
- 이제 슬픈 음악에도 춤출 수 있다

§

외줄 위의 소녀,
검은 머리
동그란 얼굴,
윤곽은 흐릿해진
외발자전거
종이우산이 돈다

들키지 않는다
기울어진 사람들 사이에서
광대소녀가 돌리는
거꾸로 도는 지구
혹은 가면우울증

§

회전문 밖에는
비가 내리고 있었다

거리의 모든 것들이
휙휙 지나갔다
무엇 하나 오래 바라볼 수가 없었다

§

광대소녀
돌아가는 회전문을 멈춘다
그래도 거꾸로 도는 지구
나의 오랜 꿈,
반복되는

타고 있는 서랍속의 편지

그녀는 나의 오랜 기억,
나의 가장 약한 곳을 파고드는

그녀는 속눈썹을 뽑아 나에게 던졌다
예광탄처럼 터진다

우리는 세상에서 가장 높은 나무에 있었다

입 맞추려고 하자
그녀의 입은 동굴처럼 커지고
나는 단지
이빨 하나에 키스 할 수 있었다

…(중략)…

§

거실에는
죽은 사람을 태운 침대들,
살아있는 지네처럼 이리저리 움직이고 있었다

문마다 약간의 溫氣가 흘러 나왔지만
의사들은 보이지 않았다

배가 고팠지만 먹고 싶은 것이 없었다

§

집으로 바다가 들이닥친다
난파선은 열매들을 떨군다

내 발자국 나를 쫓아
무섭게 메아리쳤다

그녀는 입을 다물고
나는 무덤 속에 갇힌다
　　　　　　　　　　─정재학, 「광대소녀의 거꾸로 도는 지구」 부분

　정재학의 「광대소녀의 거꾸로 도는 지구」는 기괴한 이미지의 병렬식 구조
를 통해 환상적 현실을 재현해 낸 시이다. 정재학은 이러한 이미지를 연출해
내기 위해 시행을 분절시키고 불규칙적으로 이동시킨다. 불규칙한 시행의
출발과 정지는 시를 읽어내는 독자들을 교란시키고 이성적인 의미맥락보다

환상적 이미지를 따라가게 만들고 있다. 또한 단편적인 이미지들을 병렬적으로 나열시킴으로서 새롭고 낯설고 기괴한 장면과 공간을 연출해낸다.

시의 화자는 시의 도입부터 새로운 공간을 상정한다. "시작은 어두웠지만/ 곧 환해졌다"는 것은 새로운 세계나 공간으로 진입했음을 의미한다. 새로운 공간으로 입성한 자아는 가장 먼저 낯선 사물과 만난다. "분홍색 벽돌"과 "회전문"은 이에 해당한다. 분홍색 벽돌은 일상에서 쓰이지 않는 이질적인 사물이다. 회전문은 불편하고 불안한 공간을 상징하는 것으로 파악할 수 있다. 시적 자아가 불규칙한 시행을 반복해서 들어가고 나오는 것은 마치 회전문을 통과해나가는 이미지와 중첩될 수 있다. 시에 등장하는 "광대소녀"는 시를 이끌어가는 매개체인 동시에 이질적 대상을 바라보는 주체로서의 역할을 동시에 수행한다. 광대소녀는 낯설고 이질적이고 불편한 존재이다. 소녀는 "얼굴은 없고 표정만 있는" 형상으로 나타나기도 한다. 특히 화자는 "표정도 가면이"라고 말한다. 가면은 감추어진 것, 모호한 것들을 상징하는 대표적 소재이다. 가면을 통해 감추어진 것, 모호한 것들의 측면을 파악할 수 있다.

광대소녀는 "외줄 위의 소녀"이며 외줄 위의 불안함과 불편함을 즐기는 대상이다. 하지만 광대소녀의 표정은 가면으로 감추어져 있다. 이 광대소녀가 시에서 극적 긴장감을 불러일으키는 장면은 "광대소녀가 돌리는/ 거꾸로 도는 지구"에서 더욱 고조된다. 지구를 돌린다는 이미지는 환상적 이미지이다. 이 이미지를 돌출해내기 위해 시는 계속 낯설고 불편하고 모호한 대상과 이미지들을 설정해 놓은 것이다.

정재학의 환상적 이미지들은 속도를 타기 시작한다. "거리의 모든 것들이/ 휙휙 지나"가는 장면을 연출한다. 또한 환상적이고 기괴한 이미지들은 시적 화자의 분명한 전략이었음을 시를 통해 증언한다. "그래도 거꾸로 도는 지구/ 나의 오랜 꿈,/ 반복되는"은 환상이 이상적 전략임을 드러내주는 구절이다.

시의 화자는 환상적 이미지를 발명하고 이를 바라보는 것으로 끝나는 것이 아니라 환상의 행위에까지 동참한다. 시의 화자는 그녀와 기괴한 행위를 주고받는다. 그녀는 "속눈썹을 뽑아 나에게 던"지고 나는 그녀에게 "입 맞추려고 하자/ 그녀의 입은 동굴처럼 커"진다.

정재학은 로지 잭슨이 말한 두 가지 층위를 가장 낯선 방식의 이미지로 구현하고 있다. 불편하고 낯설고 이질적인 것의 층위와 감추어지고 모호한 층위가 한데 어우러져 환상적 서사를 만들어내고 있다. 이를 순차적으로 정리해보면 다음과 같다.

불편하고 낯선 공간으로의 진입 → 이질적 대상과의 만남 → 기괴한 이미지들의 출몰 → 환상의 이미지와 환상적 현실이 드러남 → 환상적 현실 속에서 환상적 행위를 함

정재학 시의 환상적 이미지는 많은 요소들을 결합한 기괴함 속에서 그 특성이 파악된다. 시는 전체적으로 환상의 주제를 가장 극적으로 드러내는 방식을 취한다.

4. 변신과 엔트로피

변신은 오래된 문학적 코드이다. 아직 미성숙한 유아기의 어린아이가 다른 주체나 대상으로 전이되는 것이 변신이다. 이성의 주체가 새로운 주체의 껍질을 입고 새로운 주체로 환생하는 것 또한 변신이다. 로지 잭슨은 이를 가리켜 "주체와 대상 간의 차이를 인지하지 못하는 마술적이고 애니미즘적인 사고방식의 단계와 일치"[28]한다고 분석한다. 변신의 코드와 맞물려 얘기

되는 것은 '엔트로피'이다. 로지 잭슨은 인간의 기본적인 충동인 죽음 충동이 존재하기를 그만두고자 하는 욕망이 아니라고 한다. 그것은 쾌락원칙의 가장 극단적인 형식, 즉 모든 긴장이 소멸되는 열반에 대한 갈망으로 이해해야 한다고 말한다. 이러한 상태가 바로 엔트로피 상태라는 것이다. 그러므로 환상은 엔트로피 상태를 지향하려는 무수히 많은 모험적 혹은 일탈적 행위나 이미지이다.

> 당신은 없구나
> 당신은 죽었지
> 봄에 죽었다
> 언 땅이 녹는다는 계절
>
> 진주를 주면
> 진주가 되고
> 링을 원하면
> 링이 되는 계절
>
> 달빛 아래
> 홀로 살아남은
> 칙쇼가 운다
>
> 주인 없는 개,
> '로맨스'란 똥처럼 달고 냄새를 풍기는 어떤 것

28　　로지 잭슨, 앞의 책, 97쪽.

어디서든 짖고
칙쇼는 먹어버린다

흡ー 냄새를 흡입하며
칙쇼는 보여준다
수백 가지 표정을

그러나 당신은,
눈을 뜰 수도
감을 수도 없는
저편의 달
달무리
달의 먼지, 점이 되었다
공중의
호흡의
처량함의
입을 뗄 수도
다물 수도 없는
침울한 짐승아

너구리의 망령들아
화성의 불똥들아
우물 속의 방귀야

창자 목도리를 하고

회오리 속에서

우리는 약혼을 했었지

변변치 않은 망령들의 둔갑과

변변치 않은 화성의 불똥과

우리는 변변치 않은 냄새를 조금 맡았고

아무도 먹을 수가 없고 누구도

삼킬 수가 없는 것이 되었다

칙쇼가 말하길,

연애를 그만둔 것은

함께 잠을 잤던 모든 여자들이

상처를 입거나 혹은 병신이 되지도

결코 죽어 나자빠지지도 않는다는

절망적인 사실을 깨닫고!

ㅡ황병승, 「칙쇼의 봄」 부분

    황병승의 「칙쇼의 봄」은 변신과 엔트로피의 과정을 통해 새로운 환상성을 드러내는 시이다. 시의 화자는 처음부터 "당신은 없구나/ 당신은 죽었지"라고 대상의 죽음을 얘기한다. 이미 대상의 죽음을 상정해 놓은 것은 대상의 죽음을 통해 새로운 주체의 탄생을 예견하려는 의도 때문이다. 새로운 주체를 탄생시키면 변신의 모티브가 가능해지고 변신을 통해 시인이 얘기하고 싶은 엔트로피의 열망을 실현할 수 있기 때문이다. 이러한 과정은 모두 환상성에 기대어 일어난다.

    시의 화자는 "진주를 주면/ 진주가" 된다는 사실을 예견하고 있다. 이런 변신이 가능하기 때문에 새롭고 낯선 개체인 "칙쇼"가 등장할 수 있는 것이다. 칙쇼는 시인의 죽음 충동과 죽음을 넘어선 소멸의 지점에까지 가닿고자 하는 열반의 갈망을 드러내는 분신과도 같다. 칙쇼를 통해 변신은 쉽게 가능해지며, 이런 이미지의 발생으로 환상의 현실이 구체화된다. 칙쇼는 "어디서든 짖고/ 칙쇼는 먹어버리"기 때문이다.

가장 먼저 만나는 환상은 "눈을 뜰 수도/ 감을 수도 없는/ 저편의 달"이다. 저편의 달을 바라보는 환상은 "달의 먼지, 점이 되"기도 하며 "침울한 짐승"이 되기도 한다. 변신은 자연의 대상을 넘어서서 낯설고 이질적인 대상으로까지 확장된다. "너구리 망령"과 "화성의 불똥"과 "우물 속의 방귀"는 이런 변신의 환상적 결과물이다.

칙쇼는 "하나의 패턴이 되었다"고 말한다. 패턴이란 무엇인가. 이 패턴은 극단적인 긴장이 소멸되면 또다른 긴장의 국면을 찾아 이동하는 욕망의 사슬과 같다. 그리고 "텅 빈 밤의 달"이나 "달의 먼지"가 되었다고 말한다. 칙쇼는 시인의 분신이자 시를 읽는 모든 독자의 분신이기도 하다. 칙쇼를 통해 욕망이 소멸되어 아무 것도 남지 않는 엔트로피를 간접적으로 경험할 수 있다. 황병승이 제시한 변신의 모티브와 그 과정은 환상성을 더욱 구체적으로 실감나게 하는 역할을 하고 있다.

5. 해체된 몸

몸이 시적 주체를 대변하는 개념어로 자리잡게 된 배경에는 산업자본의 발달에 따라 그곳에 복속하는 주체를 새로운 방식으로 드러내려는 방법론 때문이다. 원시적인 육체에 우리의 불완전한 정신을 삼투함으로써 물질문명 속에서 비루해지는 정신을 합리화시킨다. 몸으로 대표되는 육체의 상상력은 공황에 빠진 주체의 괴로움을 어느 지점으로부터 출발시켜야 하는지 짐작할 수 있다. 특히 환상 속에서 몸은 다양한 방법으로 그 특유의 상상력을 발현시킨다.

현대 문명을 겪고 있는 자아는 집단과 개인의 갈등이 개인 속에 침윤되면서 개인의 내적 싸움으로 번지게 되었다. 그것은 새로운 자아의 탄생을 예고하였고 이미 우리는 새로운 자아의 불편한 자가생식 속에서 살고 있다. 새로운 자아 찾기에 골몰한 시인들의 몸속에서 새로운 몸의 발견이라는 점은 크게 상기할 만하다.

이민하는 몸을 통해 시적 자아의 내밀한 고통을 가장 미학적으로 구현하는 시편을 선보이고 있다. 「환상수족」은 몸을 통해 환상의 상상력을 가장 극적으로 보여주고 있는 시이다.

마네킹이 모퉁이를 돌아간다. 텅 빈 소매가 나풀거린다. 타닥타닥 보도블록에 무릎뼈가 닿을 때마다 두 귀가 바닥으로 흘러내렸다. 지나가던 사람들이 분홍색 살점을 떼어 마네킹의 무릎뼈에 붙여 준다. 마네킹은 목을 꺾지도 않고 또 다른 모퉁이를 돌아간다. 공원을 가로지를 때 나무 그늘에 쪼그리고 있던 앉은뱅이 소년이 튀어나왔다. 소년을 따라 물고기를 닮은 계집아이가 돌멩이를 던지며 튀어나온다. 다시 보니 계집아이는 가슴살을 뜯어 소년에게 던지고 있다. 마네킹은 또 다른 모퉁이를 돌아간다. 앞에서 마주 오던 검은 구름이 말을 걸었다. 마네킹은 쓸모없는 구두와 장갑을 팔러 정육점에 간다고 대답했다. 네겐 구두와 장갑이 보이지 않는걸. 구름이 가던 길을 되돌려 뒤따라 왔다. 마네킹은 아무런 대꾸 없이 또 다른 모퉁이를 돌아간다. 길가 벤치에서 잠을 자던 노파가 마네킹을 보고 아는 체를 한다. 노파의 아가미에서 비린내가 났다. 군데군데 살점이 뜯긴 축축한 몸을 소나기가 파먹고 있다. 넝쿨 같은 비가 마네킹을 덮쳤다. 마네킹은 얼굴에 들러붙는 나뭇잎을 뜯어내려고 손을 뻗친다. 이마에서 두 팔이 뻗어 나와 공중에 흩어진다. 마네킹은 연기처럼 찢어지는 두 팔을 보며 서른 번째 모퉁이를 돌아간다. 뼈끝에서 살이 찌는 구두와 장갑이 무거워 횡단보도 앞에 잠시 멈춘다. 문이 닫히기 전에 정육점에 가야 한다. 차도에는 질주하는 바퀴들이 핏물을 튀기고 있다. 마네킹은 목을 꺾어 뒤를 돌아본다. 사람의 앞면을 지닌 마네킹들이 걸음을 재촉한다. 타닥타닥 뼈 부딪는 소리가 바닥을 질질 끌고 모퉁이를 돌아간다.

─이민하, 「환상수족」 전문

위의 시에서 몸은 '인공의 몸'으로 형상화되고 있다. 몸은 이미 훼손된 신체로 대상화되어 있다. 환지통(幻肢痛)으로도 불리는 '환상수족'은 손과 발이 절단된 후에도 그 없어진 부위가 존재하는 것처럼 느끼는 상태로, 심리적 요인이 결부된 절단된 육체의 병리적 증상을 뜻하는 말이다. 시에서는 시적 자아의 퍼소나를 "마네킹"으로 상정하고 있다. 건강하고 살아 숨 쉬는 몸이 아니라 해체된 몸의 전형을 보여준다. 이러한 인공의 몸은 환상의 이미지를 만들어가는 큰 역할을 하고 있다. 마네킹은 피와 살이 있는 일반적인 몸과 다르다. 만들어진 몸이며 그 몸은 "두 귀가 바닥으로 흘러내"리는 몸이며 "분홍색 살점을 떼어 마네킹의 무릎뼈에 붙여 주"는 불구의 몸이다. 이 불구의 몸은 계속해서 이동한다. 시에서는 모퉁이를 돌아가는 움직임으로 보여준다. 해체된 몸은 다른 대상과 만나게 된다. 첫 번째로 만난 대상은 "앉은뱅이 소년"이며 그 다음 만난 대상은 "물고기를 닮은 계집아이"이다. 해체된 몸이 만나는 대상 또한 해체된 몸을 가진 불구의 몸이다. 계집아이는 "가슴살을 뜯어 소년에게 던지"는 행위를 한다. 이러한 장면은 해체된 몸의 전형을 보여주고 있다.

해체된 몸은 시 전체를 환상의 세계로 인도하고 있다. 일반적인 육체가 할 수 없는 기괴한 이미지와 이상한 행위들은 모두 환상성을 드러내는 데

큰 역할을 하고 있다. "검은 구름이 말을 걸"고 "노파의 아가미"에서는 비린
내가 난다고 한다. 인간의 몸이 아니라 물고기의 몸을 가진 개체들이 시의
인물로 등장한다. 마네킹에게 "쓸모없는 구두와 장갑"은 또다른 환상적 세계
로 이동하기 위한 하나의 핑계일 뿐이다. 또한 해체된 몸에게 구두와 장갑은
불필요한 물건이다. 마네킹은 모퉁이를 계속해서 돌아간다. 끊임없이 반복되
는 모퉁이를 통해 환상을 체험한 자아가 계속 반복되어 현실과 환상의 경계
를 오고간다는 것을 알 수 있다. 마네킹은 시인이 말하는 환상수족의 분신이
다. 환상수족이기에 피와 살이 없는 인공의 육체로 대상화한 것이다. 해체된
몸을 통해 환상적 세계로 이동할 수 있었기 때문에 "마네킹은 얼굴에 들러붙
는 나뭇잎을 뜯어내려고 손을 뻗친다. 이마에서 두 팔이 뻗어나와 공중에
흩어진다. 마네킹은 연기처럼 찢어지는 두 팔을 보며 서른 번째 모퉁이를
돌아간다"와 같은 환상적 이미지가 설득력이 있는 것이다.

토릴 모이의 지식애(epistemophilia)는 육체를 성적인 측면에서뿐만 아니라
보다 넓은 개념인 성적 존재로서의 자아 개념을 뜻한다. 훼손된 몸을 형상화
하는 시들은 이 지식애의 틀 안에서 논의될 수 있다. 시인들은 대부분 자신의
몸에 어떤 의미를 덧씌우려 한다. 더군다나 전략적으로 몸을 자아의 퍼소나
로 상정하는 것이 하나의 방법론으로 유용되고 있다.

> 지식애적 탐구의 가장 중요한 형태인 시각적 탐구는 상상적이고 불가능
> 한 것을 탐구의 대상으로 삼는 까닭에 절대로 탐구의 실재 대상을 파악하지
> 못한다. 거세 콤플렉스의 법칙에 지배되는 욕망은 본질적으로 존재하지
> 않는 여성의 남근을 그 대상으로 삼는다. 그러므로 이 욕망의 대상은 본질
> 적으로 상상적일 수밖에 없으며 따라서 그것은 결코 완전히 파악될 수 없
> 다.[29]

대부분 육체를 보여주는 방식은 정신을 배제한 날것의 육체를 그대로 보여주는 태도가 아니라 정신적인 것을 육체에 덧입혀서 행동하게 하는 것이다. 그렇기 때문에 육체 안에 윤리적 자아나 자아의 가치관이 개입되어 나타나게 된다. 지식애적 탐구에서 시각적 형태의 중요성과 또다른 감각적 이미지가 큰 역할을 하고 있다. 이민하의 시는 이런 부분에서 몸을 통해 환상의 상상력을 가장 잘 드러내고 있다.

6. 결론

디지털 시대는 환상을 가능하게 한다. 2000년대 이후 '미래파'의 담론이 한국시의 새로운 변화로 평가되고 있다. 이들의 세계는 대부분 환상성을 담보로 하고 있다. 환상이라는 개념은 쉽게 정의내리기 어려울 정도로 다양한 양상으로 문학에 접해 있다. 시에서의 환상성은 몇몇 시인들의 특정한 시세계에서만 연구되어 왔다. 하지만 2000년대 이후 시에서의 환상성은 보편적인 창작 방법론이 되었다. 환상성이 시에서 중요한 세계관이 된 가장 큰 이유는 디지털 기술의 발달을 들 수 있다. 디지털 기술의 발달로 인해 지금의 현대인들은 영화, 동영상, 플래시, 게임, 판타지 소설, 애니메이션, 광고 등 다양한 멀티미디어적 콘텐츠를 끊임없이 수용하고 이를 인식하고 있다. 이러한 멀티미디어적 콘텐츠들은 모두 환상성을 함유하고 있다. 즉 현대인의 일상은 매일 환상적 이미지를 보고 듣고 느끼며 사는 시대이다. 환상은 특수한 문화적 발현이 아니라 보편적인 사회현상이 되었다. 특히 젊은 세대일수록 환상을 몸으로 체득하는 게 너무도 쉬워졌다.

---

29   피터 브룩스, 『육체와 예술』, 이봉지 역, 문학과지성사, 2000, 204쪽.

지금까지 환상성의 양상을 세 가지 주제어를 통해 살펴보았다. 기괴성, 변신과 엔트로피, 해체된 몸이 그것이다. 환상성을 이루는 이 개념어들은 모두 디지털 기술로 인해 보편적인 상상력이 되었다. 정재학은 기괴성의 측면에서 환상성을 논구할 수 있었고 황병승은 변신과 엔트로피의 관점에서 환상의 세계를 살펴볼 수 있었다. 이민하는 해체된 몸의 관점에서 환상적 세계를 펼쳐 보였다. 환상적 세계를 펼쳐보인 시인들은 대개 70년대 전후로 출생하여 인터넷을 처음 몸으로 체득한 세대이다. 이들은 시단에서 가장 먼저 환상의 세계를 탐구한 시인들이다. 환상세대라 칭할 수 있는 환상시의 양상은 "젊은 시의 환상은 이 자동화의 부정과 저항에 우선 초점을 맞추는 일로 시적 윤리를 개진할 수밖에 없다. 이 작업에서 제일의 원칙은 환상이란 '실제적인 것을 취하면서도 그것을 파괴한다'(잭슨)는 것, 바꿔 말해 환상은 '현실을 초월하면서도 여전히 현실에 속해 있는 이중화된 영토이며, 현실과 환상 자체에서 동시에 추동력을 받는 다중결정의 장(場)'(권혁웅)이란 사실을 늘 기억하는 일"[30]이라는 점을 직시해야 한다.

　　한국시의 환상성에 대한 논의는 이제 출발점에 서 있다고 해도 과언이 아니다. 디지털 시대 이후의 한국시를 재단할만한 주제어로 가장 큰 부분을 차지하는 개념이 바로 환상성이기 때문이다. 출발선상에 있는 환상에 대한 논의가 더욱 깊게 논구되어지길 기대한다.

30　　최현식, 「환상(성), 사전 혹은 실재를 구성하다」, 『현대시』, 2010년 1월호, 한국문연, 113쪽.

제2장

디지털 양식과 현대시의 변모 양상 연구

1. 서론

이 연구의 목적은 한국 현대시의 새로운 매체 양식(Style)[1]이 현대시에 어떤 영향을 끼쳤는지를 연구하는 데 있다. 특히 여러 매체들 가운데에서 새로운 매체로 변화하고 있는 디지털 매체에 주목하고자 한다. 즉 디지털의 변화와 발달로 가속화되어지는 새로운 상상력의 여러 층위들이 현대시에 어떤 양상으로 영향을 주고받는지 상술하는 데 구체적인 목적이 있다. 현대시에 있어 양식은 "특정한 고형체가 아니라 '공통적인 형성상태', 곧 과정과 결합된 사유의 형식과 밀접한 관련"[2]이 있다고 알려져 있다. 디지털 매체는 종이로

---

1 "한국 근대문학사 연구에서 양식 개념은 다양한 함의를 지닌 채 사용되어 왔다. 그것은 mode, style, genre, pattern, method, fashion 등등의 의미를 지닌다. 그 동안 양식은 연구자와 연구방법론에 따라, 혹은 연구 대상에 따라 명확한 용어법을 지니지 못한 채 혼란스럽게 사용돼왔다. 우리의 경우에도 思潮, 장르, 문체, 하위 장르(특정 유형), 서술법 등등의 의미로 혼용"(상허학회 편저, 『한국 근대문학 양식의 형성과 전개』, 깊은샘, 2003 참조)되어 왔다. 본 논고에서는 양식을 'style'의 차원에서 논구하려고 한다. 'style'은 시 안에 함유된 정신적 태도뿐 아니라 형태까지도 포괄할 수 있는 개념이기 때문이다.

대표되는 인쇄 매체와 달리 다른 상상력과 사유의 틀을 만들어내고 있다. 이러한 디지털 기술에 기반하는 상상력이 현대시에 어떤 양상으로 전개되고 있는지 구체적인 작품을 통해 숙고할 것이다.

지금까지 현대시의 학술적 연구사 속에서 매체와 양식에 대한 본격적인 연구는 부족한 실정이다. 문학의 양식에 대한 연구는 문학의 새로운 담론과 텍스트의 형질변화를 가늠할 수 있는 중요한 연구 갈래 중 하나이다. 그럼에도 불구하고 현대시의 양식에 대한 연구는 아직까지 그 성과의 수준에서 미비한 단계이다. 이런 이유로 현대시의 양식 전반을 탐색하는 것은 문학 연구에서 중요한 과제라고 판단된다.

양식은 시대와 무관한 형식이 아니며, 그 시대의식을 시로 구현한 공통의 방법적 특질이며 총체적인 발현 양상이다. 하르트만은 양식이 가진 형성의 원리를 강조하면서 "가능한 개별적 형식의 형성방법이나 또는 공통적인 형성 상태에 있다고 보며, 그러한 관점에서 양식은 일종의 형성유형"[3]이 바로 양식이라고 말한다. 그러므로 양식을 논구하는 방법은 그 시대 세계인식의 양상과 토대를 같이 한다. 또한 양식은 문학의 고유한 방법적 창작 원리이면서 시대의 담론과 매체적 특성에 의해 끊임없이 영향받고 변화한다.

이러한 양식의 개념 속에서 문학의 양식은 시대정신과 연관되는 형식과 세계인식을 매체와의 개념과 결부시켜 논구해 볼 수 있다. 문학은 끊임없이 새로운 매체에 대한 욕망에 시달려왔으며 이러한 욕망의 결과물로 다양한 형식의 문예사조와 장르론을 배태시켜 왔다. 그러나 인간은 오랫동안 '종이'를 통한 '문자'라는 매체에 구속되어 왔다. 문자를 통해 구가하던 문학은 이제 새로운 매체에 의해 변화되는 시점에 와 있다. 이것은 문자라는 아우라

---

2   김신정, 「한국 근대 자유시의 형성과 의미」, 『한국 근대문학 양식의 형성과 전개』, 깊은샘, 2003, 233쪽.

3   하르트만(N. Hartmann), 『미학』, 전원배 역, 을유문화사, 1983, 273쪽.

(Aura)가 가지고 있는 문학의 원전에 대한 고유성에서 벗어나 새로운 문학 양식에 대한 제기가 분명 있어야 한다는 사실을 반증한다.

현대시는 가상공간의 가능성에 대한 연구 성과가 기술의 발전을 따라가지 못하고 있는 실정이다. 새로운 문학 형식의 출현, 혹은 그 형식과 함께 새로운 세계관의 출현이라는 변화 앞에 연구자들은 여러 가지 관점으로 새로운 변화에 주목하고 있다. 디지털 시대는 무수한 원본이 복제되는 시대이며 이미지가 세상을 지배하는 시대이다. 근대 이후 한국 현대시가 가장 크게 변화를 겪어온 다양한 양식의 출현과 공통된 양식의 모형을 본 연구를 통해 발견할 수 있을 것이다.

근대적 의미의 시가 과거로부터 지금까지 어떠한 양상을 거치며 변화되어 왔으며, 그것이 매체의 발달과 어떠한 연관을 지니는가에 대한 탐색도 이어질 것이다. 더불어 디지털 시대에 따른 현대시의 변화양상을 짚어보고, 이러한 변화가 앞으로의 시 양식에 어떠한 영향을 끼칠 것인지에 대한 탐색이 가능할 것이다.

2. 디지털 매체와 담론

디지털 매체와 관련된 한국 현대시에 대한 연구는 1990년대 이후부터 생겨나기 시작했다. 소설의 경우는 일찍부터 하이퍼텍스트에 대한 연구가 이루어졌으며 지금까지도 버추얼리얼리티, 판타지 소설, 디지털 스토리텔링에 관한 논의가 전개되고 있다.

시의 변화와 타매체 간의 혼용과 매체의 변화에 따른 시의 양식적 변화를 다룬 소논문이나 평문들은 지금까지 단편적으로 발표되었다. 특히 90년대 중반부터 일기 시작한 '사이버문학론'에 대해서는 여러 학술지에서 다루어졌다. 이들 논의는 대체로 시의 변화를 고찰하고 예측하는 논의보다는 문학 전반에 걸친 형질 변화에 주목하고 있다. 주로 서사 층위를 연구 대상으로 삼아 소설의 플롯이나 문체의 변화에 주목하고 있는 논자들의 대부분은 '책'의 대척점에 소위 '컴퓨터문학'을 설정하고 그것의 차이와 거기에서 비롯된 문학의 변화를 예견하는 데 주력하고 있다.

매체와 관련하여 새로운 시문학을 대상으로 하고 있는 본격적인 학위논문으로는 이용욱의 「정보화사회 문학 패러다임 연구」(한남대학교 박사학위논문, 2000), 김양희의 「매체의 변화에 따른 시 변화 양상 연구」(한양대학교 박사학위논문, 2001), 이성우의 「디지털 기술과 한국 현대시」(고려대학교 박사학위논문, 2005)가 있다. 이용욱의 논문은 컴퓨터와 가상공간이라는 매체 현실이 가져다준 변화를 이론적으로 접근해보고 전대 문학과의 변별성을 분석해내고 있다. 김양희의 논문은 매체와 관련된 시의 변화 양상을 다룬 논문이다. 이 논문의 목적은 "디지털 시대가 되었기 때문에 문학이 변해야 한다"는 당위론적 명제를 극복하고, 시의 근원적인 전달방식과 향유방식이 매체에 따라 변화되는 양상을 살펴봄으로써 시의 변화양상을 조망하려는 것이다.

이성우의 논문은 디지털 기술이 일상화된 현실과 한국 현대시의 다양한 인식을 검토하는 동시에 디지털 기술의 적극적 수용에 따른 현대시의 변화를 실제 작품 분석을 통해 종합적으로 고찰하는 것을 목적으로 한다. 이 논문은 더 나아가 디지털 혁명이라는 변혁의 시기에 한국 현대시의 새로운 정체성을 모색하는 연구 작업의 하나이기도 하다.[4]

현대시의 경우는 디지털 매체에 대한 무수한 담론에 비해 그 시적 결과물은 비교적 적은 편이다. 시적 결과물이 적다 보니 문학의 형질 변화에 따른 문학론은 많으나 구체적인 작품분석은 미흡한 실정이다. 디지털 매체를 적극

---

4   이성우, 「디지털 기술과 한국 현대시」, 고려대학교 박사학위논문, 2005, 17쪽.

활용하거나 디지털 매체를 시적 상상력의 근간으로 삼은 작품들이 적다는 점이 연구 성과의 한계라고 말할 수 있다.

이러한 몇 편의 연구 성과를 바탕으로 논의의 외연을 좀 더 확장해보고자 한다. 특히 '양식'이라는 관점에서 한국 현대시를 바라본 연구는 아직 부족하다. 이러한 점을 인식하고 매체의 변화 양상을 따라가면서 현대시의 양상을 살펴볼 것이다.

3. 매체의 변화에 따른 시 양식의 변화

매체의 변화와 관련되어 현대시의 양식적 측면을 연구하는 것은 광범위한 작업이다. 먼저 선행되어야 할 주제는 문학 양식과 매체와의 관계에 대한 탐색이다. 시는 애초에 시(詩), 가(歌), 무(舞)가 결합된 원시종합예술의 형태로 출발되었다. 이러한 시의 양식이 외부적인 산업기술에 커다란 영향을 받게 되는데 이것이 바로 종이와 인쇄술의 발명이다. 쿠텐베르크 이후 시의 양식적 변화는 엄청난 혁명을 가져다 주었다. 음송하기 위한 시는 읽기 위한 시로 바뀌고 구전과 가창으로 전해오던 문학은 인쇄술로 말미암아 기록된 매체로 전해지게 된다. 이로써 운문의 시대에서 산문의 시대로 변화하게 된다.

이에 대해 김신정은 다음과 같이 장르로서의 시가 어떻게 분화하여 지금의 형태와 존재방식을 가져왔는지 진단하고 있다.

> 시의 역사가 포괄하는 시간의 길이는 시의 개념과 존재 방식 면에서 다양
> 한 변화의 층위를 형성한다. 단적으로, 고대의 음유시인, 혹은 서사시인이
> 불렀던 즉흥시와 현대시 사이에 존재하는 개념과 인식 상의 크나큰 격차를

생각해볼 수 있을 것이다. 두 개의 서로 다른 대상에 대한 동일하게 '시'라는 용어를 사용하고 있지만, 하나의 말이 지시하고 함축하는 내용은 차이를 지닌다. 고대의 시(poetry)가 '문학'의 대표적인 장르이자 '문학' 일반의 개념으로 통용된 반면, 근대에 이르러서는 장르 사이의 경계가 좀더 강조되고 있다고 하겠다. 그런 면에서 현대시의 출현은 두 가지 방향에서 이루어졌다고 볼 수 있다. 한편으로 그것은 정치 도덕적 이념과 종교적 제의로부터 문학, 예술이 독립해나가는 과정이면서, 또한 창작 문학 전체를 포괄하는 개념으로서의 시가 서정, 서사, 극 등의 범주에 의해 장르 분화되어가는 과정이라고 할 수 있을 것이다. 이처럼 문학 장르의 분화와 자율화 과정 속에서 근대의 시는 자신의 육체와 존재방식을 수정, 변경하면서 근대 사회와의 갈등과 균열을 고유의 방식으로 표출하고 있다고 하겠다.[5]

고대의 시는 문학의 대표적인 장르이자 문학 일반의 개념이었다. 이것이 장르의 분화를 거쳐 형식을 강조하게 된 오늘날의 '시'가 된 것이다. 이러한 양식의 개념 속에서 문학의 고유한 작동원리가 되는 동시에 시대정신과 연관되는 형식과 세계인식을 매체와의 개념과 결부시켜 논구해 볼 수 있다. 문학은 끊임없이 새로운 매체에 대한 욕망에 시달려왔으며 이러한 욕망의 결과물로 다양한 형식의 문예사조와 장르론을 배태시켜 왔다. 그러나 인간은 오랫동안 '종이'를 통한 '문자'라는 매체에 구속되어 왔다. 문자를 통해 구가하던 문화의 총아로서의 자리는 이제 타문화권에게 넘겨준 형국이다. 이것은 문자가 가지고 있는 문학의 원전에 대한 고유성에서 벗어나 새로운 문학의 양식에 대한 실험이 있어야 한다는 사실을 반증한다.

양식 변화에 대한 연구로는 월터 옹(Walter J. Ong)이 자신의 저서 『구술문

---

5   김신정, 앞의 책, 231-232쪽.

화와 문자문화』[6]를 통해 확립한 바 있다. 밀란 패리의 유고슬라비아 서사시 연구 작업을 발전, 계승한 옹은 구술문화와 문자문화의 특징을 상세하게 체계화함으로써, 오늘날의 전자문화가 구술문화와 문자문화의 전통에 어떻게 접맥되어 있는지를 밝히고 있다. 옹은 구술문화와 문자문화의 인간이 어떤 특성을 내면화하고 있는지를 상세히 밝히고 또 이를 둘러싼 여러 인문학적 입장을 밝힘으로써 구술문화와 문자문화에 대한 폭넓은 해석을 실현하고 있다.

월터 옹의 논의를 참조해서 구술 양식과 문자 양식을 참조할 수 있고, 이에 덧붙여 멀티미디어 양식과 디지털 양식으로 변화 양상을 정리할 수 있다. 즉 양식 변화는 크게 구술 양식(orality style), 문자 양식(literacy style), 멀티미디어 양식(multimedia style), 디지털 양식(digital style)[7]으로 나누어서 살펴볼 수 있다. 구술 양식은 구술적 연행(oral performance)을 통한 시의 배태 양상이다. 즉 시가무(詩歌舞)가 종합화된 양식의 특성을 가지고 있다. 구술 양식의 특징은 첨가적, 집합적, 다변적, 보수·전통적, 논쟁적, 인간생활에 밀착, 감정이입적, 참여적, 항상성, 상황의존적인 경향을 띈다. 또한 운율과 청각성, 시간성을 강조하게 된다. 문자양식에서는 씌어진 담론(written discourse)으로서의 특성을 지니고 있다. 이때 중요한 점은 인쇄 문화의 발달로 인해 문학 장르가 분화되고 서사성(narrative)이 강화된다는 점이다. 이 시기에 이르러서 은유, 상징, 시각성, 공간성이 강조된다.

멀티미디어 양식은 미디어 매체의 발달에 따른 새로운 시 양식의 변화를 의미한다. 이 시기에는 미디어 매체의 발달로 창작 주체의 현실 인식이 큰 변화를 이룬다. 또한 이미지(image)가 중요한 시적 방법론으로 부상한다. 이

---

6   월터 옹, 『구술문화와 문자문화』, 이기우 역, 문예출판사, 1996.
7   여기에서 디지털 양식은 멀티미디어 양식과 다르게 시공간을 뛰어넘어 소통이 가능한 '가상 공간'이 주요한 조건이다.

시기에는 이미지 투사(projection, 投射)에 의한 주제의식을 표현하고 있다. 마지막으로 디지털 양식은 창작 주체들의 창작 공유현상이 일어난다. P2P(peer to peer)를 통한 쌍방향 전송이 가능하게 되고 문학 텍스트의 원본은 공유하게 된다. 이미지는 복합적으로 변용되며 서사성이 동적 이미지의 형태로 역동적으로 변화한다. 또한 이전의 시가 가지고 있었던 '노래성'보다 몸을 매개로 한 '육체성'의 시적 발현이 더욱 중요한 시적 화두로 등장한다.

이러한 디지털 양식의 발전에 따라 시 양식은 어떠한 변화와 부침을 이루어왔는지 그 양상을 살펴볼 수 있다. 이 범주에서는 디지털 문화에 따른 기술의 발전이 문학의 형질 변화에 어떠한 영향을 주는가에 초점을 맞출 수 있다. 먼저 비트(bit)와 HTML(hypertext markup language) 언어에 대한 이해를 통해 이러한 디지털 사유방식이 시에 어떻게 적용되며 융합되는지 볼 수 있다. 디지털 기술의 기본개념은 비트이다. 비트로 이루어지는 디지털 문화의 개념을 HTML 언어로 표현되는 새로운 매체 탄생과 결합시킨 시편들이 1990년대부터 다양하게 등장한다. 정한용, 박남철[8]과 같은 시인들은 HTML 언어를 시에 적극적으로 인용하여 새로운 발화방법과 상상력을 실험하고 있다. 노철은 이러한 디지털적 상상력의 구조를 "구조 자체가 무너진 시의 형태는 세계의 인식 방법과 표현방법에서 기존 시와 다른 지점에 놓여 있다. 미디어 네트워크 문화의 이미지 체험은 여러 층위의 이미지들을 동시에 체험하고 그 이미지들을 자유롭게 접목시키는 형태로, 이미지를 통한 세계 인식 방법의 반영"[9]이라고 진단한다. 이때 이미지를 통한 세계 인식의 방법이란 시각적 이미지뿐 아니라, 다양한 방식의 감각적 사유를 포함한다.

---

8   박남철의 시집 『제1분』(문학수첩, 2009)과 정한용의 시집 『흰 꽃』(문학동네, 2006)에는 HTML 언어를 이용한 시편들을 소개하고 있다.

9   노철, 「디지털 시대의 현대시 형태와 인식에 관한 연구」, 『국제어문』 제23집, 국제어문학회, 13쪽.

또한 미래파를 위시한 일련의 2000년대 이후 시인들은 몸의 감각적 체험과 환 체험을 통해 새로운 디지털적 상상력을 시에 원용하고 있다.

특히 중요한 점은 멀티미디어를 통해 시가무의 원시종합예술형태의 문학 양식이 부활한다는 점이다. 이러한 새로운 시 양식의 부활과 탄생은 일련의 멀티포엠(Multipoem)이라는 새로운 매체에 의한 창작방식으로 구현된 적이 있다. 또한 하이퍼텍스트 시로 언어의 새벽(http://eos.mct.go.kr), 팬포엠(http://www.FanPoem.co.kr) 등을 기획하여 가능성을 타진한 적이 있었으며 영상시 生時·生詩(http://livepoems.net) 등도 새로운 시의 양식으로 선보이기도 했다. 디지털 문화가 주는 시적 주체의 변화 또한 간과할 수 없는 중요한 점이다. 디지털 문화와 주체의 변화와의 연관성을 탐색한다. 이러한 새로운 몸에 대한 사유는 가상현실(잠재현실, cyber reality)을 체험한 자아를 통해서만 가능한 세계이다. 더불어서 디지털 문화를 통해 현실 인식이 어떠한 방향으로 변화했는지를 탐색할 것이다. 디지털 문화가 시에 준 영향은 상상력의 확장과 현실과 환상의 경계 무화 등을 들 수 있다.

4. 디지털 양식에 따른 시의 변모 양상

디지털 매체 환경에서 현대시는 서사와 다르게 더욱 많은 가능성을 안고 있다. 이러한 요소들로는 우선 길이가 짧다는 점을 들 수 있다. 인터넷 공간 속의 서사는 그 길이로 인하여 독자들은 많은 불편을 느낀다. 음향과 영상과 문자가 공존하며 우리의 오감을 자극하는 상황에서 문자만으로 가득찬 화면을 읽는 행위는 인내를 요구한다. 또한 책에 비해 컴퓨터로 글을 읽는 일은 가독성이 많이 떨어진다. 그러나 시는 가독성 면에서 서사와 다르다. 그런 이유로 요즘은 다양한 형태의 영상시가 제공되고 있으며 영상시의 소스가 유포되기도 한다.

텍스트 기반에서 다매체 기반으로의 전이(轉移)가 시에서는 활발히 나타난다. 다매체 기반의 창작은 창작 주체가 한 사람에서 다수로 바뀐다. 창작자, 소스 제작자, 디자인, 영상시를 인터넷 공간 안으로 업로드할 인터넷 서버 관리자 등이 함께 공동제작에 참여한다.

이러한 새로운 디지털 매체를 시에 적극적으로 도입하여 새로운 시 양식을 오랫동안 모색해온 시인으로는 장경기를 들 수 있다. 새로운 매체와 온라인을 중심으로 작품 활동을 벌여온 장경기는 '멀티포엠아트 운동'을 벌이고 있다. '멀티포엠아트 운동'은 매체가 새로 생겨날 때마다 이를 활용해서 융복합 멀티언어로 창작해온 시문학 운동을 말한다. 장경기는 1996년 '멀티포엠 제1선언문'을 발표하며 지금까지 매체를 바꾸어가며 창작해오고 있다. 현재에는 멀티포엠아트 작품으로 '한강아리랑' 시리즈를 선보이고 있다. 이를 통해 융복합예술, 하이퍼아트, 하이퍼 시문학, 멀티포엠아트, 토털콘텐츠 산업 등으로서 다양한 모습을 보여주고 있다. 초기에 비디오, CD롬 동영상, DVD 등의 매체로 시작해서 현재에는 글, 이미지, 애니메이션, 영상, 음악, 웹문서 등이 복합적으로 융합된 인터넷 멀티미디어 영상 파일 형태가 독자들에게 제공되고 있다.[10]

장경기는 1996년부터 멀티포엠운동을 시작했다. 90년대 후반만 하더라도 새로운 매체는 비디오, DVD, 필름, PC통신 등이었다. 하지만 2000년대가 넘어가면서 인터넷 기술의 비약적인 발달로 인해 다양한 방식의 동영상과 멀티미디어를 감상할 수 있는 매체들이 생겨나기 시작했다. 현재에는 지능형 테크놀로지, 쌍방향, 다매체, 비선형, 소셜네트워크 등의 창작 환경을 가지고

10　동영상으로 멀티포엠을 감상하려면 멀티포엠방송 http://multipoem.blogspot.kr / 멀티포엠 방송 블로그 http://blog.naver.com/multipoem 참조. 그 외 멀티포엠방송에서는 멀티포엠선 언문과 지금까지 창작한 작품을 모두 일반 독자들에게 제공하고 있다.

다양한 방식의 매체로 시를 창작하고 있다. 또한 스마트폰의 발달은 우리 삶에 큰 영향을 끼치게 된다. 스마트폰은 휴대하면서 인터넷을 통해 전세계의 모든 멀티미디어를 감상할 수 있다. 스마트폰을 중심으로 하는 지능형 테크놀로지는 모든 매체들과 서로 융합하면서 발전을 거듭하고 있다. 페이스북, 인스타그램, 트위터 등의 소셜네트워크와 유튜브와 같은 동영상 서비스 등은 실시간으로 소통하면서 이전 세대들과 다른 창작 배경을 가지게 되었다.

장경기의 장시 「한강아리랑」의 경우 현재 28권 1300여 편의 작품으로 창작되어 인터넷, 페이스북, 유튜브, 각종 네트워크, 스마트폰 등을 통해 온라인으로 발표하고 있다. 오프라인으로는 종이책, 관련 잡지 발표, CD, DVD 작품집 등으로 발표하며 미술전시 갤러리, 디지털 아트축제, 멀티포엠아트축제, 문화예술관련 행사 등을 통해서 발표한다. 이런 작품의 형태는 하나의 일관된 모습이 아니라 끊임없이 뒤섞이고 융합된 형태로 존재한다.

멀티포엠 외에도 현재에 새로운 양식으로 대두되고 있는 '디카시'가 있다. 디카시는 디지털카메라로 찍은 이미지와 시를 결합한 새로운 형태의 시 양식이다. 즉 사진과 시를 병치시키는 '포토포엠'보다 진화된 시인데 "자연이나 사물이 스스로의 상상력으로 시적 형상을 구축하고 있는 것을 디카로 찍어서 문자로 재현한 것"[11]이라고 말하고 있다. 디카시는 '디카시 마니아(http://cafe. daum.net/dicapoetry)'와 '디카시문화콘텐츠연구회(http://cafe.daum.net/dicapoemcr)' 등의 연구모임과 이상옥[12] 등의 연구자들에 의해 계속해서 발전되고 진화하는 과정에 있다. 디카시가 "그것의 외화된 형식이 아직은 소박한 형태를 띠어 정형성을 탈피하는 데는 한계가 있는 것처럼 보이지만, 이중의 견고한

---

11   이상옥, 『앙코르 디카시』, 국학자료원, 2010, 37쪽.
12   이상옥은 디카시만을 다룬 무크지 『디카시』를 발행하고 있으며, 연구서 『앙코르 디카시』 (국학자료원, 2010) 등을 통해 '디카시'를 이론적으로 정립하는 작업을 계속해서 수행하고 있다.

그물망을 통과한 미래의 디카시는 가장 완벽한 예술의 형식으로 재탄생할 개연성이 다분히 내재되어 있다"[13]는 논자의 지적처럼 많은 가능성을 가지고 있는 새로운 시 양식이다.

5. 새로운 몸의 상상력과 환(幻) 체험

디지털 문화가 주는 시적 주체의 변화 또한 간과할 수 없는 중요한 점이다. 디지털 문화와 주체의 변화와의 연관성도 중요한 시적 변화 양상 중의 하나 이다. 새로운 몸이라 칭할 수 있는 전자 육체의 탄생을 몇몇 시편을 통해 살펴볼 수 있다. 이러한 새로운 몸에 대한 사유는 가상현실(잠재현실, cyber reality)을 체험한 자아를 통해서만 가능한 세계이다.

현대인들의 이성은 모니터와 키보드를 통해 작동된다. 우선 2000년대 초 디지털적 상상력이 어떠한 양상으로 발현되었는지 이원과 유형진의 시를 통해 확인할 수 있다.

2000년대 초반 디지털적 상상력을 실현한 대표적인 시인인 이원은 「나는 클릭한다 고로 나는 존재한다」라는 시에서 실제 개인의 자아는 클릭과 접속 을 통해서 존재를 확인해 준다. 이원의 시에서 시적 화자는 철저하게 인터넷 가상공간을 자유롭게 이용하는 자이다. 구체적으로 종이가 아닌 모니터를 통한 읽기 행위를 보여준다. 신문을 통해 경제와 온 세계의 일들까지 클릭의 행위를 통해 얻을 수 있다. 클릭의 행위는 우리 문명인의 삶에 큰 영향을 끼친다. "클릭 한 번에 한 세계가 무너지고/ 한 세계가 일어선다"는 전언은 더 이상 과장된 말이 아니다.

---

13   김석준, 「디지털 시대와 문학: 디카시 담론」, 『시와경계』, 2011년 겨울호, 122쪽.

인터넷 가상공간은 우리 삶을 지배한다고 얘기해도 가능할 만큼 우리 삶 전체에 개입하고 있다. 가상공간이 일상의 시간 대부분을 소비한다고 할 때, 그 가상공간 속의 '자아' 또한 개인 정체성의 중요한 부분이다. 이원은 "이곳의 사람들은 머리를 떼어놓고/ 머리 대신 모니터를 달고 다닌다"[14]고 했다. 이것을 가능케 한 것은 다름 아닌 가상세계의 경험 때문이다. 가상의 경험은 가시적인 이미지를 환상의 이미지로 인식하게 한다. 현대인의 삶은 플러그를 통해 인식되고 관계 맺게 한다. 사람들은 걸어다니는 무선의 매체들이다. 가상세계의 플러그를 꽂아 전력에 의해 공급받는 힘으로 걸어다니는 존재들이다. 이러한 몸의 상상력은 지금 보편화되어 문화의 넓은 영역에 걸쳐 있다. 피가 나고, 살이 돋고, 아픈 매개체인 육체가 아니라 우리 정신을 가장 감각적으로 표현해낼 수 있는 감각의 실현체로서의 육체가 새로운 상상력의 한 부분으로 자리매김하고 있다.

유형진의 시 「모니터킨트-eyeless.jpg」[15]는 모니터만 바라보며 자란 현대 문명인의 자화상을 단적으로 보여준다. '모니터킨트'는 아스팔트만 밟고 자란 도시 아이란 뜻의 '아스팔트킨트' 이후에 생겨난 용어로 아스팔트조차 제대로 밟지 않고 모니터만 바라보며 자라는 아이란 의미이다. 시의 화자는 상처를 치유하는 방법으로 모니터 속으로 빠져든다. 모니터 공간 속에는 붉고 싱싱한 아이리스가 있다. 또한 샤갈의 마을에 내리는 눈도 볼 수 있다. 이 실체들은 가상의 존재들이다. 모니터 속에서만 볼 수 있는 이러한 식물과 풍경은 영원히 시들지 않고 변하지 않는다. 언제든지 싱싱하고 변함없는 풍경만을 우리에게 보여준다. 0과 1이라는 이진법의 가상세계는 인간에게 접속하여 가장 정확한 정보를 전달해주지만 인간들은 그 정확하고 변함없는

---

14   이원, 「공중도시」, 『야후!의 강물에 천 개의 달이 뜬다』, 문학과지성사, 2001.
15   유형진, 『피터래빗 저격사건』, 랜덤하우스코리아, 2005.

차가움에 회의가 드는 것이다. 가상공간은 "늘 살아야 되는 꽃"만 가득한 곳이다. 아이리스는 가장 선명하고 시들지 않는 꽃을 선보이지만 정작 보이지 않는 "eyeless"와 같은 이미지이다.

초기의 시편들이 디지털 매체가 시 양식에 끼친 영향에 대한 담론적 메타포에 가까웠다면 다음과 같은 시편들은 좀 더 우리 삶에 밀착된 디지털적 상상력이라고 할 수 있다.

날마다 게임에 빠져 허우적댄다. 키보드는 키를 두드리게 하고 마우스는 버튼을 클릭하게 한다. 키보드와 마우스는 나와 함께 내 골을 파내는 게임을 하고 있다. 게임이 진행될수록 나는 차츰차츰 멍해진다. 내 골은 외장형이 아닌데 나는 꼭두각시처럼 앉아 있다. 모니터는 내 눈알을 탐내고 스피커는 내 고막을 탐낸다. 내 신체부위는 아이템이다. 모니터가 내 눈알을 파먹는다. 스피커가 내 고막을 찢어먹는다. 그들의 생명수치가 올라간다. 내 골은 이제 외장형이다. 모니터 화면에 비친 내가 해골 같은 얼굴로 나를 보고 있다. 내 눈알이 빠져나간 자리에는 캐릭터가 캐릭터를 죽이고 있다. 내 고막이 없는 귓속으로 비명소리와 함께 토막 난 시체들이 매장되고 있다. 나는 여전히 꼭두각시처럼 앉아 있다.

―여정, 「모니터에 비친 자화상」 부분

컴퓨터 안의 3D캐릭터가 나를 잡아당기는 밤(?) 빨려든다. 우린 같은 편이 되어 적(?)과 싸우고 있다. 달(?)이 부서지고 3D캐릭터의 뼈(?)가 부서진다. 모니터 가득 피(?)가 튄다. 죽음(?)의 문이 열리고 3D캐릭터는 그곳으로 치워진다. 버튼 하나로 다시 태어난다. 나는 적(?)이었던 3D캐릭터와 같은 편이 되어 우리 편(?)이었던 3D캐릭터와 싸우고 있다. 죽음(?)의 문은 계속 열리고 닫히고 다시 열리고……

알고 보면 3D캐릭터들이 모두 같은 편(!)이 되어 나와 싸우는 게다. 해(!)
가 부서지고 내 뼈(!)가 부서지고 있는 게다. 시계 안에 내 피(!)가 튀고
얼룩지고 있는 게다. 내가 죽음(!)의 문으로 끌려가고 있는 게다. 죽음의
문은 열리고 닫히고 다시 열릴지 모르는(!) 게다.

　　　　　　　　　　　　　　　　　　　　　―여정, 「21C 콜로세움」 부분

　여정의 시는 디지털 환경에 길들여진 현대인의 모습을 가상공간과 매체적
소재를 통해 그려내고 있다. 현대인들은 '키보드 워리어(keyboard warrior)'라
는 용어가 생길 정도로 일상의 모습과 온라인 공간에서의 모습이 다르다.
여정은 모니터에 비친 현대인의 모습을 게임하는 시적 자아를 등장시켜 보여
준다. 시에서 화자는 게임에 빠져 허우적대는 중독자의 모습이다. 현대인들
에게 중독은 가장 위험하지만 흔히 있는 일상어가 되었다. 게임중독, 인터넷
중독, 스마트폰중독 등 디지털 매체와 관련된 중독들은 더욱 큰 사회적 문제
로 대두되고 있다. 키보드를 두드리고, 마우스를 클릭하면서 운용하는 게임
은 "나와 함께 내 골을 파내는 게임"이다. 자신의 골을 파내는 게임이라는
것도 끔찍하지만, 그 게임을 함께 하는 행위의 주체가 "나"라는 점은 시사하
는 바가 크다. 부연하면 게임은 결국 나를 죽이는 행위이며, 내 몸을 구체적으
로 파내는 행위라는 것을 말해준다. 시에서 이런 자기파괴적 행위는 더욱
가속화된다. 시의 화자는 게임을 하며 멍해지고 급기야 모니터가 화자의
눈을 파먹는다. 스피커가 화자의 고막을 찢고, 화자의 몸을 해체시킨다. 해체
의 결말에는 화자의 골이 바깥으로 빠져나가는 것이다. 이런 예민한 감각의
몸은 게임의 속도와 마찬가지로 더욱 상승한다.
　또 다른 여정의 시 「21C 콜로세움」도 게임의 캐릭터들이 서로 싸우며
죽음을 체험한다. 눈여겨볼 것은 컴퓨터 공간 속에서의 죽음은 다시 재생되
는 죽음이라는 점이다. 시에서 서로 죽이려고 하는 대상은 사물이다. 컴퓨터

와 모니터와 캐릭터 등은 모두 생명이 없는 무기체들이다. 생명이 없는 사물들은 뼈가 부서지고 피가 튀는 경험을 한다. 또한 그들에게는 무용한 죽음의 감각을 일깨운다. 시인은 비생명적인 대상과 그 대상물이 할 수 없는 감각의 층위들을 괄호의 형식을 통해 보여준다. 괄호의 기호 안에는 물음표가 내재해 있어 이런 점에 의문을 가지라고 표현한다. 하지만 2연으로 가면 물음표가 느낌표로 대치된다. 물음표와 느낌표 사이의 간극은 시의 화자가 스스로 합리화하는 게임 행위의 변명일 뿐이다. 여정은 다른 일련의 시에서도 가상공간과 현실공간을 서로 교차 체험하면서 현실과 가상의 시공간에 대한 사유를 끊임없이 체험하게 한다.

케이블이 달을 꽁꽁 묶는 밤, 나는 달의 화장터로 끌려간다. 걸친 옷이 하나 둘 불타오르고 벌거벗은 나도 불타오른다. 내 살 구워지는 냄새가 케이블 속을 떠돌고 나는 어느새 유령이 되어 환생할 자궁을 찾는다. 이곳 자궁들 속은 너무 환하다. 빛이 내 눈을 파먹는다. 눈 먼 내가 자궁 속에 있다. 비닐에 뒤덮인 내가 자궁 속의 나를 바라보고 나를 그리워하고 나는 그리움에 북받쳐 비닐을 찢고 나를 만난다. 나는 나를 부둥켜안고 살을 섞는다. 깊은 잠에 빠져든다.

자궁 밖에서 들려오는 소리에 잠이 깬다. "축하합니다. 임신입니다." 모니터가 내 움직임을 잡고 있다. 자궁의 주인은 덜미 잡힌 나를 끌고 또 어디론가 가고 있다. 모니터가 자궁의 주인을 꽁꽁 묶는 날이면 자궁 속은 화장터다. 이 자궁 속도 너무 환하다. 기계음이 내 살을 찢어댄다. 사지가 찢긴 내가 자궁 밖에 있다. 검은 비닐에 뒤덮인 내가 끊어진 탯줄을 바라보고 탯줄의 주인을 그리워하고 나는 그리움에 북받쳐 검은 비닐을 찢고 탯줄의 주인을 만나기 위해 다시 케이블 속을 떠돈다.

　　　　　　　　　　　　　　　　　 —여정, 「케이블 가이」 부분

　수업 중 판서를 하다가 갑자기 뭔가 물컹하더니 손이 칠판 속으로 들어가 버린다. 몸의 절반이 들어갔을 때 "선생님! 새가 유리에 부딪혀 떨어졌어요!"라고 외치는 소리가 들렸다. 뒤돌아보고 싶었으나 몸을 움직일 수 없었고 물에 빠지듯 흑판에 빨려 들어갔다. 칠판 속으로 들어가니 반대편 교실에서 중학교 교복을 입고 앉아 있는 내 모습이 보였다. 나는 짝과 떠들다가 생물 선생님에게 걸려서 철 필통으로 뺨을 맞았다. 맞을 때마다 샤프가 흔들려 덜그럭거렸다. 아이들이 웃었다. 뺨보다 그 쇳소리가 더 아파왔다. 나는 자리로 돌아가 교문 밖의 고양이를 멍하니 바라보았다. 아이들이 "종속과목강문계!"를 외치는 소리를 들으며 다시 칠판을 건너오자 교실에 아이들은 없고 유리창 여기저기 검붉은 핏자국만 가득하다.

　　　　　　　　　　　　　　　　　 —정재학, 「흑판」 전문

　가상공간을 체험한 자아에게 '환(幻)'의 체험은 가장 사실적인 체험이다. 현실세계에서 '환'은 망상이나 의도된 상상으로 비춰지지만 가상공간을 체험한 자아에게는 가장 극사실의 경험이 바로 '환'의 세계이다.

　여정의 「케이블 가이」는 디지털 세계를 체험한 몸의 상상력과 그 몸이 감각하는 '환(幻)'의 세계를 복합적으로 드러내고 있는 작품이다. 시의 화자는 자신의 "살 구워지는 냄새"를 맡는다. 이는 자신의 몸이 감각을 발생하는 육체로서의 몸이라는 것을 인식하는 말이다. 하지만 육체적 감각으로서의 몸은 "케이블 속"으로 들어가는 순간 다른 몸으로 전이된다. 케이블 속은 실제 몸이 감각하는 세계와는 다른 '환'의 세계이다. 환을 경험한 시의 화자는 "유령"이 되어 케이블 속을 떠돈다. 디지털의 세계는 우리가 이전에는 감각하지 못했던 새로운 감각의 몸을 만들어 주고, 또다른 상상력의 공간인 환의 세계를 경험하게 한다. 이를 일컬어 시인은 "환생"이라 한다. 환생은 새로운 생을 의미한다. 환몽의 새로운 세계로 태어나기 위해서 화자는 "자궁"을 찾아 헤맨다. 급기야 화자는 자궁 속의 화자와 자궁 속의 화자를 들여다보는 화자로 분열된다. 시에 등장하는 "임신"은 모니터의 세계, 즉 디지털의 공간 속에서 발아된 생명체이다. 육체로서의 몸은 어둡지만, 디지털 세계에서 태어난 몸은 밝고 환한 환경을 가지고 있다. 여정의 케이블의 세계는 환의 세계이며 동시에 새로운 몸으로 환생하고 분열하는 세계임을 위의 시를 통해 확인할 수 있다.

정재학의 시에서는 환의 세계가 우리 현실과 어떠한 접점 관계를 가지는지 보여준다. 시의 화자는 학교 교사가 되어 수업 중 판서를 한다. 판서를 하다가 "손이 칠판 속으로 들어가 버리"는 체험을 한다. 손이 칠판 속으로 들어가는 행위는 여정의 시에서 "유령이 되어 환생할 자궁을 찾는" 모습과 겹쳐지는 환 체험의 시작을 의미하는 행위이다. 칠판의 반대편에는 현실과는 다른 시간이 존재한다. 그 시간은 시의 화자가 중학교 때 있었던 일이다. 생물 선생님에게 걸려 뺨을 맞은 일이 떠오른다. 이 시는 아주 단편적인 이미지만을 제시해주고 있지만, 환의 체험은 극사실적으로 표출된다. 과거의 시간이 다시 출몰되고, 과거의 시간을 체험하며 현재의 시적 자아를 반성하고 재인식하게 한다. 이러한 환의 체험은 디지털 세계를 경험한 자아만이 할 수 있는 상상력이다. 실제 우리는 인터넷 속에서 이러한 하이퍼텍스트적인 체험을 수없이 반복한다. 또한 게임을 통해 롤플레잉 되는 사건과 장면의 전환도 이와 다르지 않다. 시간성의 무화를 통한 새로운 가상공간의 체험은 이렇듯 우리 삶을 간섭하고 통어하는 중요한 기제가 되고 있다.

6. 결론

디지털 매체의 발달은 시 양식의 변화를 가져왔다. 시라는 양식이 지면이라는 한계를 가지고 있는 것이 사실이나, 상상력의 측면에서 새로운 정신적 담론의 층위를 형성하고 있다. 컴퓨터의 발달과 초고속 광통신망의 발달, 소셜미디어 네트워크(SNS)를 통한 새로운 상상력은 현재에도 진행 중에 있다. 컴퓨터의 발달과 초고속망 인터넷의 발달은 우리 삶에 많은 변화를 가져왔다. 특히 시 양식에 가져온 변화는 근대문학 100년 동안 가장 빠른 흐름을 보여준다.

시 양식은 시대와의 산물이며, 그 시대 속에서 서로 직간접적으로 영향받고 부침받은 총체적인 산물이다. 하지만 디지털 매체가 시 양식에 어떤 결과를 가져올지 아직 예단하기에는 이르다. 매체와 관련된 것뿐 아니라 모든 문학의 양식에는 "동시대의 문학적 산물이 모두 포괄되지 않는다는 의미에서 제한적이다. 이 제한적인 성격은 해당 시기의 양식이 이전과 이후의 시기에 맺고 있는 변화와 지속의 관계를 통해서 살펴질 수밖에 없"[16]다는 속성이 내재해 있기 때문이다. 그럼에도 불구하고 디지털 매체가 현대시에 가져다준 변화는 엄청나다. 문학의 형질 변화에 많은 영향을 끼쳤으며, 새로운 상상력이 출몰했다. 인터넷이라는 새로운 매체에 의한 양식적 변화는 "하이퍼링크에 의해 비선조적으로 정보를 연결하여 기존의 책이 가지고 있었던 선조적 글읽기의 한계를 넘어서고 자유롭게 필요한 정보를 확보할 수 있게 해 준다. 또한 통신속도의 증가와 함께 발신자와 수신자가 실시간으로 음성, 문자, 동영상 등 다양한 형태의 정보를 실시간으로 주고받을 수 있게 되어 보다

---

16   허윤회, 「한국 근대시의 양식론적 접근」, 『한국 근대문학 양식의 형성과 전개』, 상허학회, 258쪽.

확실히 매체에 의한 정보 혁명[17]을 가장 현실적으로 드러내고 있는 문학적 산물이다.

멀티포엠이나 디카시와 같은 새로운 양식의 실험은 아직도 유효하며 진행 중이다. 문학에서 통용할 수 있는 미적 의미에 대해서 결론을 내릴 수는 없지만, 시대적 의미로서 문학의 다양한 실험들은 분명 평가할 만한 가치를 지니고 있다. 이런 새로운 양식을 통해 새로운 몸의 상상력과 환 체험의 상상력을 제공해 주었다. 인터넷 가상공간의 체험을 통해 시적 자아는 새로운 몸의 시학을 만들어냈다. 이른바 '전자 육체'로 지칭되는 몸의 시학을 거쳐 현재에는 다양한 담론의 상상력이 실현되고 있다. 앞으로 이러한 상상력은 더욱 발전되어 현대시의 유효한 방법론적 특질로 진행될 것이다.

---

17   최병우, 『다매체 시대의 한국문학 연구』, 푸른사상, 2003, 128쪽.

제2부

철학 담론과 수사학

현대시에 나타난 파레시아의 특성 연구

1. 서론

2000년대 '미래파' 담론의 시들은 개별 화자가 가지는 특수성에 기대면서 그동안 선보이지 않았던 독특한 개성을 가진 주체들을 다양한 양상으로 선보였다. 그 속에서 이전 세대들이 보여주었던 모더니티와 해체시 등의 개념어를 어떠한 방식으로 발전시키고 있는지를 주로 탐색했다. 이들 담론은 세대론적 관점에서 70년대 이후 출생 시인들이 이전 세대의 해체시와 어떤 변별성이 있는지를 추론하여 세대적 특수성을 전면으로 드러냈다. 2000년대 미래파는 새로운 실험과 아방가르드를 구현하는 대표적인 담론이었고, 이후 '포스트 미래파'가 배태되는 역할을 하였다. 즉 미래파는 2000년대를 관통하는 시적 새로움의 담론적 명명이자 전통에 대한 저항의 담론으로 자리매김하였다.

미래파가 가진 전위적 모색에 대한 한계를 극복하기 위해 새로운 담론이 제기되었다. 그것은 현실 사회 문제에 관심을 가진 일련의 시적 담론들이다. 2010년대 들어서면서 광우병 파동과 용산 참사로 시작된 촛불시위와 '6.9 작가선언'이나 '304 낭독회'와 같은 문인들의 자발적 참여는 시적 주체의 갱신을 위한 새로운 동력으로 작용하였다. 세월호 참사는 주체의 발견이라는 필요성에 더욱 강한 촉매제가 되었고 이것이 2010년대의 시적 화두로 떠올랐다. 실례로 2010년대 한국시는 윤리에 대한 고민과 성찰이 그 어떤 연대보다 강하게 표출된 시들이 많이 생산되었다. 대표적으로 진은영은 '시와 정치'에 대한 논의[1]를 촉발시키면서 자끄 랑시에르를 텍스트로 하여 2000년대 시를 정치와 미학의 관계 속에서 파악하려는 시도를 했다. 진은영의 시적 고민[2]이 2000년대 전반의 시적 담론과 접합되면서 랑시에르와 같은 철학과 호응하여 '시와 정치' 논의를 발생시켰다. 하지만 진은영이 제시한 세밀한 논의와 시적 실천의 희망[3]과는 별개로 사회적 현실을 미학적으로 구현한 시창작에 대한 어려움은 계속 되었다.

미셸 푸코의 '파레시아' 개념은 2010년대 들어서면서 많이 생산되었던 사회적 현실을 다룬 시들을 분석할 때 유효하다. 파레시아의 개념[4]은 기원전 5세기까지 거슬러 올라간다. 푸코에 따르면 파레시아라는 말은 "기원전 5세기 말부터 고대 그리스 문헌에서 발견되고, 기원후 4세기 말에서 5세기경

---

1   진은영, 「감각적인 것의 분배」, 『창작과비평』, 2008년 겨울호, 67-84쪽.
2   "이주노동자와 비정규직 노동자들의 투쟁을 지지하며 성명서에 이름을 올리거나 지지 방문을 하고 정치적 이슈를 다루는 논문을 쓸 수도 있지만, 이상하게도 그것을 시로 표현하는 것은 쉽지가 않다. 사회참여와 참여시 사이에서의 분열, 이것은 창작과정에서 늘 나를 괴롭히던 문제이다. 나는 이 난감함이 많은 시인들이 진실된 감정과 자신의 독특한 음조로 새로운 노래를 찾아가려고 할 때 겪는 필연적 과정일 거라고 믿고 싶다."(같은 책, 69쪽.)
3   "미학적-감성적 체제하에서 모든 시는 정치시가 되기를 희망한다. 시인은 (통상적인 분류법대로) 정치적인 주제를 다룰 수도 있고 비정치적인 주제를 다룰 수도 있지만, 어떤 주제든 그 시가 가장 정체적인 방식으로, 즉 비가시성을 가시화하고 들리지 않는 것을 들리게 함으로써 감성의 지각변동을 가져오는 그런 방식으로 쓰어지길 희망한다."(같은 책, 79-80쪽.)
4   다수의 번역본에서는 파레시아를 파르헤지아로 표기하기도 한다. 이 책에서는 파레시아의 개념을 가장 먼저 제시하고 분석한 푸코의 저작에 따라 파레시아로 용어표기를 통일하여 사용하고자 한다.

그리스도교 교부들의 텍스트에서도 발견된다"[5]고 한다. 파레시아(파르헤지아 parrêsia, 진실-말하기)는 영어로 free speech, 프랑스어로 franc-parler로 번역이 되는데, 이를 우리말로 번역하면 '진실 말하기'이다. 여기서 진실은 윤리적 진실의 성격을 띠고 있는 개념에 가깝다. 파레시아를 말하는 자, 즉 진실을 말하는 자를 가리켜 파레시아스트(parrêsia-stês)라고 한다. 파레시아스트를 나카야마 켄은 파레시아스테스라고 명명하기도 한다.[6]

한국의 사회 정치적 현실이 이분법적 진영 차원에서 해석하거나 이해될 때 수반되는 한계를 파레시아의 담론을 통해 극복될 수 있다. 즉 좌우 이데올로기의 잣대로 현실을 이해하기보다는 시민사회의 일원은 사회, 경제, 자본 구조 등을 구체적 삶 속에서 현실을 이해할 수 있기 때문이다. 또한 2010년대 시를 '파레시아' 개념으로 분석하는 이유는 2010년대 시를 분석하는 새롭고 유효한 방법 틀을 제시할 수 있기 때문이다. 이제 미셸 푸코가 제시한 파레시아의 특성을 전반적으로 살펴보고, 이산하와 김안의 시를 통해 파레시아의 개념이 어떠한 양상으로 습합되어 표출되고 있는지를 분석하고자 한다.

2. 파레시아의 특성으로 본 시적 의미

푸코는 파레시아를 명사형, 동사형 등으로 나누어 세 형태의 어원에 대해 설명하고 있다.[7] 또한 "파르헤지아(집회에서 행하는 누군가의 진실-말하기), 폴

---

5   미셸 푸코, 『담론과 진실』, 오트르망 심세광·전혜리 역, 동녘, 2017, 91쪽.

6   "시민이 진실을 말하는 이 행위 자체가 이윽고 파레시아라고 불리게 된다. 파레시아란, 고대 그리스어에서 모든 것(판)과 말해진 것(레마)을 의미하는 말들이 합쳐진 말로, 진실 말하기, 솔직히 말하기, 자신이 믿는 바를 자유롭게 말하기라는 의미이다. 또 자신이 믿는 바를 말하는 자는 '파레시아스테스'라고 불렸다."(나카야마 겐, 『현자와 목자』, 전혜리 역, 그린비, 2016, 65쪽.)

리테이아(politeia, 모든 시민의 평등을 보장하는 정체), 그리고 이세고리아 (isêgoria, 사회적 지위, 출생, 부, 지식 등의 특권과 관계없이, 누구나 발언할 수 있는 법적 권리)"[8]로 더욱 세분화하여 나누고 있다. 파레시아의 개념은 폭넓게 사용되고 있다. '호루라기를 부는 사람'이라는 의미로 사용하고 있는 '휘슬블로어 (whistleblower, 내부고발자, 공익제보자)'를 파레시아로 재규정하기도 한다.[9]

파레시아는 현대 자본주의의 사회에서 중요한 덕목으로 제기되고 있는 자유와 평등을 실천할 수 있는 시민의 권리이기도 하다. 현대 자본주의는 파레시아를 행할 수밖에 없는 토대를 제공하고 있다. 솔직하게 말하거나 진실을 말한다는 것은 그 말하기를 통해 화자는 피해를 입게 된다. 푸코는 이를 '반(反)-아첨'이라는 개념으로 말하기도 한다.[10] 그러므로 진실-말하기를 회피하는 것은 아첨하는 것이다. 아첨을 회피하는 것은 큰 용기가 필요하다. 진실-말하기의 용기가 필요치 않게 되는 것이 가장 민주적인 형태가 된다. 푸코는 우리 사회에서 진실을 말하는 자에게 부여된 역할을 예언자 역할, 현자 역할, 교육자 역할, 파레시아스트 역할로 나누어서 말한다.[11] 또한 파레시아의 특성을 다섯 가지로 분류하여 설명하고 있다. 그 특성을 대표적인 단어로 설명하자면 1. 솔직함, 2. 진실, 3. 위험, 4. 비판, 5. 의무로 구성되어

---

7   "명사 형태인 parrêsia와 동사 형태인 parrêsiazein 혹은 parrêsiazeisthai, 헬레니즘 시대나 그리스-로마 시대에만 드물게 발견되는 parrêsiastês로 어원을 설명한다."(미셸 푸코, 앞의 책, 91쪽.)

8   마우리치오 랏자라또, 『기호와 기계』, 신병현·심성보 역, 갈무리, 2017, 340쪽.

9   김미덕, 「내부고발(자)의 근본적 특징: 파레시아, 진실 말하기 혹은 비판」, 『민주주의와 인권』 제19집, 전남대학교 5.18연구소, 2019, 127-128쪽.

10   "결론은 parrhêsia(솔직히 말하기, libertas)가 바로 반(反)-아첨이라는 사실입니다. parrhêsia 내에서 그는 타인에게 말하는 사람이며, 그 결과 이 타자가 아첨에서 발생하는 바와는 다르게 독자적이고 독립적이며 충만하고 만족스러운 자기와의 관계를 구축할 수 있게 된다는 의미에서 반(反)-아첨입니다."(미셸 푸코, 『주체의 해석학』, 심세광 역, 동문선, 2007, 406쪽.)

11   미셸 푸코, 앞의 책, 129-131쪽 참조.

있다.

파레시아의 첫 번째 특징은 솔직함이다. 푸코는 솔직함의 개념에 대해 다음과 같이 설명한다. 푸코는 "파레시아를 행하는 자인 파레시아스트는 자신이 생각하고 있는 모든 것을 말하는 자"[12]라고 명명한다.

푸코가 말하고 있는 파레시아스트는 자신의 생각을 모두 쏟아내는 것이 아니라 진실과 관련된 말을 거짓없이 행하는 자이다. 진실을 폭로하거나 말할 때 중요한 것은 어떠한 방법으로 말하는가 이다. 말하는 방법론에 따라 청자의 반응과 타자의 인식에 전달되는 결과가 다를 수 있다. 파레시아스트는 시에서 개념화하고 있는 '시적 화자' 혹은 '시적 주체'의 개념과 같은 계열의 의미를 함유하고 있다. 시에서 시적 주체는 진실을 말하는 자이다. 진실을 말하는 주체는 시인이 가진 윤리적 태도를 바탕으로 이 세계의 진실을 어떠한 방법론을 통해 말할 수 있을지에 대해 다양한 양상으로 타진한다. 푸코는 "나는 이러저러한 것을 생각하는 자이다라는 것이 파레시아스트의 언표에서 발견할 수 있는 특수한 언어 행위"[13]라고 말한다. 파레시아스트의 특수한 언어 행위는 시를 창작하는 행위와 다르지 않다. 시의 창작 방법론은 어떻게 말하는가에 대한 방법이다. 또한 시는 다양한 수사법을 통해 일반적 통사가 아닌 특수한 언어 행위에 해당하는 장르이다. 즉 푸코의 개념대로 '파레시아의 말과 담론'은 '완벽하고 정확하게 설명'되어야만 청중은 화자가 폭로하고자 하는 파레시아를 정확히 이해할 수가 있다. 이를 위해 파레시아스트(화자)가 솔직하고 진솔하게 청자에게 전달하는 것은 필수불가결한 것이다.

파레시아의 두 번째 특징은 '진실'(혹은 진실 말하기)이다. 파레시아는 당연히 진실을 말해야 한다. 하지만 진실은 여러 층위의 의미를 담고 있는 말이다.

---

12   같은 책, 92쪽 참조.
13   같은 책, 93쪽.

파레시아스트가 진실을 말하는 이유는 "자신이 말하는 바가 진실되다고 믿기 때문에 진실된 바를 말하"[14]기 때문이다. 그러므로 파레시아에서는 '신념'과 '진실'이 동의어에 가깝다. 파레시아스트는 신념을 전제로 한 진실을 말하는 자이다. 자신의 의견이 진실이라고 믿고 있어야 파레시아가 성립된다. 그렇기 때문에 파레시아에서 신념과 진실은 정확히 일치하는 개념이 된다.

세 번째 파레시아의 특성은 '위험'이다. 진실을 말하는 데에는 늘 위험이 따른다. 신념을 가진 진실을 얘기하기 위해서는 어려운 또 하나의 관문을 통과해야 한다. 위험은 파레시아를 행하기 가장 어려운 점이다. 푸코는 "파레시아스트로 간주될 자격이 있다고 말할 수 있기 위해서는 그가 진실을 말할 때 반드시 위험이 수반되어야"[15]한다고 얘기한다. 위험이 있다는 것을 뻔히 알고도 이것을 용기있게 행하는 자가 파레시아스트이다. 어떤 경우 파레시아스트는 "처벌받거나 추방되거나 죽을 수도 있는 위험 등을 감수하면서까지 진실을 말하"[16]는 자이다.

네 번째 파레시아의 특성은 '비판'이다. 파레시아에서 제시하는 위험은 화자와 청자가 서로 진실을 주고 받는 상황 속에서 발생한다. 파레시아의 위험은 언제나 비판과 함께 제시된다. 파레시아가 비판의 특성을 갖는 것은 파레시아스트의 특징에서 찾아볼 수 있다. 파레시아스트는 대부분 청자보다 나약한 자이다. 자신보다 강한 자에게 가하는 비판이 파레시아를 행하는 일이다. 그러므로 파레시아의 비판은 아래로부터 위로 향하는 성격을 가진다. 즉 계급, 신분, 부, 명예, 나이, 지위, 주종관계 등에서 서로 대립이 일어날 경우 낮은 위치에 있는 자가 높은 위치에 있는 자에게 가하는 진실 말하기가 파레시아이다.

---

14   같은 책, 94-95쪽.

15   같은 책, 95쪽.

16   같은 책, 104쪽.

파레시아의 다섯 번째 특성은 의무이다. 파레시아스트는 신념과 용기를 가진 자이기에 위험을 무릅쓰고 자신보다 강한 자에게 비판을 가한다. 파레시아스트는 이런 파레시아의 행위를 의무라고 생각한다. 파레시아의 의무는 시대적 소명이나 사회적 변혁 혹은 전환의 시기에 더욱 강한 힘을 발휘한다. 푸코는 "파레시아에서 진실을 말하는 것은 위험을 감수하거나 위협과 맞서는 것일 뿐만 아니라 의무"[17]라고 강조한다. 진실을 말하는 연사는 자신의 말이 의무라고 생각하지 않으면 파레시아를 행할 수 없다. 푸코는 다양한 사례를 들어 파레시아의 다섯 가지 특성을 분석하고 있다.

푸코는 파레시아를 행하기 위해서 두 가지 사회적 범주가 필요하다고 말한다. 첫 번째 범주는 "아고라에서 파레시아를 행하는 것과 관련된 민주정이라는 정체"이고, 또 다른 범주는 "우정 혹은 사랑이라는 범주"[18]이다. 이 두 가지의 범주가 바탕이 되어야 파레시아는 힘을 발휘할 수 있다. 민주정이라는 정체는 파레시아를 행하는 토대는 시민사회의 건전한 비판문화가 형성된 곳이어야 한다. 그리고 이러한 비판은 많은 시민들이 함께 하는 광장을 통해 이루어져야 한다. 그래야만 사회는 변화될 수 있기 때문이다. 아고라 광장은 이를 잘 대변할 수 있는 상징적인 공간이다. 두 번째 범주는 우정과 사랑이다. 즉 자신이 애정하고 사랑하는 대상에게 파레시아를 행해야 한다.[19]

파레시아에 대한 논의는 미셸 푸코로부터 출발하여, 랏자라또, 나카야마 겐 등의 논의에서 심화된다. 랏자라또는 과따리의 미적 패러다임이 푸코가 말한 파레시아의 개념과 상통한다고 한다. 랏자라또는 푸코의 파레시아를

---

17 같은 책, 100쪽.

18 같은 책, 102쪽.

19 푸코는 견유주의자들이나 순교자들도 파레시아라고 말한다. "견유주의자들의 태도는 일종의 파레시아입니다. 순교 역시 일종의 파레시아입니다. 왜냐하면 누군가 여러분께 신을 버리라고 요구할 때, 순교는 여러분의 신앙을 보여주는 것이기 때문입니다."(같은 책, 106쪽.)

통해 주체성의 특이화 혹은 윤리적 차이를 통한 대안적인 윤리적 주체가 될 수 있다고 말한다. 파레시아와 관련된 논의는 푸코를 연구하는 철학 분야에서 몇 편의 논문이 제출되었다. 전혜리는 푸코의 미시권력 중에서도 주체성과 욕망의 문제를 '예속적 주체화(assujettissement)'라는 개념으로 파악하고 있다.[20] 또한 푸코의 주체가 행하는 실천적 결과물로서의 '파레시아'는 "자기가 진실되다고 믿는 바를 관념의 차원에 머무르게 하지 않고 현실 속에서 구체화시켜 드러내는 실천"[21]이라고 명명하고 있다. 파레시아의 개념을 더욱 깊게 파고들어 정치적 파레시아의 특성을 자세히 설명하고 파레시아와 견유주의의 관계를 논의의 핵심으로 드러내고 있다. '비판'이라는 개념을 가진 칸트, 니체, 푸코의 여러 입장을 소개하는 연구도 있다.[22] 그중에서도 푸코의 비판을 계보학적으로 탐색하면서 파레시아를 비판의 고전적 형태라고 소개한다.

아직까지 파레시아의 개념을 시문학의 특성과 연관지어 분석한 논문은 전무하며 문예지를 통한 평론으로는 이성혁의 논의가 유일하다.[23] 이성혁은 '시와 정치' 담론으로부터 시작된 문학과 현실 혹은 문학과 사회의 관계를 푸코의 파레시아의 개념을 통해 해명하려는 시도를 보여주고 있다. 2010년대 시인들이 가진 윤리의 문제를 미학적 측면에서 어떻게 바라봐야 하는지에 대한 여러 관점을 분석적으로 살핀다. 즉 "문학의 자율성은 문학이 자본주의 사회와 국민국가에 대한 비판적 거리를 확보한다는 의미를 가지고 있었지만, 요즘 한국의 상황에서는 사회적 갈등과 위기로부터 거리를 두기 위한 알리바

---

20 전혜리, 「미셸 푸코의 철학적 삶으로서의 파레시아」, 이화여자대학교 석사학위논문, 2015, 1쪽.

21 같은 책, 3쪽.

22 김선희, 「비판, 파르헤지아 그리고 아이러니 상이성의 공존을 위한 철학적 사유」, 『강원인문논총』 17, 강원대 인문과학연구소, 2007, 229-254쪽.

23 이성혁, 「위기 속의 비평과 시의 미학적 윤리」, 『창작과비평』 178호, 2017, 364-384쪽.

이로 변조되었다"[24]면서 문학의 자율성이라는 개념이 문학의 사회적 역할에 대한 무관심이나 회피에 대한 합리화에 지나지 않는다고 파악하고 있다. 이성혁은 비평의 역할이 시단의 지형도를 설명하는 것에 그치는 것이 아니라 다른 장르의 문학처럼 삶의 위기에 맞서고자 하는 실천적 글쓰기라는 점을 강조하고 있다. 또한 2000년대 시비평이 문학적·정치적 자의식이 결여된 채로 지나치게 세대론에 함몰되어 있음을 지적하고 있다. 시에서의 윤리는 사회의 도덕과는 분리된 차원에서 이해되어야 한다. 시적 윤리는 주체가 외부 세계와 관계맺는 개별적 특수성에 기인한다면, 이러한 주체의 특성을 가장 적절하게 드러낼 수 있는 언어는 바로 시이다. 시의 "윤리적 주체"는 "주체가 현실과 타자 그리고 자기와 관계 맺는 방식에서 발생되기" 때문이다.[25]

시에서 드러나는 윤리적 주체는 시인들마다 다양한 방식으로 표출된다. 시의 화자는 시인의 윤리적 자아를 명쾌하게 드러내기도 하지만, 윤리적 자아가 가진 불합리 혹은 이율배반의 회의도 적극적으로 드러낸다. 그러므로 시적 진실은 일반 사회의 진실과는 다른 여러 층위로 해석될 수 있다.

현대시의 파레시아를 분석하기 위해 두 명의 시인을 텍스트로 하여 정치적 파레시아, 윤리적 파레시아로 구분하여 분석하고자 한다. 정치적 파레시아의 텍스트로는 이산하 시인의 『악의 평범성』을, 윤리적 파레시아의 텍스트로는 김안 시인의 『아무는 밤』을 텍스트로 한다. 이를 통해 파레시아가 2010년대 이후 시문학에 어떤 양상으로 표출되었는지를 다각도로 살펴보려고 한다.

---

24 같은 책, 365쪽.
25 임지연, 「시적 파르헤지아에 대하여」, 『오늘의 문예비평』 67호, 2007, 300-311쪽.

3. 시적 정치와 파레시아의 위험 – 말하기

랑자라또는 파레시아를 "언어적 평등이 정치적 평등"[26]으로까지 나아간다고 얘기한다. 파레시아가 행하는 사회적 현실이 어떠한 상황인가에 따라 파레시아가 가지는 위험은 다르다. 한국사회는 정치적 억압으로부터 자유로울 수 없는 시대를 지나왔다. 군부정권으로 대표되는 사회적 현실에서 정부를 비판하고 진실을 말하는 것은 목숨을 거는 것과 다름없는 큰 위험을 수반한다. 이산하 시인은 그러한 시대 속에서 진실을 말하는 대표적인 시인이다. 이산하 시인은 늘 사회적 사건의 현장에 직접 몸을 담았다. 이것은 그의 문학적 태도를 간접적으로 드러내는 대목이다. 80년대의 사회적 정치적 사건의 현장 속에는 늘 이산하 시인이 있었다. 이산하는 진실과 관련된 말을 거짓 없이 행하는 파레시아스트이다. 그는 파레시아의 특성인 '솔직함'만 있는 것이 아니라 여러 층위의 '진실'을 드러내는 자이기도 하다. 이산하가 문학사에 제출한 『한라산』은 자신의 신념이 진실되다고 믿는 신념과 진실의 일치에서 나온 기념비적인 작품이다. 이산하는 파레시아의 특성인 솔직함과 진실을 배면에 깔고 '위험'의 특성을 개진한다.

> 누가 봐도 폭탄을 안고 불 속으로 뛰어드는 일이어서
> 우리는 가스실 없는 '한국판아우슈비츠'
> 제주 4·3학살의 서사시 「한라산」을 '폭탄'이라고 불렀다.
> 내가 최종원고를 친구 신형식 편집장한테 넘길 때
> 서로 농담처럼 주고받았던 얘기가 생생하게 떠오른다.

---

26 랑자라또, 앞의 책, 336쪽.

"야, 이 폭탄 내 모가지 걸고 만든 거니 잘 지켜라."

"야, 그거 터지면 내 모가지라고 붙어 있겠나. 그리고……"

"그리고…… 뭐?"

"종철이도 죽었다……"

"……"

친구의 말에 숨이 탁 막히며 고개가 꺾였다.

2주 전 물고문으로 죽은 박종철은 우리의 고교 후배였다.

―「폭탄」 부분

28살 무렵 '한라산 필화사건'으로 구속되었을 때

적의 심장부에 두번째 폭탄을 던지는 심정으로

항소이유서에 '김일성 장군의 노래' 가사를 썼다.

담당변호사가 급히 교도소로 달려와 말을 더듬거리며

"다, 당신, 주, 죽으려고 환장했느냐.

지금 검찰과 법원까지 발칵 뒤집혀 황교안 공안검사가

이자는 손목을 잘라 평생 콩밥을 먹이겠다고 난리"라며

잔뜩 흥분해 소리쳤다.

그리고 여죄를 캐며 추가조사에 들어간다고 했다.

난 아무 말 없이 창문 밖의 하얀 자작나무만 쳐다보며

저 백척간두의 꼭대기로 망명하고 싶다고 생각했다.

―「항소이유서」 부분

이산하는 폭탄을 통해 위험에 뛰어드는 과정을 실감있게 전달하고 있다. 이산하가 쓴 제주 4·3학살을 다룬 서사시 「한라산」은 솔직함과 진실을 전달하는 파레시아의 결과물이다. 시의 화자는 시인 이산하와 동일하며 실제 있었던 대화를 바탕으로 시적 전개가 이어진다. 이 작품은 진실을 전달하는 차원을 넘어서서 목숨을 담보로 한 위험의 차원에까지 다다를 수 있는 "폭탄"이다. 이산하가 체감한 위험은 실제 사건으로 이어질 수 있다는 경우를 목도함으로써 더욱 배가된다. 박종철은 1980년대에서 큰 역사적 사건의 인물이다. 박종철 고문치사사건으로 인해 6월 항쟁과 6·29 선언이 이어지면서 이후 민주화는 급속도로 진행되었다. 그러한 박종철의 죽음을 인식한 시의 화자는 자신도 죽을 수 있다는 생각을 하게 된다. 즉 죽음이라는 가장 강력한 위험을 무릅쓰고 '진실-말하기'를 하려는 시인의 절박함이 위의 시에 드러나 있다.

시 「항소이유서」는 결국 폭탄이 터져 버리고 구속된 화자의 입장이 더욱 극단적으로 표출된 시이다. 시인은 폭탄을 끌어안고 자폭이라도 하듯 모든 위험으로부터 맞서는 방법을 택한다. 당시 '한라산 필화사건'은 가장 극단적인 좌익용공세력으로 몰아간 위험한 사건이었다. 그 가운데서 시인은 "두 번째 폭탄을 던지는 심정으로/ 항소이유서에 김일성 장군의 노래" 가사를 썼다고 고백한다. 파레시아스트는 '진실-말하기'를 넘어서서 '위험-말하기'를 가장 강도있게 행한다. 신념은 위험을 극복하는 힘이 된다. 이산하의 시적 주체는 가장 강력한 신념을 가진 자아이며, 이를 통해 죽음을 벗어나려는 행위가 아니라 죽음으로 돌진하는 행위를 통해 '위험-말하기'를 실천한다. 한라산 필화사건보다 더 강력한 폭로의 말하기를 '김일성 장군의 노래'로 대리하고, 이를 통해 당대의 시대와 사회적 현실로부터 저항하려는 극한의 내면을 보여준다. 시적 주체가 행한 파레시아의 '위험-말하기'가 얼마나 현실에서 위험한 것인지 김수영 시인의 미발표 유고시를 통해 대비시킨다. 김수영의 유고시 「김일성 만세」는 이미 당대 사회적 현실을 떠난, 다시 말해 위험-말하기로부터 벗어나 안전한 "썩은 사과"라고 인식한다. 파레시아스트는 가장 위험한 현실을 맞닥뜨리고 이를 통해 자신의 신념을 설파하는 자이다.

시의 주체가 작동하는 진실-말하기의 힘은 타자를 설득하는 것에서 배태된다. 랓자라또는 "자기와의 관계에서 이런 힘, 또는 역량이 진실 말하기와 관련된 위험을 감수하게 만든다. 타자와의 관계에서 이런 힘, 또는 역량이 그들을 설득하고 인도하며 그들의 품행을 조정하게 만든다"[27]고 했다. 죽음을 무릅쓴 시는 작품 감상을 통해 전달되는 의미 전달력이 무척 높다. 즉, 진실의 의미를 극적으로 표현했으므로 대중을 선동할 수 있을 만큼 설득력이 높다.

"우리 세월호 아이들이 하늘의 별이 된 게 아니라
진도 명물 꽃게밥이 되어 꽃게가 아주 탱글탱글
알도 꽉 차 있답니다~."

요리 전의 통통한 꽃게 사진과 함께
페이스북에 올라 있는 글이다.
이 포스팅에 '좋아요'는 500여 개이고
감탄하고 부러워하는 댓글은 무려 1500개가 넘었다.
'좋아요'보다 댓글이 더 많은 경우는 흔치 않다.

사진을 올리고 글을 쓰고 환호한 사람들은
모두 한 번쯤 내 옷깃을 스쳤을 우리 이웃이다.
문득 영화 「살인의 추억」 마지막 장면에서
비로소 범인을 찾은 듯 관객들을 꿰뚫어보는
송강호의 날카로운 눈빛이 떠오른다.

---

27 랓자라또, 앞의 책, 342쪽.

범인은 객석에도 숨어 있고 우리집에도 숨어 있지만
가장 보이지 않는 범인은 내 안의 또다른 나이다.

―「악의 평범성」 부분

몇년 전 경주와 포항에서 지진이 일어났다.
그때 포항의 한 마트에서 정규직은 모두 퇴근하고
비정규직 직원들만 남아 헝클어진 매장을 수습했다.
밤늦게까지 여진의 공포 속에 떨었다.
대부분 아르바이트 학생들과 아기 엄마들이었다.
목숨도 정규직과 비정규직으로 차별받는 세상이다.
지진은 무너진 건물의 속살과 잔해만 보여주는 게 아니라
인간의 부서진 양심과 잔인한 본성까지도 보여준다.
정말 인간은 언제 인간이 되는가.
불쑥 영화 〈생활의 발견〉에 나오는 대사가 떠오른다.
"우리 사람 되는 거 힘들어.
힘들지만 우리 괴물은 되지 말고 살자."

―「악의 평범성 3」 전문

시집의 표제작이기도 한 '악의 평범성'은 한나 아렌트(Hannah Arendt)가 유대인 대량 학살을 자행한 나치 전범에 대한 연구의 결과를 한 마디로 집약한 단어이다. 이산하가 제시한 '위험-말하기'의 태도는 시인의 내부로 향하기보다는 시인이 외치는 대사회적 발언에 가깝다. 이산하는 개인의 고통을 사회의 고통으로 치환하고, 사회의 고통을 통해 다시 개인을 성찰하는 방식의 인식 전환을 시에서 꾀한다. 이산하의 '진실-말하기'의 수위는 역사적 사건일 수도 있지만 가장 평범한 우리의 일상에서도 늘 자행되어 왔다는

사실을 직시해 준다. 특정 인터넷 극우 사이트에서 자행되는 광주민주화운동에 대한 조롱과 폄훼는 그 수준을 넘어서 악의 수준에까지 다다르고 있다. 시에서는 광주 학살 시신 사진들을 보며 "광주 수산 시장의 대어들"이라는 조롱과 "홍어"로 대표되는 특정 지역에 대한 망언을 하나의 사례로 등장시킨다. 이어 세월호에 대한 인터넷 공간에서의 조롱과 멸시의 이유는 더욱 처절하게 다가온다. 여기서 우리가 직시해야 할 지점은 인터넷 공간 속에서 자행되는 군중들의 모독과 망언이 평범한 우리 이웃들로부터 행해진다는 점이다. 그 이웃은 객석과 우리집에도 있을 수 있으며, 나아가 "내 안의 또다른 나"일 수도 있다고 고백한다. 즉 '악'은 가장 평범한 우리 자신에게 언제든지 다가올 수 있는 반윤리적 테제이다.

그러한 측면에서 「악의 평범성 3」은 우리 사회 구조에 관한 더욱 사실적인 사유에 해당한다. 비정규직에 대한 사회적 갈등은 지금도 여전히 유효한 문제이며, 가장 사실적으로 가진 자와 못 가진 자에 대한 차별을 드러내는 문제에 해당한다. 지진이 일어난 포항의 마트에서 비정규직이 받는 차별은 목숨을 담보로 한 공포를 떠안아야 하는 데까지 간다. 실제 사례를 바탕으로 본 우리 사회의 차별에 대한 현실인식은 공포에 가깝다. "인간의 부서진 양심과 잔인한 본성"은 가장 평범한 우리 일상에서 매일 자행되는 악이다.

이산하는 당대의 사회적 현실을 '진실-말하기'의 방법으로 발언하며, 이러한 발언의 토대는 근원적인 인간의 본성으로부터 발원된다. 그것을 악의 평범성이라는 화두를 통해 대사회적 발언으로 일반 대중들을 설득한다. 이산하는 미셸 푸코가 제기한 파레시아를 가장 오랫동안 시로 구현한 시인이며, 현재에도 진행형인 시인이다. 고봉준은 푸코의 파레시아 판별 유무를 정리하면서 진솔성, 신념과 진실의 일치, 용기, 비판 등의 조건을 제시했다.[28] 이산하

---

28   고봉준, 「김수영 문학에서 '시인'과 '시쓰기'의 의미」, 『민족문학사연구』 68호, 민족문학사

는 이러한 조건을 모두 갖춘 파레시아스트이다. 파레시아는 시적 주체의 실천을 강조하는 질문이다. 푸코가 말한 "지금의 권력 관계들을 문제 삼으려는 비판으로 재해석하고 새로운 진실-담론을 생성하는 구체적인 실천으로 제시"[29]하는 시적 반영을 이산하의 시를 통해 해명할 수 있다. 이는 "파레시아가 '진리=말'이라는 언어행위에서 출발하여 '진리'의 문제와 '삶'의 문제를 연결"[30]하는 기능을 갖고 있기 때문이다. 그의 현실인식은 '진실-말하기'에서 시작하여 '위험-말하기'까지 이어진다. 이를 통해 일상적 삶을 변화시키거나 사회 구조를 변혁시키는 추동력을 갖게 하는 '정치적 파레시아'를 실현하고 있다.

4. 시적 윤리와 파레시아의 비판-말하기

이산하의 시에서 보이는 정치적 파레시아는 결국 윤리적 파레시아와 불가분의 관계에 놓여 있다. 정치적 파레시아를 인식하는 순간, 주체의 내면에는 윤리에 대한 성찰이 함께 습득되기 때문이다. 랏자라또는 "정치적 주체가 자기 자신을 윤리적 주체로 구성한다는 사실이다. 거기서 윤리적 주체는 자기 자신이 취한 입장에 따라, 위험을 감수하고 도전을 감행하며 평등한 사람들을 분할할 수 있으며, 달리 말해 갈등의 상황에서 자신을 통치하고 타자를 통치할 수 있다"[31]는 말로 정치적 파레시아와 윤리적 파레시아의 관

연구소, 2018, 86쪽.

29   조난주, 「담론적 실천으로서 파레시아」, 『시대와 철학』 31권 3호, 한국철학사상연구회, 2020, 232쪽.

30   고봉준, 앞의 책, 86쪽.

31   랏자라또, 앞의 책, 342쪽.

76   환상과 토포필리아

계와 윤리적 주체의 가능성을 개진하고 있다. 이산하의 시가 신념에 의한 사회적 현실의 변화와 실천에 무게를 두고 있다면, 김안[32]의 시는 전혀 다른 지점에서 파레시아를 구현하고 있다. 김안은 사회적 현실을 구체적으로 탐색하기보다 사회적 현실을 응대하는 주체의 내면에 더 집중한다. 그 내면의 풍경은 시적 주체의 생활과 윤리에 대한 주제이다. 시적 주체가 가진 선구자적 대사회적 발언은 거세하고, 당대의 사회적 조건 속에서 생활을 감내해야 하는 시민적 주체로서의 발언에 더 집중한다. 이 두 가지의 발언 모두 파레시아로서의 역할을 충분히 할 수 있지만 각각 다른 양태의 파레시아스트로 파악할 수 있다.

시인은 작품의 미학적 완결성과 작품의 사회적 기능 사이에서 늘 무게중심을 잃지 않으려는 창작 태도를 가지고 있다. 넓은 범주로 보면 형식과 내용 사이의 긴장이 시의 중요한 미덕으로 오랫동안 자리매김하였다. 김안은 촛불 이후 시적 주체가 가져야 할 윤리적 태도에 대해 누구보다 예민하게 감지하고 있다.

> 조금 더 생활로
> 생활의 구속으로부터 벗어나 생활로 더 가까이
> 세상의 유행어를 쏟기 시작하는 딸의 입과
> 매일 꽉꽉 채워야 하는 냉장고로
> 냉장고의 차가운 윤리로
> 윤리의 뱃가죽으로
> 세속의 주술로부터 벗어나

---

32 1977년 서울에서 태어났다. 2004년 『현대시』로 등단했다. 시집으로 『오빠생각』, 『미제레레』, 『아무는 밤』이 있다. 제5회 김구용시문학상, 제19회 현대시작품상을 수상했다.

세속의 비정한 규칙들로

규칙도 벗어나

내가 누리는 평화의 대가를 고통 없이 바라보도록 식탁 위에서

누렇게 말라붙어 종국엔 버려질 밥과,

밥에 붙어 각다귀처럼 기생하는

말과 입의 부당하게 정직한 세계로

생활로

생활의 결기로

매일 밤 무럭무럭 키우는 추하고 평범한 꿈으로

그러면 더 나아질까

ー「가정의 행복」 부분

김안의 시는 늘 윤리의 본질과 생활의 불가피함 사이의 고뇌 속에서 배태되는 성찰적 사고에 기반한다. 시인의 자서에서 "질문과 그것의 아름다움, 삶의 기쁨과 때론 그와 반대의 것들을 하나씩 깨치고 있는 딸과, 나와 함께 늙어가는 지혜로운 아내의 머리 위로 지붕 하나 없고 살아간다는 것이 얼마나 영롱한 생활인지"[33]를 고백하며 딸과 아내와 함께 살아가는 생활의 감사함과 아름다움을 표현한다. 시인에게 딸과 아내는 영롱한 생활이라고 표현되는 것처럼 이상적인 낙원의 공간이며 더 나아가서 위안과 구원의 대상이다. 하지만 현실은 그렇지 않다. 가족들과의 행복은 참사와 무관하게 이어질 수 없다. 세월호 참사에 대한 공동체의 고통과 잘못된 제도와 비도덕적인 위정자들을 모른체 할 수 없는 시인의 양심과 시민의 양심이 성찰적 태도를 보여줄 수밖에 없다. 시인이 분노하고 아파하는 지점과 시인에게 가장 큰 행복을 주는 지점이

---

33   김안, 『아무는 밤』, 민음사, 2019, 자서.

동시대에 교차되면서 과연 인간의 본질은 무엇인가를 직시하는 계기를 준다. 시인은 사명을 가진 사회적 자아로서의 '운동'과 가정을 영위하는 한 시민으로서의 '생활' 사이를 왕래하면서 인간의 한계를 얘기하려 한다. 그 한계가 가진 굴레와 슬픔을 진솔하게 고백하는 것이 김안의 시가 가진 특성이다. 그런 측면에서 '가정의 행복'은 역설이다. 가정의 행복과 사회적 불행이 가진 거리가 영원히 회복될 수 없는 고뇌가 "내가 누리는 평화의 대가를 고통 없이 바라보도록 식탁 위에서" 매일같이 실현되고 있다. 한 편의 시가 문장을 끝맺지 못하고, 질문과 또다른 질문의 형식으로 이어지는 시적 수사법은 이러한 시인의 성찰적 태도가 얼마나 지난하고 고통스러운 일인지를 간접적으로 드러낸다. 시인이 꾸는 꿈조차 "가까스로 조용히 불을 끄고/ 등을 맞대고서 서로의 추하고 달콤한 꿈을 고백"하는 방식으로 이어진다.

우리를 만든 것은
불행과 슬픔이고
빛과 소음을 떠나 무능한 밤이고
무능하여 속죄가 불가능했던 밤이고
때문에 집은 달아나고 심장만 너덜너덜 자라나는 밤이고
그러기에 이 밤은
우리가 아물기도 전에
빛으로 소음으로 끝날 테지만
우리가 불행과 슬픔으로 만들어 낸 피로처럼
가까워질수록 증오하게 되던 애인들처럼
우리에게 숨어들어 밤새 속삭이던
투명한 영혼들도 불가해한
이유로 다 팔려 나가고

어떻게든 아물기 위해

차갑고 희뿌연 유리창에 갇힌 채 비루한 겁을 베끼는 밤이지만

어떻게든 아물려는 불가능한 밤이지만

아무는 밤이지만

―「파산된 노래」(17) 부분

견고하게 우리 바깥의 고통은 더 이상 상상되지 않는 스스로에게만 비극일 뿐인 그것, 그것이 윤리라면, 그것이 우리의 윤리라고 누군가가 술에 취해 말했을 때, 그 불구의 윤리가 우리의 문학사라고 말했을 때, 우리는 그저 어제의 말을 사랑하고, 오늘의 말에 힘썼을 뿐인데, 우리의 입 속에서 낯설어지는 우리의 혀, 우리의 낯선 혀가 서로의 입 속에서 아무런 수치심도 없이 달궈질 때, 우리의 말이 시작되는 곳은 어디여야만 할까,

―「파산된 노래」(32) 부분

김안은 한 권의 시집 속에서 「파산된 노래」라는 같은 제목의 시가 5편이 수록되어 있다. 또한 「불가촉 천민」이라는 제목의 시가 8편이 있으며, 「가정의 행복」도 같은 제목의 시가 4편이 수록되어 있다. 비슷한 제목의 시(「우리들의 서정」, 「우리들의 방」, 「우리들의 가족」, 「물의 가족」, 「우리들의 무기」, 「우리들의 공동체」, 「우리들의 유리」)도 다수 수록되어 있다. 의도적이라고 할 수밖에 없는 이러한 시적 반복은 이 시집을 관통하는 중요한 기제이다. 위의 시들은 비슷한 문체와 언어적 태도를 바탕으로 끊임없이 질문하고 따지는 형식을 갖고 있다. 또한 사회학적 상상력을 생활의 윤리와 유비하여 표현된 문장들이 시의 곳곳에서 발견할 수 있다.

김안은 사회구조의 변혁을 꾀하는 자아가 생활을 영위하려는 자아를 이길 수 있는가란 본질적인 질문과 시인 스스로 그 질문에 대해 끝없이 고투하는

사유의 에너지가 질문의 형식으로 표출되고 있다. 이 세계와 나의 관계는 이미 파산된 지점에 놓여 있다. 불행과 슬픔과 무능은 그러한 관계 설정을 지시하는 부분이다. 그렇기에 파산된 주체의 내면과 이를 봉합하려는 주체의 성찰적 태도가 "아무는 밤"이라는 시적 공간을 만들어 낸다. 아무는 밤은 시인이 사회적 현실을 직시하는 시간이며, 생활인으로 살아가는 자아에서 벗어나 시적 주체로서 사회를 다시 성찰하는 각성의 시간이다. 그런 이유로 "집은 달아나고 심장만 너덜너덜 자라나는 밤"이 된다. 하지만 성찰의 시간은 생활의 시간이 닥치게 되면 "빛으로 소음으로 끝날" 피로가 된다. 이 불가능의 연속이 파레시아가 만든 '윤리적 파레시아'의 상황이다.

김안은 시집 전반을 통해 끊임없이 윤리적 주체와 항전한다. 시인이 가진 윤리적 파레시아는 윤리를 생각하고, 윤리를 생각하는 시간을 통해 지금 당대의 윤리가 무엇인지를 직시하려는 욕망을 생산한다. 김안이 제시하는 윤리에 대한 강박과 반복은 이전 세대가 가진 윤리적 떳떳함과 이후 세대가 가진 윤리적 탈주 사이에서 더욱 깊은 인식의 고투로 시 속에서 실증된다. 즉 "시는 도덕적인 차원에서가 아니라, 윤리적인 차원에서 미적 진실을 추구한다. 도덕과 윤리는 현실적으로 뒤섞여 작동하지만 결별의 지점이 존재한다. 도덕이 이데올로기, 제도, 가정 등 상이한 명령기제들에 의해 부과되는 규제나 가치들의 총체인 반면, 윤리는 자신을 도덕률의 주체로 구축하는 방식"[34]을 시의 새로운 수사적 형식을 통해 전달하고 있다.

특히 김안의 시는 파레시아의 '비판적-말하기' 특성을 살펴볼 수 있다. 비판은 크게 타자에 대한 비판과 자아에 대한 비판으로 살펴볼 수 있다. 비판이 유효하기 위해서는 시적 주체는 타자보다 열등한 위치에 놓여야 한다. 낮은 위치의 주체가 높은 위치에게 진실-말하기를 수행했을 때 이를 파레

---

34 임지연, 「시적 파르헤지아에 대하여」, 『오늘의 문예비평』, 2007.11, 300쪽.

시아라고 진단할 수 있다. 김안의 시에서 반복적으로 등장하는 '파산된 노래'
와 '불가촉 천민'은 계급의 상징을 이용하고 있다. 자유 민주주의 사회에서
'불가촉 천민'이라는 계급은 없지만, 실제 우리의 삶은 또다른 불가촉 천민에
해당할 수 있다는 인식이 기저에 깔려 있다. 또한 '우리들'이라는 비슷한
유형의 제목이 반복적으로 등장하는 것은 이러한 비판적 말하기가 한 개인의
발언이 아니라 우리 공동체의 발언이었으면 좋겠다는 희망을 품고 있다.

>   가난한 아이들이 굶어 죽어 제물 되고,
>   맹목의 연인들이 반복적으로 사랑과 죽음을 나누고.
>   맹목과 사랑과 죽음으로
>   가난이 영원히 반복되는 지구에서,
>
>   　　　　　　　　　　　　　　　　　　 ―「파산된 노래」(14) 부분

>   잠든 가족의 머리맡에 웅크려
>   비굴한 괴물이 되어 가는 실증으로 아무는 밤
>   겁에 질린 무능한 밤을
>   살아 낼 말들이 내게 있을까
>   우리가 만든 개새끼들과
>   우리가 지나온 야만과 행복을 담아낼
>   파산된 노래가
>
>   　　　　　　　　　　　　　　　　　　 ―「파산된 노래」(18) 부분

>   오늘도 나는 단 하나의 역사를 살아 버렸습니다
>   당신의 피 속에 신음하는
>   이렇게나 많은 말 못하는 입들과

차가운 광장에 내몰려져 있는 기억들의

각기 다른 모국어와 함께

불구의 반도에 생매장된 채로

　　　　　　　　　－「파산된 노래」(80) 부분

　김안의 비판적-말하기는 여러 층위의 방식으로 이루어진다. 지금 이 사회의 구조에 대한 비판으로부터, 신자유주의의 체제와 그 체제를 신봉하여 또다른 '불가촉천민'을 만드는 위정자들에 이르기까지 다양한 양상으로 이루어진다. "아이들이 굶어 죽어 제물"이 되는 '기아'의 문제와 "사랑과 죽음"도 '가난'의 틀 속에서 규정되어지는 현실을 얘기한다. 또한 지금의 사회구조를 만든 우리 공동체가 "비굴한 괴물"이 되어 "무능한 밤"을 보내는 시공간을 제시한다. 그 속에서 "우리가 만든 개새끼들"은 가장 안락한 조건을 누리며 살아간다. 세월호 참사를 떠올리게 하는 파산된 노래는 비판의 강도가 더욱 강하게 다가온다. "차가운 광장에 내몰려져 있는 기억들"은 우리 공동체가 감내하고 있는 트라우마이며 "불구의 반도에 생매장된" 아픈 현실이다.

　김안의 윤리적 파레시아는 '비판적-말하기'의 형태로 드러난다. 김안은 끊임없이 '우리들'이라는 복수형을 시적 주체를 대변하는 대명사로 사용한다. 시적 주체의 삶의 양식 변화가 우리 공동체 모두의 변화가 되는 지점을 시인은 피력한다. 그것이 파레시아에서 말하는 '자기 배려'이다. 파레시아는 약한 자가 강한 자에게 용기를 가지고 발언하는 진실말하기로 출발하고 있지만, 진실말하기 혹은 진실되기가 지향하는 관점은 '위/아래'의 경계에서 실현되는 것이 아니라 '자기 배려'의 방향으로 전이되기도 한다. 자기 배려는 "사유와 원칙, 그리고 담론(logos)과 자신의 삶의 양식(bios)이 일치하도록 실천하는 '파르헤지아적 활동'(parrhesiastic activity)"이며 "주체가 진실에 접근하기 위해 자기 자신에게 필요한 변형을 가하는 탐구이고, 실천이고, 경험"[35]이라고 말한다. 이는 파레시아의 실천이 저항의 차원에서만 파악될 수 있는 문제가 아니라, 주체의 반성 혹은 성찰의 측면에서도 바라볼 수 있다는 점을 시사한다.

5. 결론

파레시아스트가 지향하는 '진실-말하기'는 솔직함, 진실, 위험, 비판, 의무의 특성을 가지면서 다양한 양상으로 현대시에 표출되었다. 파레시아의 개념을 구현한 사례로 이산하, 김안 시인의 시적 특성을 분석했다. 두 시인의 시 세계를 통해 2010년대 초반 현대 사회의 어두운 단면에 대해 시인이 정치적 윤리적으로 어떻게 응전하고 작품으로 표현하는지 알 수 있다. 이는 2000년대 미래파의 시적 세계와 다른 2010년대의 시적 흐름의 특징이다. 이 두 시집은 당대의 사회적 현실을 첨예하게 부여잡고 각 주체가 가진 개성적 목소리를 통해 파레시아를 전달하고 있다. 이산하는 정치적 파레시아를 구현하여 시가 가진 사회적 역할과 변혁의 태도를 전달하는 시를 선보였다. 김안은 윤리적 파레시아를 구현하여 시의 반성적 태도와 사회 구조와 개별적 자아의 생활이라는 현실적 측면을 고투한 언어를 드러내었다. 즉 이산하는 실천을 통한 시의 사회적 역할을 김안은 성찰을 통한 시의 윤리적 역할을 수행하였다.

두 시인을 통해 우리는 파레시아가 가진 여러 특성을 해명하고 앞으로의 과제를 떠안게 되었다. 파레시아는 진실을 말하는 사람이며, 이 진실은 용기

35　김경희, 「미셸 푸코의 '진실의 용기'에 대한 소고」, 『여성연구논집』 26집, 여성문제연구소, 2015, 25쪽.

를 가진 자 혹은 위험을 무릅쓴 자에게만 말하기를 허락한다. 진실을 말할 수 있을 때에야 비로소 올곧은 비판이 가능해진다. 이것이 진실, 용기, 위험, 비판의 과정을 통해 이 세계의 본질을 파악하는 것이 파레시아가 궁극적으로 도달하려는 지점이다.

현대시에 남겨진 과제는 파레시아를 구현한 작품들이 가지는 미학적 다양성과 완성도이다. 정치성을 가진 파레시아와 윤리성을 가진 파레시아의 결합과 또다른 양태의 '미학적 윤리'를 가진 시가 더 많이 생산된다면 파레시아의 특성으로 시를 분석하는 연구가 더욱 정치해질 것이다.

제2장

박용래 시에 나타난 토포스의 특성 연구

1. 서론

박용래 시인은 1955년 『현대문학』을 통하여 박두진 시인의 추천으로 작품 활동을 시작했다. 추천된 시는 「가을의 노래」, 「황토길」, 「땅」 등이다. 출간한 시집으로는 『싸락눈』(1969), 『강아지풀』(1975), 『백발의 꽃대궁』(1979) 등이 있으며 세 권의 시집을 망라한 박용래 전집 『먼 바다』(1984)를 출간했다.

박용래 시인은 충청 지역을 대표하는 시인이다. 1925년 충남 논산군 강경읍에서 출생하여 강경중앙보통학교, 강경상업학교를 졸업하였다. 1943년 졸업 후 조선은행 본점과 대전 지점에서 1945년 7월까지 근무하였다. 1948년부터 대전보문중학교, 대전철도학교, 한밭중학교, 송악중학교, 대전북중학교 등으로 전근하며 교사로 근무하였다. 1973년 대전북중학교를 취임하였다가 수개월 후 사임하고 1984년 작고할 때까지 전업시인으로 활동하였다.

박용래는 전통적이고 향토적인 세계관을 시에 담았으며, 시적 방법론으로는 이미지즘을 주로 원용하였다. 시의 소재는 토속적인 자연물과 농촌 공동체가 공유하고 있는 원형적 이미지들을 사용하였다. 박용래는 고향의 정경과 자연물과 가옥들을 주로 시의 소재로 삼았다. 특히 박용래가 관심을 가지고 선점한 장소는 박용래의 시에서 특별한 의미를 지닌다. 시의 장소는 화자와 시적 대상을 연결하는 정서적 매개체로 역할을 한다. 시의 화자는 특별한 장소를 통해 세계관을 표출하며 특별한 장소가 보편적 장소로 환기하는 역할을 한다. 개별적 경험이 보편적 경험으로 이행되는 시적 맥락을 통해 시의 주제는 더욱 확고하게 부각된다. 박용래의 시는 보편적인 사람들보다 가족들이나 가까운 동료 문인들을 주로 시적 소재로 삼았다. 부연하면 박용래의 시는 사적 관계를 시적 대상으로 삼고 이런 경험을 통해 당시 공동체의 보편적 경험을 환기하고 있다.

　박용래의 시를 토포스의 관점에서 해석하고, 토포스의 입장에서 박용래의 시를 분석할 때 어떠한 미학적 특질이 발생하는지 이번 글을 통해 밝히려 한다.

2. 토포스에 관한 이론적 배경과 연구사 검토

　토포스(topos)의 정의에 대한 가설은 아리스토텔레스의 저작을 통해 가장 많이 논구되었다. 아리스토텔레스의 저작인 『수사술』과 『토피카』에서는 다양한 단계와 관점으로 토포스를 해석하고 있다. 『토피카』는 토포스를 집중적으로 분석한 저서이며 총 8권의 방대한 분량이다. 『토피카』는 많은 종류의 토포스를 수집하고 분류한 '토포스들'이라는 의미를 갖는다. 『토피카』에서는 주어와 관계된 술어에 따라 토포스를 정의, 고유속성, 유, 우연속성으로 분류하고 열거한 뒤 설명한다. 하지만 이 저서에서는 토포스의 개념을 정확하게 정의해주지 않는다. 다만 "장소(locus)를 의미하는 토포스(topos)란 개념은 규정하기가 다소 어려운 말"[1]이며 "역사적으로는 장소-기억술과 밀접한 관련을 맺고 있다"²고 해설한다.『수사술』은 토포스의 정의를 간략히 제시한다.³ 하지만 이 논증은 토포스의 전제를 통한 논증, 명제, 종차 등의 수사학적 관점에서만 파악하고 있다. 즉 토포스를 장소와 공간이라는 복합적으로 인식하는 개념어로 규정하지 않고 있다. 토포스를 터의 관점으로 바라보는 해석도 있다. 일반적으로 토포스를 장소, 위치, 터, 지점 등으로 해석하는데 이의미를 넓혀 보면 논점, 논의를 하는 장소, 논의하는 공동의 터전 등을 의미하기도 한다.

김열규 또한 토포스를 '터'의 입장에서 바라본다. "장소, 곳, 땅, 토지. 이들은 한국인의 토포스"⁴로 인식하고 있지만 더 중요한 것은 자리, 터, 터전의 개념이라고 논구한다. 즉 "자리, 터 그리고 터전은 그럴 수가 없다. 무엇인가 가치 지향성이 높다. (중략) 흙더미나 땅덩이도 아니다. 그것은 의미론의 대상이다. 능동적으로 작용하는 동태다. 또 스스로 말하는 기호론의 체계이기도 한 것"⁵으로 해석한다. 이런 논거로 집터, 살림터, 터살이, 터가 세다 등의 생활 근거를 제시한다.

토포스는 가시적인 공간으로서만 기능하지 않는다. 장소의 관점에서 토포스를 바라보면 주체가 가진 신분, 성차, 직업, 사회적 위치 등의 자리에서 바라보는 장소 또한 중요한 의미를 지닌다. 박용래는 남성이며 시인이고, 어린 시절 누이를 잃은 경험이 있으며, 학교 교육 현장에서 학생들을 가르치는 교육자이다. 이러한 위치에서 바라본 장소는 또다른 관점으로 바라보는

1   아리스토텔레스,『토피카』, 김재홍 역, 서광사, 2021, 530쪽.

2   같은 책.

3   안상욱의 토포스의 정의에 대한 논의를 참조.(안상욱,「아리스토텔레스의 토포스가 가진 정의와 속성」,『범한철학』제97집, 범한철학회, 2020.)

4   김열규,「Topophilia: 토포스를 위한 새로운 토폴로지와 시학을 위해서」,『한국문학이론과 비평』제20집, 한국문학이론과 비평학회, 2003, 9면.

5   같은 책, 9-10면.

것이 가능하다. 토포스는 단순히 제시되는 장소로서 파악되기보다는 주체가 가진 관점과 시선의 높이와도 큰 연관을 가진다.

토포스는 물리적인 장소뿐 아니라 언어의 장소, 논리가 발생하는 장소, 언어활동의 장소로서도 존재한다. 언어가 발생하고 활동하는 장소는 공동체가 공유하는 사고방식과 세계관을 함유할 수 있으며, 공동체가 지향하는 언어 표현이 발생한다. 나카무라 유지로는 "그리스어에서는 언어에 관한 토포스란 특히 인간의 지적 언어적인 유산으로서의 혹은 주제에 관한 여러 가지 사고방식, 표현방법의 집적소를 의미한다. 예컨대 사랑의 토포스, 정의의 토포스, 자연미의 토포스"[6]라 칭하며 다양한 언어적 의미의 토포스를 분석하고 있다.

토포스(topos)는 공간과 장소의 의미로 혼용되어 자주 사용된다. 하지만 공간과 장소는 분리하여 이해할 필요가 있다. 공간이 불특정하고 물리적인 곳이라면 장소는 물리적인 곳에 언어적 의미를 부여한 곳이다. 공간은 장소에 비해 추상적인 인식이다. 이러한 공간도 어떤 특별하고 구체적인 가치를 부여하거나 서사가 발생되면 장소가 된다.

이러한 공간과 장소의 관계에 대해서 이-푸 투안은 "장소의 안전과 안정을 통해 공간의 개방성과 자유, 위협을 인식"한다고 전제한 뒤 "공간을 움직임(movement)이 허용되는 곳으로 생각한다면, 장소는 정지(pause)가 일어나는 곳"[7]이라고 명시하였다. 그런데 인간의 시간은 움직임과 정지의 과정에서

---

6   나카무라 유지로, 『토포스-장소의 철학』, 박철은 역, 그린비, 2012, 8쪽.

7   토포스를 해석하면서 공간과 장소의 관계를 분리하여 분석한 대표적인 논자는 이-투 푸안이다. 장소는 공간과 다른 의미체계를 가진다. 이-투 푸안은 이를 경험과 지식의 범위를 통해 해명하고 있다. 장소는 경험이 담지되어야 공간과 다른 의미를 가진다. 더 나아가 장소를 개념적으로만 파악하는 것도 한계가 있다. 한 장소를 개념적으로만 이해하는 것보다 촉각, 미각, 후각, 청각, 시각을 통한 인식이 필요하다.(이-푸 투안, 윤영호 김미선 역, 『공간과 장소』, 사이, 2020, 19-20쪽 참조.)

순환되고 반복된다. 공간으로서 인식하는 것과 장소로 인식하는 것이 순환 반복을 거치면서 특별한 의미의 장소만 남게 된다. 움직임이 정지되는 그 위치가 의미를 갖는 장소가 되며, 그 장소는 시적 주체에게 영향을 주는 시적 대상이 된다.

시적 토포스는 공간의 의미를 넘어 장소의 의미와 기능을 갖는다. 공간과 장소는 서로 상호 호응하는 관계에 놓여있다. 개방되고 광활한 공간에서는 특수하고 의미있는 장소를 열망한다. 역으로 안전한 장소에서는 광활하게 익명의 공간을 희구하게 된다. 공간과 장소는 서로 분리되는 것이 아니라 서로 상보적인 관계에 있다. 진은영은 "문학의 토포스는 세계의 다양한 장소들 중 특수한 방식으로 점유된 하나의 장소를 의미한다. 그것은 상업적인 화폐의 공간과 우파와 좌파 모두의 도덕주의적 정치 공간으로부터 분리되어 존재하는 하나의 새로운 장소"[8]라고 했다. 공간의 의미를 포섭한 '장소'를 토포스를 이해하는 개념으로 사용할 수 있다. 이러한 관점이 기존 장소에 관한 일반적인 입장과 다른 점이다. 문학적 의미로서의 토포스를 박용래의 시를 통해 해명하는 것이 이번 연구의 목적이다.

박용래 시의 공간과 장소에 관한 연구는 박용래 연구사에서 미개척지 중의 하나이다. 지금까지 박용래의 공간과 장소에 관한 연구는 단편적으로 진행되었으며 본격적인 장소의 개념으로 이해되는 토포스에 관한 논구는 많지 않다. 대표적으로 간호배, 강희안, 엄경희, 한상철을 들 수 있다.

간호배[9]는 박용래의 시를 토포필리아의 관점으로 해석했다. 토포필리아는 장소애라는 개념으로 사람과 장소를 연결해 주는 정서적 특징을 의미한다.

---

8   진은영, 「문학의 아토포스: 문학, 정치, 장소」, 『현대문학의 연구』 48권 48호, 한국문학연구학회, 2012, 95쪽.

9   간호배, 「박용래 시에 나타난 토포필리아」, 『한국근대문학연구』 20권 1호, 한국근대문학회, 2019.

박용래의 시를 공간을 지배하는 색채, 누이에 대한 기억을 통한 공간 의식, 고향을 중심으로 한 공간과 장소에 대한 애착으로 분류하고 있다. 즉 "이러한 장소나 공간에 대한 집착은 시인의 자의식과 이데올로기에 대한 반영"이며 "과거의 시간과 공간에 대한 제유로서 나타나는 색채, 누이, 고향 등에 대한 토포필리아적 고찰은 시의 원천을 찾는 데 중요한 역할"이라고 분석한다.

강희안[10]은 박용래의 시에서 주로 사용하던 '눈', '물', '새'의 이미지를 분석한다. 세 가지 이미지 분석을 통해 환원적 공간 의식, 화해적 수용 공간, 무화적 공간 지평의 주제어를 도출해내고 이것으로 공간 지각 현상이 어떠한 양상으로 드러났는지를 해명하고 있다.

엄경희[11]는 박용래의 시를 장소 경험과 자연 서정의 연관 관계로 파악하고 실존 의식의 전개 또한 장소 경험으로 해석한다. 이점을 해명하기 위해 게니우스(genius), 헤테로토피아(heterotopia)의 개념을 논거로 든다. 조르조 아감벤과 미셸 푸코의 논의를 통해 시와 존재론적 장소를 시의 중요한 결정 요인이며 시인의 장소 경험을 중요한 시적 발화로 이해한다. 장소 경험을 가리켜 "'장소 애착'과 '장소 혐오'의 정념이 시의 서정성과 모더니티를 분기하는 요인이며, 그 분기의 근원으로 작동하는 장소 경험의 축이 '게니우스'와 '헤테로토피아'와 연계된다"[12]고 밝히고 있다. 이런 논구를 통해 박용래 시의 장소와 실존의 양상을 함께 연결짓고 이를 해명하고 있다.

한상철[13]은 박용래가 구현한 시적 대상들을 '집-고향'과 '고향-마을'로 계열화시켜 이중적 장소로 전환된다고 해석한다. 이어 박용래 시에 나타난

10   강희안, 「박용래 시의 상징 이미지와 공간 지각 현상」, 『비평문학』 29호, 한국비평문학회, 2008.

11   엄경희, 「박용래 시에 나타난 게니우스와 헤테로토피아의 장소 경험」, 『국어국문학』 198호, 국어국문학회, 2022.

12   같은 책, 170쪽.

13   한상철, 「박용래 시의 장소 표상과 로컬리티」, 『비평문학』 58호, 한국비평문학회, 2015.

장소가 향토 서정의 장소로서만 존재하는 것이 아니라 반모더니티의 체험에 근거한 로컬리티적 장소애로 확장하는 개념이라고 설명한다. 이를 논증하기 위해 '집-고향' 표상의 소재를 계량화하고, '고향-마을' 표상의 반모더니티 체험의 시편들을 분석한다.

위의 연구 성과들을 참조하여 박용래의 토포스를 새롭게 바라보고자 한다. 장소성 양상에 대한 기존 연구와의 변별점을 갖기 위해 로컬 서사와 기억의 관점에 집중하고자 한다. 이를 통해서 이미지가 어떠한 방식으로 발현하는지를 이미지의 원형과 주체의 특성을 다각적으로 살펴본다.

3. 로컬 서사의 토포스: 장소 이미지의 원형

시인은 이상적인 장소를 시적 대상으로 삼는다. 시에서 이상적인 장소를 고향으로 상징하는 것은 자주 엿볼 수 있는 방법이다. 고향은 시적 주체의 원적지이며 가장 아름답고 근원적인 시간을 보낸 장소로 기억되기 때문이다. 특히 고향이 도시가 아니라 농촌 공동체일 경우에는 더욱 절실하게 이상적 장소가 된다. 도시는 인간과 인간 사이의 유대의식이 희박한 장소이다. 도시는 경쟁의 장소이며, 성공과 욕망의 장소이며, 자본이 집적되는 장소이다. 도시는 여러 부분에서 농촌과는 대비되는 장소로 자리매김한다. 이와 반대로 농촌은 인간과 인간이 모여 공동체를 이루는 장소이며, 욕망과 자본보다는 관습과 인정의 정서가 더 중요한 장소이다. 또한 고향은 가족과 친척이 모여 있는 곳이기에 더욱 근원적인 장소가 된다. 이-푸 투안은 고향이라는 장소에 대한 애착을 다음과 같이 바라보고 있다.

고향에 대한 깊은 애착은 특정 문화나 경제권에만 국한되는 것이 아닌

전 세계적인 현상으로 보입니다. 이 현상은 글을 읽고 쓸 줄 아는 여부와도 무관하며, 수렵채집인들은 물론 정착 농부들과 도시 거주자들 모두에게 해당됩니다. 어머니로 여겨지는 도시나 땅은 삶의 자양분을 제공합니다. 장소는 애틋한 추억들과 함께 현재에 영감을 주는 멋진 성취들의 '저장고'인 것입니다. 또한 장소는 영속적이어서 우연성에 휩쓸리며 스스로 나약하다고 여기는 사람들에게 안정감을 줍니다.[14]

고향은 어머니의 상징이며 현재를 구성하는 저장고이다. 시인에게 고향이라는 장소는 평생 따라다니는 영속성을 가지고 있다. 고향에 대한 주체의 애착은 우리나라뿐 아니라 전 세계적으로 통용되는 원형 상징을 담고 있다. 고향을 지향하는 토포스를 로컬로 지칭하고 고향에서 이루어지는 시적 담화나 이미지들을 로컬 서사라고 말하려 한다.[15]

로컬 서사에는 전제가 있다. 시에서 로컬리티는 고향의식과 공동체의 세계관으로 집약되어 표출된다. 장세룡은 로컬 서사의 전제를 "자발적인 결단에 바탕을 둔 '사적' 선택 행위가 로컬 주체의 행위들로 구성된 로컬리티를 자각하고 그것의 생성을 가능하게 만든다"[16]고 지적하였다. 로컬은 단순히 지방 혹은 지역의 어원을 넘어 특수한 의미론적 세계관이 존재한다.

박용래가 선택한 로컬의 지명은 박용래의 근원과 연결된다. 박용래는 끊임없이 자신의 본질과 본원을 탐구하려고 한다. 박용래가 지향한 세계는 농촌

14 　이-푸 투안, 앞의 책, 91쪽.

15 　로컬이라는 개념을 지역(지방), 현장(현지) 등으로 번역이 가능하다. 하지만 지역, 현장 등으로 번역할 때 관점의 차이가 존재한다. 지역은 중앙과 상호대립되는 개념이며 현장은 모순과 갈등으로부터 저항하는 장소의 개념을 갖는다. 로컬은 지역과 현장의 개념과 함께 장소 그 자체의 특성을 모두 포섭하는 개념으로 사용하고자 한다.

16 　장세룡, 「사건, 정치의 토포스에서 로컬 서사와 로컬 주체」, 『사건, 정치의 토포스』, 소명출판, 2017, 20쪽.

공동체가 보여주는 소재의 차원에서 끝나지 않는다. 박용래의 시는 본질을 지향하는 상징체계 속에 있다. 즉 박용래의 언어는 농촌 공동체의 소재를 표면구조로 감싸 안고, 내면구조에는 인간의 원형적 상징을 숨겨놓는 방식을 택한다.

두 번째로 박용래의 시에 드러나는 로컬의 장소가 비판적 인식을 통한 새로운 가능성으로서의 장소를 보여준다. 로컬에 대한 지향은 문명, 첨단, 발달 등에 대한 비판적 인식을 드러내는 지점이다. 박용래는 로컬리티를 통해 우리가 지향해야 하는 장소성의 발견을 보여준다. 이것은 비판적 인식의 토대에서 제기할 수 있는 내적 투쟁의 결과물이다. 박용래는 끊임없이 근원적 장소를 지칭하면서 상징적인 장소를 만들고 주체와 객체(장소) 사이의 관계에 대해 탐색한다.[17] 박용래가 로컬 서사를 통해 관계맺는 것은 주체와 객체 사이의 세계관의 연동이다.

> 잠 이루지 못하는 밤 고향집 마늘밭에 눈은 쌓이리.
> 잠 이루지 못하는 밤 고향집 추녀밑 달빛은 쌓이리.
> 발목을 벗고 물을 건너는 먼 마을.
> 고향집 마당귀 바람은 잠을 자리.
>
> ─「겨울밤」 전문

박용래가 마련한 토포스는 고향으로부터 출발한다. 고향집을 둘러싼 이미지는 원형적 토포스로 제시된다. 시의 주체는 잠을 이루지 못하는 불면 속에 있다. 불면의 이유는 고향집에 대한 애틋함에서 비롯된다. 겨울이라는 시간

---

17 장세룡은 로컬 서사를 분석하면서 구조주의적 사유를 통해 밝히려 한다. 장 폴 사르트르, 메를로 퐁티의 현상학, 레비 스트로스의 구조주의와 질 들뢰즈, 알랭 바디우의 존재론을 참조하고 있다.

적 배경과 고향집의 공간적 배경이 서로 어우러져 하나의 로컬 서사를 이루는 이미지가 된다. 겨울의 하위 이미지로 밤이 제시되고, 고향을 둘러싼 이미지가 집, 마늘밭, 추녀밑, 마당귀 등을 거느리며 하위 층위의 이미지를 만든다. 이러한 이미지를 표면구조로 삼고 눈, 달빛, 물, 바람의 자연물을 시적 대상으로 포섭하여 '겨울밤'의 세계를 구성하고 있다. 겨울밤의 고향집에서 어우러지는 로컬 서사는 "잠 이루지 못하는" 정서가 눈과 달빛이 '쌓인다'는 동적 이미지와 결합되어 쓸쓸하고 고요한 세계를 상기시킨다. 이러한 세목들이 모여 내면구조를 이룬다. 여기에서 제시되는 이미지가 감각적으로 다가오는 것은 의인화 때문이다. 모든 이미지가 의인화의 외피를 입고 인격을 가진 주체가 된다. "먼 마을"은 스스로 발목을 벗고 물을 건너며, "고향집 마당귀 바람"은 잠을 잔다.

시에서 이미지는 두 축을 통해 표출된다. 밤과 고향으로 대표되는 시공간 이미지의 축과 눈으로 대표되는 자연적 이미지의 축이 서로 교차되어 복합적 이미지를 드러내고 있다. 박용래는 이미지를 통해 로컬 서사의 특성을 보여준다. 고향을 이루는 토포스는 온갖 자연과 공동체를 이루는 사물들이 서로 어우러져 이미지로 제시되고 있다. 잠을 이루지 못하는 정서와 눈이 쌓이는 동적 이미지는 인간의 원형적 그리움을 전달하고 있다.

> 푸른 江心 배다리가 내려다보이는
> 故鄕땅 旅館집
> 뒷담은 치지 않고
> 마당가 군데군데
> 마른 꽃대 풀대 등을 대고 있었다.
>
> 저녁床에 나온 상수리 묵접시

갈밭을 나는 기러기,
그림 들어 있었다.

들길 따라 찬 비는 오고 있었다.

　　　　　　　　　　　　　　　　　　　　　ー「故鄕素描」 전문

　꾀꼴 소리 넘치는 눈먼 石佛, 물꼬 보러 가듯 가고 없더라. 질경이 씹으며
동저고릿 바람으로.

　노을 잠긴 국말이집 상머리 너머 歲月, 앉은뱅이꽃.

　언덕 하나 사이 두고 언덕, 징검다리뿐이더라.

　　　　　　　　　　　　　　　　　　　　　ー「扶餘」 전문

　겨울 農夫의 가슴을 설레고 설레게 하는 論山산업사 정미소 안뜰의 山더
미 같은 왕겨여 김이 모락모락 피는 왕겨여 지나는 나그네
　보기만 해도 배 불러라

　　　　　　　　　　　　　　　　　　　　　ー「論山을 지나며」 전문

　사건의 주체는 그 장소 속에서 오랫동안 시간을 지속한 자이며, 또한 그
장소를 벗어나더라도 그 시간 속에 계속 머물러 있는 지속의 과정을 거친다.
박용래는 고향의 토포스를 자주 시적 대상으로 선취한다. 고향의 정경은
구체적 감각을 통해 제시된다. 고향을 묘사하는 시인은 농촌 공동체를 향한
그리움을 배면에 깔고 있다.
　박용래의 고향은 충남 논산 강경읍이다. 강경은 예로부터 "평양, 대구와

더불어 전선(全鮮)의 3대 시정으로 꼽힐 만큼 육운과 수운이 교차하는 교통의 요로로서 그리고 내포평야(內浦平野)의 농산과 금강으로 올라온 새로운 문물의 교역처로 중부 이남의 상권을 흔들던"[18] 곳이다. 또한 "저녁 노을이 유난히 짙어 놀뫼(黃山)라 부르던 채운산(彩雲山) 산자락과 부여를 잇는 놀뫼나루, 황산천과 황산교, 죽마(竹馬)를 타고 오르내렸던 서편의 옥녀봉(玉女峰)들은 뒷날 민요풍의 그윽한 가락을 홀로 읊게 될 한 시인의 어린 시절을 건강하게"[19] 키운 곳이 바로 시적 지리지로서의 강경이다.

「故鄕素描」는 섬세한 이미지를 통해 고향의 정경을 한 폭의 정물화로 그려낸다. 푸른 강심은 강경으로 흐르는 금강을 말한다. 그곳에는 강과 마을을 잇는 배다리가 있었다. 고향을 바라보는 주체는 고향의 여관집을 향한다. 그곳은 뒷담도 치지 않는 평화로운 곳이다. 담장이 없어도 되는 마을이 바로 고향이다. 마당에는 마른 풀대와 꽃대가 지천이었다. 시인은 저녁상에 나오는 상수리 묵에서 갈밭을 나는 기러기를 발견한다. 강경 포구는 갈대밭이 지천이었고 기러기가 날아들었다. 고향의 음식을 통해 고향의 이미지가 교차된다. 마지막 연의 찬 비가 오는 이미지를 통해 고향에 대한 각성이 이루어진다. 시의 이미지는 모두 농촌 공동체의 정경을 내포하고 있다. 들길에서 내리는 찬 비를 통해 근원을 잊지 않겠다는 각성이 이루어진다. 시적 각성은 이미지를 통해 원형의 상징을 이루려는 주체의 사유를 대변해 준다.

시 「扶餘」와 「論山을 지나며」는 구체적 지명으로 고향을 호명한다. 부여는 박용래 부친의 고향이며 박용래의 본적지이다. 고향을 인식할 때 다가오는 감정은 슬픔과 쓸쓸함이다. 박용래의 슬픔은 고향을 인식하고 그리워하는 것에서 출발한다. 박용래는 끊임없이 고향땅과 고향의 시간으로 회귀하려는

---

18   이문구, 「박용래 약전」, 『박용래 전집』, 창작과비평사, 1984, 238쪽.

19   같은 책.

인식을 보여주었다. 부여는 꾀꼬리 소리 넘치는 불상이 많은 장소이다. 그곳에 물꼬를 보러 가듯 자주 간다. 동저고릿 바람에 질경이를 씹으며 가는 고향은 노을이 잠기는 곳이다. 고향은 세월이 바뀌어도 늘 한결같은 장소이다. 언덕과 징검다리는 늘 같은 곳에서 시의 주체를 맞이한다. 논산산업사와 정미소 안뜰은 박용래가 직접 경험한 구체적 토포스이다. 박용래의 토포스는 구체적 지명을 통해 표출된다. 시인에게 고향의 토포스는 겨울 농부가 정미소를 드나들 때의 심경으로 비유된다. "산더미 같은 왕겨"와 "김이 모락모락 피는 왕겨"는 시인이 고향의 토포스를 인식할 때 떠오르는 이미지의 대표격이다. 그러한 정서는 시인뿐 아니라 지나가는 나그네도 인식할 수 있는 보편적 정서이다. "보기만 해도 배 불러라"는 것으로 고향에 대한 인식의 일단을 엿볼 수 있다. 이렇듯 박용래가 보여주는 로컬 서사는 이미지를 통해 발현된다.

싸리울 밖 지는 해가 올올이 풀리고 있었다.
보리바심 끝마당
허드렛군이 모여
허드렛불을 지르고 있었다.
푸슷푸슷 튀는 연기 속에
지는 해가 二重으로 풀리고 있었다.
허드레,
허드레로 우는 뻐꾸기 소리
징소리
도리깨 꼭지에 지는 해가 또 하나 올올이 풀리고 있었다.

—「點描」 전문

「點描」는 고향의 토포스를 가장 보편적인 소재를 통해 드러낸다. 시인이 바라보는 이미지는 부분 묘사를 통해 아주 구체적이고 섬세하게 표현된다. 시에서 이미지는 계속해서 이동되고 반복되는 구조를 가진다. 즉 "싸리울 밖 → 지는 해 → 보리바심 끝마당 → 허드렛군(불) → 지는 해 → 뻐꾸기 소리 → 징소리 → 지는 해"로 이동된다. 전체적인 이미지의 전개는 시각적 이미지에서 청각적 이미지로 이동되다가 다시 시각적 이미지로 환원된다. 이러한 이미지 구조 속에 '풀린다'는 동적 이미지가 서술어로 쓰인다. 시각적 이미지와 청각적 이미지들은 모두 농촌 공동체의 모습을 선명하게 담고 있으며, '풀린다'는 이미지 또한 농촌의 정경을 가장 사실적으로 묘사하고 있다.

이미지 속에 등장하는 로컬 서사는 허드렛군이 허드렛불을 지르는 장면으로 묘사된다. 허드렛군과 함께 어우러지는 것은 뻐꾸기이다. 허드렛군과 뻐꾸기는 동일시를 이루어 뻐꾸기도 "허드레" 하고 울고 있다. '해'의 이미지는 "올올이" 풀리다가 "이중으로" 풀리고 마지막에는 "또 하나 올올이" 풀리는 것으로 마무리한다. 해가 지는 하강이미지를 점층적인 구조로 표현하며, 또한 허드레의 반복과 점층도 시인의 언어구조 속에서 정확하게 표출된다. 「점묘」가 가진 농촌의 묘사는 표면구조 속에서 한 칸씩 쌓아 올리며 점층되는 방식을 택한다. 이미지는 해가 풀리고, 불을 지르고, 연기가 튀고, 뻐꾸기가 울고, 다시 해가 지는 모습을 통해 농촌 공동체가 가진 근원적 상징을 표출하고 있다. 박용래가 보여주는 이미지는 농촌 공동체에서 자주 엿볼 수 있는 로컬 서사이다. '點描'라는 제목에서 시사하듯 아주 작은 이미지 묘사를 통해 우리 공동체가 지향해야 할 근원적 지향점을 드러낸다. 표면구조는 농촌의 이미지이지만 내면구조 속에는 인간의 본질이 지향해야 할 근원과 원형이 농촌 공동체의 로컬 서사에 있다는 것을 시사한다. 이러한 통합적 인식을 통해 자연에 대한 애정과 공동체의 근원적 성찰을 이루며 로컬 서사의 토포스를 극명하게 보여준다.

4. 기억의 토포스: 장소 이미지의 주체

토포스는 기억에 의해 발현된다.[20] 토포스의 개념에 대한 여러 관점 중에서 '기억'의 장소는 큰 부분을 차지한다. 기억은 장소와 결부되어 있다. 장소를 통해 기억이 소환되고 기억을 통해 장소는 특별한 곳으로 자리매김한다. 장소를 통해 기억이 소환되면 그곳으로부터 언어가 발생한다. 언어가 집적되어 의미화되면 장소는 시적 주체의 세계관을 투사한 의미체를 가진다.

박용래의 시는 대부분 기억에서 출발한다. 기억을 소환하는 주체는 시속에서 사건의 주체가 된다. 사건의 주체로 기억을 소환하여 소수성, 주변성 등을 확립한다. 박용래 토포스는 주체가 바라보는 장소를 통해 가시적으로 드러난다. 박용래의 토포스는 장소감이 가시적으로 드러나는 특성을 가진다. 즉 박용래의 토포스는 "삶과 주변 환경에 대한 그리움이 시간화, 공간화되는 과정에서 발현된다. 다시 말해서 과거의 시간과 공간에 대한 기억이나 감성이 표현되는 지점이 장소고 이 장소감은 시인의 내적 요소에 의해서 확대, 재생산되고 있는"[21] 특징을 가지고 있다.

> 누이야 가을이 오는 길목 구절초 매디매디 나부끼는 사랑아
>
> 내 고장 부소산 기슭에 지천으로 피는 사랑아

---

20 "'장소'(토포스) 기억술이란 무엇인가. 기억하고자 하는 기다란 목록의 표제어들을 일정한 기준에 따라 배열된 '장소'-지명-와 연결시키는 것이다. 이렇게 질서정연하게 배열된 장소와 연결시키는 까닭은 그렇게 하면 기억하기가 쉽기 때문이다. 잘 알고 있는 거리의 특정 장소들을 일정한 기준에 따라 정렬하여 기억하는 것이 추상적인 규칙의 목록을 기억하는 것보다 쉬운 것과 같은 이치이다. 이렇게 일련의 장소를 선정하여 질서정연하게 배열해 놓으면 어떤 부류의 목록이든 목록을 기억하는 데 유용하게 쓸 수 있다."(아리스토텔레스, 앞의 책, 440쪽.)

21 간호배, 앞의 책, 149-150쪽.

뿌리를 대려서 약으로도 먹던 기억

여학생이 부르면 마아가렛

여름 모자 차양이 숨었는 꽃

단추 구멍에 달아도 머리핀 대신 꽂아도 좋을 사랑아

여우가 우는 秋分 도깨비불이 스러진 자리에 피는 사랑아

누이야 가을이 오는 길목 매디매디 눈물 비친 사랑아.

―「九節草」 전문

벗가리 하나하나 걷힌

논두렁

남은 발자국에

딩구는

우렁 껍질

수레바퀴로 끼는 살얼음

바닥에 지는 햇무리의

下棺

線上에서 운다

첫 기러기떼.

―「下棺」 전문

박용래의 기억에 가장 오랫동안 남아 있으며 그리워했던 대상은 박용래의 누이 박홍래(朴鴻來)였다. 홍래 누이는 박용래가 보통학교 2학년 즈음 놀몃내 건넛마을로 시집을 가서 초산을 겪다가 산고로 일찍 세상을 뜬다. 박용래는 홍래 누이가 어린 시절부터 자신을 돌보아 주었고 누이와 산천과 변두리를 다니며 놀았던 기억을 가지고 있다. 그렇기 때문에 누이를 가장 이상적인

여인상으로 인식했다. 그러한 누이와의 이별은 박용래에게 평생 그리움과 눈물의 기억으로 살아가게 했다. 「九節草」는 누이에 대한 사모곡이다. 구절초 마디마디마다 나부끼는 사랑을 누이와 비유하고, 부소산 기슭에 지천으로 피는 구절초 또한 누이의 사랑이라 칭한다. 구절초는 뿌리를 다려 먹기도 하고 여름 모자 차양 속에 숨어 있기도 하며, 단추 구멍이나 머리핀에 꽂기도 한다. 주체의 삶 곳곳에 부지불식간에 찾아오는 것이 바로 누이의 기억이며 흔적이다. 도깨비불이 스러진 자리에 피기도 하는 구절초는 모두 이승을 지고 떠난 누이의 사랑과 유비된다.

박용래의 기억 속에 남아 있는 토포스는 모두 사연을 담고 있다. 그 사연들은 박용래의 삶에 중요한 사건을 거느리며 화자는 사건의 주체로서 역할을 한다. 「下棺」은 누이의 죽음을 소재로 소멸의식을 다룬 시이다. 시속의 이미지는 모두 공허만 남아 있다. 볏가리 하나까지도 모두 걷힌 논두렁에는 발자국만 남아 있다. 발자국에 뒹구는 것은 우렁 껍질뿐이다. 수레바퀴에는 살얼음이 끼어 있고 바닥에는 햇무리가 지고 있다. 하강이미지를 통해 하관하는 모습을 드러내고 이를 통해 소멸로 가는 과정을 보여준다. 선상에서 우는 기러기는 누구인가. 박용래의 누이 홍래(鴻來)의 이름은 기러기가 온다는 뜻이다. 기러기가 우는 이미지는 누이를 하관하고 그리워하는 슬픔을 애절하게 표출하는 방식이다. 박용래가 제시하는 기억의 토포스는 구체적 사연을 가진 이미지로 표출된다. 이미지는 객관적인 드러내기 방법이다. 하지만 박용래의 이미지는 주체의 기억이 습합된 개별적인 이미지로 남는다.

바다로 가는 하얀 길
소금 실은 貨物自動車가 사람도 싣고
이따금 먼지를 피우며 간다

여기는 唐津 松岳面 佳鶴里

가차이 牙山灣이 빛나 보인다

발밑에 싸리꽃은 지천으로 지고,

—「佳鶴里」 전문

미나리 江

건너

牛市場 마당

말목에

고리만

남아 있었다.

이른 제비떼

발밑으로

빠져

木橋를

오내리는

좁은 거리.

버들잎은

피어

길을

쓸고

그의 고향

文化院에서

剛彬은

詩畵展을

열고 있었다.

─「公州에서」 전문

박용래의 시적 주체는 장소장악자(placeholder)의 역할을 할 뿐만 아니라 기억을 통해 시적 이미지를 제시하는 주체의 역할을 하고 있다. 로컬 주체의 특성은 이러한 측면에서 새로운 사유와 세계관으로 파악할 수 있다.[22] 박용래는 자연을 바라보는 태도와 인간을 바라보는 태도를 기억의 토포스를 통해 제시한다. 박용래의 많은 시에서는 기억을 통한 토포스가 등장한다.「佳鶴里」는 지명이 구체적으로 표시된다. 당진 송악면 가학리는 박용래가 송악중학교 교사로 근무하면서 오 년을 경험한 장소이다. 시인은 송악면 가학리의 정경을 선명한 이미지를 통해 드러낸다. "바다로 가는 하얀 길"에 "소금 실은 화물자동차"가 먼지를 피우며 가는 장면을 당진 송학면 가악리의 대표적 이미지로 제시한다. 그곳의 주변에는 아산만이 빛나 보이고, 발밑에는 싸리꽃이 지천으로 지고 있다. 시인은 기억을 통해 가학리의 이미지를 대표적으로 제시하고 있다.「公州에서」도 토포스의 주체로서 이미지를 어떻게 운용하고 있는지 보여준다. "미나리강－우시장－제비떼－목교－좁은 거리－버들잎 핀 길"을 통해 박용래가 평생 가장 가까운 지우였던 임강빈 시인의 고향을 묘사하고 있다. 임강빈은 박용래와 가장 가까운 문우였다. 시인은 문우의 고향을 사실적으로 제시하며 임강빈 시인과 나누었던 기억의 토포스를 통해 드러낸다.

하루에 열 번 무릎 세우겠구나. 머언 기적 소리에, 네가 띄운 사연, 행간의

---

22   로컬이 가진 주체를 유형화한 것이 '유목민'이라고 바라보는 관점도 있다.(신지영, 「로컬리티와 가치전환의 사유」, 『사건, 정치의 토포스』, 소명출판, 2017, 90쪽.)

장미 웃고 있다만, 그리던 방학에도 내려오지 못하는 燕아, 너는 일하는
베짱이 화가 지망의 겨울 베짱이, 오 이건 쫌쫌 네가 가을볕에 짜준 쥐색帽.
—室內帽로 감싸는 아빠의 齒痛. 오 이건 닿을 데 없는 애틋한 아빠의 子正의
獨白. 燕아, 네가 띄운 사연, 行間의 장미 웃고 있다만.

—「行間의 장미」 전문

　박용래가 가장 애정했던 존재는 자식들이었다. 그중에서도 박용래의 둘째
딸인 연(燕)은 특별히 아꼈다고 전해진다. 박용래는 어린 시절부터 미술에
재능이 있었다. 하지만 뜻을 이루지 못하고 문학으로 선회했다. 연은 박용래
의 미술적 재능을 그대로 이어받았다. 연은 자신의 그림이 초등학교 미술교
과서에 실리는 등 특출난 재능을 발휘했다. 박용래에게 연의 기억은 어린
시절부터 많은 글과 증언을 통해 표출되었다.[23]
　1959년생인 연은 추후 이화여대 미술과에 입학한다. 위의 시는 1979년에
발표되었는데 연이 대학교 2학년 때이다. 박용래의 딸 연은 아버지 박용래에
게 편지를 쓴다. 박용래는 연의 편지를 받으러 하루에도 열 번씩이나 무릎을
세우곤 한다. 딸은 아버지에게 편지를 띄우고, 이번 방학에도 내려오지 못한
다고 말하고 아버지를 위해 짜준 쥐색 모자를 동봉한다. 시인은 치통으로
고통스럽지만 딸이 준 쥐색 모자를 감싸며 통증을 견딘다. 딸의 모든 말은
행간의 장미처럼 아름답다. 주체는 시적 대상에 대한 무한한 사랑과 그리움
으로 점철되어 있다. 내려오고 싶어도 내려오지 못하는 딸의 심정과 그 심정
을 헤아리는 아버지의 심정이 '행간'이라는 시어를 통해 간접적으로 제시된
다. 시에서 기적 소리, 행간의 장미, 베짱이, 가을볕에 짜준 쥐색帽 등의 이미
지는 시적 주체가 딸의 정서와 연결짓는 매개체로 역할한다. 시인은 딸의

23　이문구, 앞의 책, 259–261쪽 참조.

모자를 통해 어린 시절부터 나눈 딸과의 애틋한 기억을 소환하고, 이를 시적으로 형상화한다. 이처럼 박용래는 기억의 토포스를 통해 이미지를 주체의 개별성으로 환원하고, 이를 바탕으로 토포스의 의미를 확대 생산하고 있다.

5. 맺음말

토포스는 시적 장소로서 시인의 세계관을 가장 현실감있게 드러낼 수 있는 역할을 한다. 지금까지 토포스에 관한 이론적 배경을 살펴보고 토포스가 가진 철학적 의미를 유추하였다. 이런 탐색을 통해 토포스가 박용래의 시에서 어떠한 방식으로 해석되고 미학적 특질이 발생하는지를 밝혔다.

박용래는 이미지를 통해 세계관을 전달한다. 이때 이미지는 농촌 공동체의 소재와 고향으로 대표되는 근원적 토포스를 통해 제시된다. 농촌 공동체와 고향의 지리지는 로컬 서사의 특성을 보여준다. 로컬이 가진 사유의 특성은 소수, 주변, 소외, 고립 등으로 제시될 수 있다. 소수자는 다수자에 의해 늘 핍박을 받는다. 주변은 늘 중심에게 밀려나 소외와 고립의 세계관을 안게 된다. 이러한 로컬 인식은 분노에 의한 저항으로 연결되는 단순한 논증에 빠질 우려가 있다. 로컬에 대한 인식은 가치관의 변화에 의해 파악해야 한다. 중심에 존재하는 주체들의 가치관과 다른 가치관을 가진 주체의 특성을 분석해야 한다. 박용래는 지속적으로 로컬 서사의 토포스를 시적 대상으로 선취하면서 공동체의 역할과 지향점을 시사한다. 또한 기억의 토포스를 통해 이미지의 주체로서 역할을 하고 있다.

박용래의 토포스는 고향의 표면구조와 원형적 상징의 내면구조를 가지고 있다. 이것으로 박용래의 근원성과 화해의 미학을 해명할 수 있다. 박용래의 토포스가 소재의 차원에서 그치는 것이 아니고, 이상적인 장소를 고향으로 삼는다는 점에 착안하였다. 즉 토포스가 주체의 세계관과 연결되어 있다는 점이다. 이것을 해명하기 위해 로컬 서사라는 개념어를 통해 이미지의 원형을 해석하고, 기억의 관점에서 이미지의 주체를 해석하였다. 즉 장소, 주체, 이미지를 연결시키는 것이 가장 큰 특성이다. 이러한 방법론은 다른 토포스의 논구와 다른 점이다. 박용래의 토포스에서 주체는 고향을 통해 주체가 지향하는 이미지를 드러내고 원형적 상징을 이끌어내고 있다. 박용래의 시를 토포스의 관점에서 분석하여 박용래가 제시하는 시적 이미지의 특질을 밝혔다. 향후 또 다른 토포스의 관점 연구는 앞으로의 과제로 남기기로 한다.

제3장

───── 이형기 시에 나타난 멜랑콜리의 특성 연구

1. 서론

이 연구는 이형기 시에 나타난 멜랑콜리(melancholie)의 특성을 다각도로 탐색한다. 이형기 시에 멜랑콜리의 특성이 어떠한 양상으로 드러나는지를 해명하는 것이 목적이다.

이형기(1933~2005)는 1950년 『문예』를 통해 문단활동을 시작한 이래 8권의 시집을 상재했다.[1] 이형기의 시세계는 자기갱신의 양상이 전통서정과 모던의 양극단 세계를 점할 만큼 뚜렷하다. 초기의 전통적 자연 서정의 세계, 중기의 주지주의적인 날카로운 감성의 세계, 후기의 생태학적 고발과 문명비판의 세계로 변화하며 끊임없이 자기갱신과 새로운 언어미학을 실험하였다.

---

1   8권의 시집은 다음과 같다. 『적막강산』(모음출판사, 1963), 『돌베개의 시』(문원사, 1971), 『꿈꾸는 한발』(창원사, 1975), 『풍선심장』(문학예술사, 1981), 『보물섬의 지도』(서문당, 1985), 『심야의 일기예보』(문학아카데미, 1990), 『죽지 않는 도시』(고려원, 1994), 『절벽』(문학세계사, 1998). 작고 이후 1998년부터 2005년까지 36편의 신작시를 발표하였다. 『이형기 시전집』(이재훈 편저, 한국문연, 2018)은 미발표 신작시까지 모두 망라한 유일한 전집 텍스트이다. 시집뿐 아니라 11권의 시론집과 평론집을 상재했다.

시인뿐 아니라 자신만의 시론을 가진 비평가로서도 큰 족적을 남긴 시인으로 평가받으며 고유한 시사적 위치를 얻고 있다.

이형기는 그동안 크게 다섯 가지 차원에서 연구가 진행되어 왔다.

첫째, 시세계의 변모과정을 다룬 연구이다. 강유환[2]은 이형기 시의 세계인식 방법을 동일성 추구, 불화의 세계, 생성의 세계 등의 변화를 바탕으로 파악한다. 최옥선[3]은 이형기 시정신의 변화과정을 추적하고 있다. 최옥선은 "양가성을 가진 모순의 세계와 순환적으로 회귀하는 세계의 섭리를 어떻게 인식하고 수용했는지"[4]를 시 전체 과정을 통해 추적한다.

둘째, 생태학적 관점을 통한 문명비판의 관점에서 바라본 연구이다. 맹승렬[5]은 세 시기로 시집을 구분한 뒤 각 시기의 대표적인 시집으로 『적막강산』, 『꿈꾸는 한발』, 『죽지 않는 도시』를 상정하고 이를 생태적 관점에서 분석한다. 조효주[6]는 『심야의 일기예보』와 『죽지 않는 도시』를 통해 도시 문명에 대한 비판을 '순환성'을 통해 이루어낸다고 해석한다.

셋째, 허무주의의 관점을 비롯한 새로운 주제의식을 통해 분석한 연구이다. 유재천[7]은 비극적 존재와 역설적 세계 인식의 관점에서 허무와 역설의 개념을 통해 시를 바라본다. 이자영[8]은 이형기의 허무를 소멸, 생성, 초월로 규정짓고 이를 '연금술적 상상력'과 관련이 있다는 점에 착안하여 분석한다. 백운화[9]는 이형기 시에 나타난 서정성을 니체의 사상을 중심으로 해명하고

---

2   강유환, 「이형기 시의 세계인식 방법」, 고려대학교 박사학위논문, 2008.

3   최옥선, 「이형기 시 연구: 시정신의 변화 과정을 중심으로」, 동국대학교 박사학위논문, 2013.

4   같은 책, 18쪽.

5   맹승렬, 「이형기 시 연구: 생태시를 중심으로」, 인하대학교 석사학위논문, 2008.

6   조효주, 「이형기 시에 나타나는 순환성 연구」, 『어문론집』 57, 중앙어문학회, 2014.

7   유재천, 「이형기 시 연구」, 『배달말』 45, 배달말학회, 2007.

8   이자영, 「이형기 시에 나타난 연금술적 상상력 연구」, 한국교원대학교 석사학위논문, 2013.

있다.

넷째, 수사학적 방법론에 관한 연구이다. 나민애[10]는 이형기 시에 나타나는 몸의 변이 양상을 생성의 개념을 통해 해명하여 이형기 시를 새로운 관점으로 해석하고 있다. 조별[11]은 이형기 시의 언술과 주체를 자기구축의 언술과 내향적 주체, 자기규정의 언술과 외향적 주체로 분석한다.

다섯째, 이형기 시론에 관한 연구가 있다. 허혜정[12]은 이형기의 시론을 가리켜 "자멸과 생성을 반복하는 '묵시록적 상상력'과 '우보보로스의 미학'이라는 명제로 압축"될 수밖에 없으며 "시론 밑바탕에 깔려 있는 연기와 공의 세계는 끊임없는 혁명이요 절대의 부정이요 우주질서의 긍정의 표현에 다름 아닐 것"[13]이라고 파악한다. 김동중[14]은 "시적 변환구조에서 보여지는 사상적 변모와 그가 상재한 시와 시론에 대해 종합적이고 체계적인 연구를 통해 시대사적으로나 문학사적으로나 새롭게 조명"[15]하려는 목적으로 논의를 개진한다.

위의 연구 성과들을 종합해 보면 이형기 연구는 다각도로 연구되고 있으며 특히 최근 들어 다양하고 새로운 연구 방법이 개진되고 있다. 이형기 연구에 있어서 가장 부족한 부분들은 수사학적 방법론 혹은 허무주의 이외의 방법론을 통한 해석이다. 이러한 부족한 부분들을 보완하고 이형기 해석의 새로운

---

9   백운화, 「이형기 시의 서정성 연구」, 대전대학교 박사학위논문, 2014.

10   나민애, 「이형기 시에 나타난 몸의 변이와 생성 양상 연구」, 서울대학교 석사학위논문, 2004.

11   조별, 「이형기 시에 나타난 자기인식적 언술의 특성」, 『돈암어문학』 25, 돈암어문학회, 2013.

12   허혜정, 「이형기 시론 연구」, 『어문논총』 42, 한국문학어문학회, 2005.

13   같은 책, 398쪽.

14   김동중, 「이형기 시 연구」, 한양대학교 박사학위논문, 2012.

15   같은 책, 1쪽.

준거틀을 마련하기 위한 목적으로 '멜랑콜리'의 개념을 제시한다. 멜랑콜리의 관점에서 이형기 시를 분석한 연구는 현재 전무하다. 이런 이유로 본 연구의 가능성과 연구 성과가 있음을 밝히려 한다.

이형기의 시는 문명체험의 한가운데서부터 가장 폭발적으로 창작되었다. 초기시는 스스로 밝히고 있듯이 자기갱신이 이루어지지 않은 '자의식 결여'의 세계이다. 그가 체험한 문명은 인간성 상실의 경험을 제공했다. 또한 후기시에서는 죽음을 목도한 시적 자아의 결연한 의지가 우울한 정조와 함께 제시된다. 이러한 부분을 상실의 멜랑콜리와 영웅적 멜랑콜리라는 관점을 통해 해명하려고 한다.

2. 멜랑콜리의 이론적 배경과 시적 지향성

멜랑콜리는 한국 현대시의 한 특성을 나타내는 개념으로 연구가 본격적으로 진행되고 있는 정신분석학, 철학적 개념이다. 멜랑콜리의 개념을 중심으로 이형기 시를 분석하는 것은 그동안 시도되지 않았던 새로운 해석 방법이다. 이를 통해 이형기 시세계의 해석 지평을 넓히는 단초로 삼고자 한다.

문학사는 문학의 감정적 수위와 표출에 대해 부정적이고 보수적인 입장을 취해 왔다. 정서의 숨김과 드러냄이라는 변증법적 방법론을 분석하면서 숨김의 미학을 미학적으로 평가받아 왔으며, 정서의 과도한 드러냄은 자기학대 혹은 그로테스크의 미학이나 아방가르드 문학의 일종으로 평가받아 왔다. 또한 이러한 정서가 허무주의, 비관주의, 부정의식 등의 방식으로 해석하면서 이를 시대적 고뇌의 산물로 해석되곤 했다. 허무와 비관의 개념 속에서 멜랑콜리의 정서는 이성과 상대적인 개념으로 평가받으면서 시적 장치 혹은 암울한 시대를 상징하는 개념어로 지칭되었다. 즉 이성적 사유와 상대적인 개념으로 감정적 증상 혹은 무의식에서 발생하는 감정 증상으로 이해되어 왔다.[16] 멜랑콜리를 둘러싼 이러한 개념적 정의는 김홍중의 논의를 참조할 필요가 있다.[17] 김홍중은 멜랑콜리를 서구의 체액설에서부터 오랫동안 분류되어 왔던 감정의 정서군으로 파악한다. 즉 권태와 슬픔과 무기력, 허무 등의 감정을 멜랑콜리와 같은 감정형식으로 이해하고 있다. 이것을 점성술로 치환하여 이해하면 토성(Saturn)의 감정이라고 말한다. 이러한 토성의 감정들은 열정이 결여되며 감정을 느끼는 능력이 쇠락하는 특성을 가지고 있다.

김홍중은 멜랑콜리를 우울질의 감정형식으로 분류화한다. 감정을 분류하는 방법론으로 점성술을 들고 있다. 점성술에 의한 우울질의 감정은 나태함과 어둠과 깊이 등처럼 다양한 의미가 내포되어 있다. 이처럼 멜랑콜리는 다양한 의미를 함의하고 있는 개념이다. 멜랑콜리의 어원을 따라 올라가면 히포크라테스의 체액 병리학으로부터 출발한다.[18] 멜랑콜리는 그리스어 melancholia 에서 비롯되는데 이는 '검다 melas'와 '담즙 chole'의 복합어이다. 히포크라테스는 인체를 공기, 물, 불, 흙의 네 가지 원소에 상응하는 체액인 혈액, 점액, 황담즙, 흑담즙으로 구성된다고 한다. 멜랑콜리는 흑담즙(schwarze Galle)이 과도하게 나타나는 병적 현상으로 파악한다. 크리스테바는 멜랑콜리를 정신적 증후로 해석한다.[19] 이 증후는 단선적이 아니라 만성적이며, 흥분 상태가 오래 지속되는 것을 의미한다. 또한 편집증 증상도 일어나며 기호 해독 불능

---

16 오형엽은 멜랑콜리를 비이성적 영역으로 파악하며 고독, 광기, 퇴폐 등의 심리 현상으로 이해한다. 이어 체액 병리학, 심리학, 철학, 문학 등에서 멜랑콜리가 중요한 개념어로 쓰인다고 해석한다.(오형엽, 「멜랑콜리의 문학비평적 가능성」, 『비평문학』 38, 한국비평문학회, 2010, 374쪽.)

17 김홍중, 「멜랑콜리와 모더니티」, 『한국사회학』 40, 한국사회학회, 2006, 2-3쪽.

18 체액 병리학(Humoral pathology)에서 제시되는 멜랑콜리의 근원적 어원과 히포크라테스, 갈렌의 논의는 최문규(「근대성과 심미적 현상으로서의 멜랑콜리」, 『독일현대문학』 24, 한국독일현대문학회, 2005, 201-203쪽)를 참조.

19 줄리아 크리스테바, 『검은 태양』, 김인환 역, 동문선, 2004, 20쪽.

증에 빠지기도 한다.[20] 최문규[21]는 멜랑콜리를 자아가 대상을 상실하는 대상 상실과 자아 상실로 파악한다. 즉 슬픔과 우울과 고독과 무기력의 감정 상태를 유발하는 멜랑콜리는 상실을 주요 감정으로 느끼게 된다.

멜랑콜리에 대한 이론적 배경은 프로이트의 정신분석이론을 먼저 고찰해 봐야 한다. 이후 라캉과 지젝[22]과 크리스테바에 의해 다시 논의되며 재해석되고 있다. 프로이트는 애도와 멜랑콜리[23]의 차이와 상관관계에 대해 먼저 분석하고 있다.

프로이트[24]가 분석한 애도는 "보통 사랑하는 사람의 상실, 혹은 사랑하는 사람의 자리에 대신 들어선 어떤 추상적인 것, 즉 조국, 자유, 어떤 이상(理想) 등의 상실에 대한 반응"이라고 말한다. 하지만 상실감은 모든 사람들에게 같은 애도를 유발하지 않는다. 멜랑콜리는 그런 차원에서 복잡한 감정적 형식을 가지고 있다. 멜랑콜리는 몇 가지 과정을 거쳐서 이루어진다. 고통스러운 낙심 → 세계를 향한 관심 중단 → 사랑 능력 상실 → 행동 억제 → 자기 비하 → 자기 징벌에 대한 욕구 등으로 이루어진다.

애도와 멜랑콜리는 비슷하면서도 내면으로 들어가면 다른 특성을 갖고 있다. 애도와 멜랑콜리가 모두 '상실'에 대한 반응으로 일어난다. 하지만 상실은 애도의 형태로 나타나기도 하며, 멜랑콜리의 형태로 나타나기도 한다. 멜랑콜리는 애도에 비해 좀 더 깊고 복잡한 감정적 상황을 지니고 있다.

---

20 크리스테바는 멜랑콜리와 우울증을 분리하여 분석하고 '멜랑콜리'와 '신경증적 우울증'으로 개념화하고 있다.(같은 책)

21 최문규, 앞의 책, 212쪽.

22 지젝은 욕망의 원인을 통과하여 욕망의 대상으로 이동한다고 해석한다. 멜랑콜리는 욕망의 원인이 제거되는 현상이다. 이때 욕망의 대상은 여전히 존재한다.(오형엽, 앞의 책, 384쪽.)

23 번역본에서는 '애도'를 '슬픔'으로, '멜랑콜리'를 '우울증'으로 번역하고 있다. 용어의 일관성을 위해 멜랑콜리라는 용어로 통일하기로 한다.

24 지그문트 프로이트, 『무의식에 관하여』, 윤희기 역, 열린책들, 1997, 248-249쪽.

멜랑콜리에 의한 상실은 몇 가지 과정을 거쳐 대상 상실에서 자아 상실로 진화된다.[25] 상실의 개념은 "대상 상실은 자아 상실로 전환되고, 자아와 사랑하는 사람 사이의 갈등은 자아의 비판적 활동과 동일시에 의해 변형된 자아 사이의 분열로 바뀌"[26]는 과정을 거친다.

프로이트가 제기한 멜랑콜리의 특성을 정리하면 다음과 같다. 첫째 "우울증이란 의식에서 떠난 (무의식의) 대상 상실과 어떤 식으로든 연관이 있지만, 반대로 슬픔의 경우는 상실에 관한 그 어떤 것도 무의식적인 것이 아니라는 점"[27]이다. 둘째. 우울증 환자는 자애심이 떨어지는 것을 경험한다. 이런 증상은 슬픔의 경우에서는 찾아볼 수 없다. 이러한 현상을 자아 빈곤이라고 말할 수 있다. 슬픔이 가지는 빈곤과 공허와는 다른 감정이다.[28] 프로이트는 논의를 이어가며 애도와 멜랑콜리의 증상이 모두 비슷한 양상을 띠고 있지만 가장 차이가 나는 큰 특징으로 '자애심(自愛心)의 추락'을 들고 있다. 즉 '자애심의 추락'이 발생한다.

하지만 이러한 멜랑콜리의 개념은 최근 들어 다른 차원의 해석으로 진화되어 갔다. 멜랑콜리가 허무주의, 비관주의, 부정의식 등의 이데올로기를 대변하는 일종의 감정적 대표성으로만 평가받는 것이 아니라 감정 그 자체로 시인의 시세계를 파악하는 방식으로 변화되었다. 즉 멜랑콜리가 가진 정신분석학적 입장, 본성적인 언어의 드러냄, 내면적 파토스 등을 철학적으로 분석하는 방법론이 대두되고 있다. 이는 문학작품을 사회적 조건과의 관계에서만 파악하는 것이 아니라 창작자의 본성과 내면세계의 집합으로 파악하는 새로

---

25   우울증 환자는 대상과 관련된 상실감으로 고통을 겪고 있는 것처럼 보이지만, 사실 그가 우리에게 들려주는 말을 들으면 그것이 자아와 관련된 상실감이라는 것이다.(프로이트, 앞의 책, 254쪽.)
26   같은 책, 257쪽.
27   같은 책, 251쪽.
28   같은 책, 251-252쪽.

운 방법론이라 할 수 있다. 또한 내면의식의 발로나 상실에 대한 반동으로 일어난 허무주의를 넘어서서 생체험과 멜랑콜리를 직결하는 방법론이다.

프로이트와 같은 정신분석학자들은 멜랑콜리를 부정적인 정신병리의 결과로 파악한다. 하지만 문학에서 멜랑콜리는 다르게 파악하고 있다. 최문규는 이를 가리켜 "멜랑콜리한 자의 '사악한 시선'은 현실부적응 혹은 사유 속으로의 도피가 아니라 파격적이고 급진적인 현실비판의 언술과 인식을 갖고 있었다는 점"[29]을 꼽고 "멜랑콜리는 정신적 질병이 아니라 예술을 위한 필수적인 요인"[30]으로 해석한다. 멜랑콜리를 부정적인 태도로 파악하는 관점의 이면에는 현실부적응 혹은 현실도피로 대상을 바라본다. 이는 멜랑콜리를 표상적으로만 파악하는 단순한 해석이다. 멜랑콜리가 배태되는 과정의 이면에는 적극적인 현실인식과 자아성찰이 함께 이루어진 결과로 봐야 한다. 김홍중은 그동안 멜랑콜리를 "몽롱한 허위적 감정의 사치"로 인식되었지만 이는 잘못 이해한 것으로 파악한다.[31] 김홍중이 파악한 멜랑콜리는 문화적 모더니티와의 이해를 통해 가능하다. 즉 문화적 생산물들을 해석할 때 중요한 도구로 사용할 수 있는 문화해석학적 열쇠가 바로 멜랑콜리이다.

멜랑콜리가 정신분석학에 의한 병리적 현상이 아니라 근대를 이해하는 가장 중요한 개념이라는 점은 많은 학자들이 논하고 있다. 문학의 멜랑콜리는 긍정적인 감정의 발산이며, 이는 문학의 정신적 활동으로 평가되면서 가장 긍정적인 문학의 방법론으로 연구되고 있다.

멜랑콜리를 긍정적인 문학의 요인으로 분석하는 대표적인 철학자는 발터 벤야민이다. 그는 『독일 비애극의 원천』에서 바로크의 비애극에 등장하는 이미지와 인물을 멜랑콜리의 관점으로 분석한다. 그로테스크한 이미지의 표

---

29 최문규, 앞의 책, 210쪽.
30 같은 책, 204쪽.
31 김홍중, 앞의 책, 4쪽.

상과 루터주의에 입각한 도덕적 순결주의와 복종에 의한 허무의식이 멜랑콜리의 시각으로부터 배태된 것으로 파악한다.

> 비장은 해를 끼치는 검은 담즙의 형성에 결정적인 의미를 지닌다. 그 속으로 흘러 내려가 그곳에서 위험수위까지 증가해가는 '끈적거리고 메마른' 피는 인간의 웃음을 줄어들게 만들고 우울증을 불러일으킨다. …(중략)… 피조물의 상태에 있는 인간의 비참함이 분명하게 드러나는 바로크 시기에 매우 인상적인 것이었음이 틀림없었다. 시대의 사변적인 사유는 교회의 구속을 통해 스스로가 피조물의 영역의 심연에 묶여 있음을 본다. 이러한 심연으로부터 멜랑콜리가 드러난다면 그것은 멜랑콜리의 무한한 힘을 설명해준다. 실제로 멜랑콜리는 여러 명상적인 의도들 가운데 원래부터 피조물에 관련된 의도이다.[32]

벤야민은 검은 담즙으로 인한 우울증의 감정을 병리학적으로 이해하면서 이 감정이 사람들의 육체와 영혼에 작용하는 긍정적인 멜랑콜리로 파악한다. 이를 피조물에 관련된 의도로 해석하며 많은 고전 작품을 통해 이를 해명한다.

발터 벤야민이 비애의 이론을 해석하면서 논거로 삼은 멜랑콜리에 대한 인식은 이후 대부분의 학자들에게 영향을 끼쳤다. 멜랑콜리를 프로이트를 중심으로 한 정신분석 혹은 병리학적 인식에서 탈피하여 철학적 혹은 문학적 분석의 적극적인 도구로 삼기 시작했다.

한국 문학 분석의 개념어로서 멜랑콜리는 이미 유효한 성과를 많이 얻고 있다.[33] 오형엽은 '멜랑콜리의 문학비평적 가능성'을 통해 현대문학 연구에

---

32 발터 벤야민, 『독일 비애극의 원천』, 최성만·김유동 역, 한길사, 2009, 218-219쪽.
33 대표적으로 오형엽(2010), 정끝별(2012), 류신(2012), 박상수(2017) 등을 들 수 있다.

사용할 수 있는 이론적 체계화와 참조 틀을 마련하는 시도를 했다. 즉 알레고리, 멜랑콜리, 숭고, 주이상스의 개념을 분류하고 계열화하여 현대시를 이해하는 분석틀로 제시하였다.[34]

이형기 시에 드러나는 허무의 양상이 서구 철학의 니힐리즘으로 분석되는 것과는 다른 해석의 틀이 마련되어야 한다. 특히 이형기 시에 전반적으로 드러나는 우울의 양상은 여러 특성을 지니며 발화되고 있다. 이형기 시의 멜랑콜리는 사회학적 토대 위에서 발현된 극도의 자기부정과 문명비판과 문학적 염결성이 함께 수렴되어 있다. 이형기가 활동한 전반적인 시대는 전쟁 이후 문명이 가속화되면서 인간성의 상실과 공동체의 붕괴가 본격적으로 드러나는 시기였다. 이러한 사회적 상황을 극복하는 또 다른 방법으로 멜랑콜리의 수사적 방법을 제시한 것이다. 즉 이형기는 방법론적 차원에서 문학의 수사적 행위로서 멜랑콜리를 적극적으로 활용하고 있다. 이형기가 체험한 문명을 통해 자아 상실을 경험한 멜랑콜리의 특성이 어떠한 지 살펴본다. 상실의 멜랑콜리를 경험하고 난 후 병든 자아를 극복하고 관조와 포용의 세계로 나아가기 위한 영웅적 멜랑콜리의 특성을 드러낸다. 이러한 특성을 분석하기 위해 이형기의 후기시에 해당하는 세 권의 시집 『심야의 일기예보』(1990), 『죽지 않는 도시』(1994), 『절벽』(1998)을 중심으로 분석해 본다. 이형기의 후기시에서 멜랑콜리는 더욱 선명하게 부각되었기 때문에 후기시를 중심으로 논의를 전개하였다. 이형기 시에 나타나는 멜랑콜리의 특성을

---

34 '알레고리' '멜랑콜리' '숭고' '주이상스'라는 네 가지 개념은 각각 '상징' '애도' '비' '쾌락 원칙'이라는 대립 개념을 전제하고 있다. '상징/알레고리'의 대립 쌍이 양식적 차원을 비롯하여 표현의 근본적 동인(動因)으로서 세계관 및 역사관까지 포함하는 정신적 차원에 해당하고, '애도/멜랑콜리'의 대립 쌍이 주체의 감응적 차원에 해당한다면, '미/숭고'의 대립 쌍은 문학의 미학적 범주의 차원에 해당하고, '쾌락 원칙/주이상스'의 대립 쌍은 주체의 충동적 차원에 해당한다고 볼 수 있다.(오형엽, 『알레고리와 숭고』, 문학과지성사, 2021, 14쪽.)

작품 분석을 통해 해명하려 한다.

3. 문명체험과 상실의 멜랑콜리

이형기의 후기시에 해당하는『심야의 일기예보』(1990),『죽지 않는 도시』(1994),『절벽』(1998)은 모두 1990년대에 발표되었다. 이형기의 후기시는 초기시의 전통서정을 방법론으로 한 달관의 세계, 중기시의 모더니즘과 불화의 세계를 담은 문명비판의 세계를 거친 허무와 자각의 변증법적 세계를 지향한다. 세계와의 불화와 조화를 함께 끌어안은 변증법적 세계를 지향하면서 자아에 대한 상실과 소멸을 반복하여 표출한다. 이형기가 체험한 1990년대는 80년대부터 시작된 문명의 발달로 인한 폐해와 인간성 상실이 본격적으로 드러난 연대였다. 이형기는 문명체험을 통해서 시인이 바라보는 시적 대상에 대한 '상실'을 경험한다.

학교 주변 뒷골목에는
낙첨된 주택복권을 사들이는
가게가 있다

혹시나 혹시나
몰래 숨긴 1억 원짜리 꿈이
역시나 허탕으로 꺼져야만 반기는
심술꾼 가게 주인

군대로 치면

이들은 모두 전사자지요
그러니 다시는 죽을 리 없는
불사의 군대만을 모으고 있지요

과연 그는 백전노장
지고 쫓기는 덴 이골이 나서
도주하는 밤길
그 어둠조차도 절망으로 불 밝힌다

이유는 무슨 이유
다만 취미
허탕을 위한
꿈 많은 복권 구매자여 들으라
나의 취미는 멸망이다

―「나의 취미는 멸망이다」 전문

빈 들판이다
들판 가운데 길이 나 있다
가물가물 한 가닥
누군가 혼자 가고 있다
아 소실점!
어느새 길도 그도 없다
없는 그 저쪽은 낭떠러지
신의 함정
그리고 더 이상은 아무도 모르는

길이 나 있다 빈 들판에

그래도 또 누군가 가고 있다
역시 혼자다

―「길」 전문

「나의 취미는 멸망이다」의 화자가 바라보는 세계는 "학교 주변 뒷골목"이며 그 세계의 주인공은 "심술꾼 가게 주인"이다. 뒷골목이라는 시적 배경과 심술꾼이라는 인물 유형은 시인이 세계를 불화와 부정의 방법으로 바라보고 있다는 것을 시사한다. 불화의 배경에서 인물의 행위는 "낙첨된 주택복권을 사들이"거나 "몰래 숨긴 1억 원짜리 꿈이/ 역시나 허탕"이라는 것을 매일 경험하는 인물이다. 이러한 인물 유형은 문명사회에서 흔히 볼 수 있는 인물이다. 시인은 이러한 인물을 "모두 전사자"라고 지칭한다.

시인이 바라본 세계는 폐허의 공간이며 인물은 패배를 경험하는 실패의 인간이다. 이런 구조 속에서 시인은 '대상 상실'을 경험한다. 대상 상실을 통해 멜랑콜리를 경험한다. 시인이 경험하는 대상은 모두 상실의 경험을 공유한 자들이다. 상실의 경험이 반복되어 더 이상 상실이 상실로 느껴지지 않는 인간성의 바닥을 보여준다. 심술꾼 주인은 "지고 쫓기는 덴 이골이"난 백전노장이다. 멸망의 길로 이르는 백전노장은 "나의 취미는 멸망"이라는 극단의 허무 속으로 침잠한다.

시 『길』의 공간적 배경은 "빈 들판"이다. 이미 비어 있는 공허에서 시는 시작한다. 공허에서도 길은 나 있고 그 길을 걸어가는 시적 대상이 있다. 길을 가는 인물은 '혼자' 길을 간다. 홀로 가는 길이 인간의 숙명처럼 보인다. 여기서 대상 상실이 나타난다. "길도 그도 없다"는 전언은 상실의 극단적 상황을 직설적으로 드러낸다. 시인이 구가하는 상실의 감정은 "신의 함정"으로 표현된다. 이것 또한 상실에 대한 감정이 인간에게 필연적인 것임을 시사한다. 마지막 부분에서 홀로 길을 가는 사람이 한 사람이 아니라 "또 누군가 가고" 있는 이미지를 보여준다. 위의 시에 등장하는 '그'는 화자와 동일시를 이루는 존재이다. 즉 상실을 경험하고 홀로 길을 걷고 있는 사람은 시인 자신이면서 또한 우리들이다. 위의 두 시는 대상 상실을 통해 자아 상실로까지 나아가는 지점을 보여준다. 이러한 점은 멜랑콜리의 특성을 선명하게 보여주고 있는 대목이다.

자아상실은 멜랑콜리의 특성 중에서 가장 두드러지게 나타나는 현상이다. 자아상실의 특성은 그로테스크한 이미지가 표출되며[35] 세계와 불화를 겪는 화자가 등장한다.

> 이 도시에는 이제 까마귀가 없다
> 하필이면 잘 갠 아침나절에 찾아와서
> 까욱 까욱 까욱
> 환한 날빛 속에 감추어진 어둠을
> 재수 없이 쪼아대는
> 그 불길한 검은 새는 사라졌다
> …(중략)…
> 사건 사고는
> 아무리 커도 하루 만에 잊는다
> 전쟁쯤이야

---

[35] "바로크 비애극에 등장하는 신원 불명의 시체들, 피가 든 술잔, 잘린 목, 해골과 뼛조각 등의 사물들도 파국에 내맡겨진 몰락으로서의 역사를 의미하는 '멜랑콜리'의 표상인 것이다. 결국 이 루터주의로부터 읽어내는 멜랑콜리는 '엄격한 도덕성 및 의무에 대한 복종'과 '공허한 세상에 대한 허무의식'이라는 이중적 성격을 가진다."(오형엽, 앞의 책, 21쪽.)

안방에서 즐기는 전자오락 게임

그래도 더 많은 행복이 필요할 땐

청소년용 값싼 본드와 부탄

신사숙녀의 품위를 지켜주는 히로뽕

일회용 주사약도 준비되어 있다

하지만 행복은 까마귀의 먹이가 아니다

내 먹이

느닷없는 고통과 불행

도둑같이 찾아오는 죽음의

그 쓰디쓴 소태 한 조각은 어디 있느냐

까욱 까욱 까욱

까마귀는 이 도시에 살 수가 없다

―「까마귀」부분

    시적 대상인 까마귀는 이제 없다고 단언하면서 시는 시작한다. 이미 대상
상실을 경험한 화자의 태도가 드러난다. 시에서는 "까욱 까욱 까욱"이라는
의성어와 "불길한 검은 새"를 통해 그로테스크한 이미지를 보여준다. 굳이
'까마귀'의 상징을 언급하지 않더라도 시에서는 몰락과 상실을 드러내는 기
표들을 반복적으로 표출하고 있다.

    대상 상실을 경험한 연유가 시에서 등장한다. 바로 문명을 탐닉하는 인간
들의 행태들이다. 사고가 생겨도 금방 잊는 사람들, 전쟁을 "안방에서 즐기는
전자오락 게임"으로 여기는 현대인들이다. 또한 "청소년용 값싼 본드와 부
탄"과 "히로뽕"은 사람들이 중독되어야만 살아갈 수 있는 상실의 경험을
극단적으로 보여준다. 그렇기 때문에 까마귀조차 인간들 때문에 이 도시에서

살아갈 수가 없는 것이다. 시인은 까마귀, 어둠, 불길, 검은 새, 고통, 미골, 사고, 전쟁, 고통, 불행, 도둑, 죽음, 소태 등의 이미지와 관념어를 사용하여 대상 상실과 자아 상실의 세계관을 선명하게 드러내고 있다.

이 도시의 시민들은 아무도 죽지 않는다
어제 분명히 죽었는데도
오늘은 또 거뜬히 살아나서
조간을 펼쳐든 스트랄드브라그 씨의 아침 식탁
그것은 위대한 생명공학의 승리
인공합성의 디엔에이 주사한 대가
시민들의 영생불사를 확실하게 보장하고 있다
…(중략)…
젊어도 늙고
늙어도 늙고
태어날 때부터 이미 폭삭 늙어서
온통 노욕과 고집불통만 칡넝쿨처럼 칭칭
무성하게 뻗어난 도시
실연한 백발의 노처녀가 드디어 목을 맨다
그러나 결코 죽을 수는 없는
차가운 디엔에이의 위력
스스로 개발한 첨단의 생명공학이
죽음에의 길마저 차단해버린 문명의 막바지에서
시민들의 소망은 하나밖에 없다
아 죽고 싶다

—「죽지 않는 도시」 부분

내 가슴은 캄캄한 동굴이다
끝 닿지 않는 그 밑바닥에
섬뜩하게 차가운 바람이 불고 있다
또는 숨 막히게 더운 바람이
그것은 나의 고통
고통처럼 아직은 살아 있는
생명의 몸부림
말이 되기 전의 안타까운 손짓발짓이다

그리고 또한 그것은
고통이 아니라 고통을 벗어나는
몸이 부르르 떨리는 전율
소멸을 꿈꾸는 망각의 희망이다

안식과 광란
서로 부딪치는 삶과 죽음의 욕망이
모순된 그대로 뒤엉켜 공존하는 동굴
어두운 그 밑바닥에서

나는 무섭게 울부짖고 싶다
그리고 침묵의 해저로
가만히 가라앉고 싶다

― 「동굴」 전문

멜랑콜리는 시적 자아가 겪는 '대상 상실'과 '자아 상실'을 통해 '자애심의 추락'을 경험하는 파토스적 경험이다. 「죽지 않는 도시」의 시민들은 아무도 죽지 않는다. 죽은 사람도 다시 살아나서 고통스러운 일상을 다시 살아야만 한다. 시인이 바라보는 도시는 아비규환의 세계와도 같다. "인공합성의 디엔에이 주사"를 통해 삶을 연명하는 일상과 "태어날 때부터 이미 폭삭 늙어"버린 주체들이 가득한 공간이 도시이다. 도시는 "노욕과 고집불통만" 칭칭 감기고 "노처녀가 드디어 목을 매"는 처절한 공간이다. 죽음까지도 "위대한 생명공학"이 막아버리는 곳이다. 대상 상실과 자아 상실을 통해 일어나는 자애심의 추락이 위의 시에서도 드러난다. "시민들의 소망"은 "죽고 싶다"는 것인데, 죽음의 소망밖에 없다는 감정적 빈곤과 공허는 자애심의 추락을 보여주는 대표적 사례이다.

「동굴」에서는 자아 상실의 상황을 '동굴' 이미지를 통해 드러내고 있다. 시의 화자는 자아 상실을 경험한 상태이다. 자아의 내면 이미지는 "캄캄한 동굴"이며 "섬뜩하게 차가운 바람이" 분다. 그곳에서 "무섭게 울부짖고 싶다"고 "침묵의 해저로/ 가만히 가라앉고 싶다"고 처절한 상황을 토로한다. 자아는 이미 자아 상실을 넘어서서 자애심의 추락이 일어났다. 시적 자아는 공허와 허무와 절망 속에 있는 자이다. 이러한 자애심의 추락은 멜랑콜리의 특성을 가장 선명하게 보여주는 지점이다.

위의 시에서 눈에 띄는 점은 역설의 수사학적 방법론을 통해 멜랑콜리의 세계관을 확장시키는 것이다. 「동굴」에서 "고통이 아니라 고통을 벗어나는" 감각을 표출하면서 "소멸을 꿈꾸는 망각의 희망"이라는 역설적 의미를 펼쳐 놓는다. 시인은 소멸/희망, 삶/죽음의 상대적인 의미를 통해 자애심의 추락으로 종결되는 멜랑콜리의 세계관을 다른 의미로 확장시킨다. 이형기는 멜랑콜리를 통해 자아 극복을 이루고 이를 통해 변증법적 세계관을 직시하고자 한다.

4. 자아극복과 영웅적 멜랑콜리

이형기의 후기시는 자아 상실과 자애심의 추락을 가장 선명하게 보여주는 공간과 이미지를 통해 표출하고 있다. 여기서 눈여겨봐야 할 지점은 이형기의 멜랑콜리가 상실과 추락의 의미를 넘어서서 또 다른 세계의 지점을 찾기 위한 고투가 시의 곳곳에 등장한다는 점이다. 멜랑콜리는 상실과 추락으로 끝나는 개념이 아니다. 많은 예술가들은 멜랑콜리를 통해 세계관의 또다른 창조를 꾀한다. 멜랑콜리를 치료해야 할 감정이나 부정적이고 퇴폐적인 정서의 표출로만 작용하는 게 아니라 또다른 세계로 승화시키는 동력으로 작용할 수도 있다. 발터 벤야민은 육체와 영혼에 작용하는 멜랑콜리의 여러 병리학적 특성을 분석하고, 그 속에 함유되어 있는 긍정적 측면의 멜랑콜리까지 발견하고 이를 예술가의 중요한 능력이라고 얘기한다.

> 멜랑콜리에 대한 이러한 음울한 이해는 물론 근원적인 것이 아니다. 오히려 고대 그리스 세계가 이를 변증법적으로 관찰했다. 아리스토텔레스가 쓴 한 대표적인 대목에서는 멜랑콜리 개념 아래 천재성이 광기와 결합되어 있다. …(중략)… 멜랑콜리적인 천재성이 특히 예언적인 것과 관련하여 나타나곤 한다. 아리스토텔레스의 논문 「꿈을 통한 예언에 관하여」(De divinatione somnium)에 의거해볼 때 멜랑콜리가 예언적인 능력을 촉진시킨다는 견해는 고전적인 것이다. 이러한 고대적인 근본명제의 잔여물은 멜랑콜리적인 인간들이 꾸는 예언가적인 꿈에 대한 중세적인 전승 속에서 드러난다.[36]

---

36   발터 벤야민, 앞의 책, 220-221쪽.

벤야민은 멜랑콜리가 천재성과 연관이 있음을 파악한다. 즉 멜랑콜리가 가지고 있는 광기는 예술가적 천재성과 연관되어 있음을 여러 고전 문헌과 작품을 통해 해명하고 있다. 덧붙여서 멜랑콜리는 예언적 능력과도 연관되어 있음을 설파한다. 천재성은 예언적 능력과 연관이 되어 있으며, 이는 멜랑콜리를 긍정적인 감정의 결과물로 파악하는 지점이다. 즉 발터 벤야민은 일반적인 병리학적 특성인 "일상적이고 해로운 멜랑콜리"를 "숭고한 멜랑콜리, 영웅적인 멜랑콜리"[37]로 변화하는 측면에 주목한다. 예술가들이 가지고 있는 멜랑콜리의 특성을 긍정적인 작품 해석의 도구로 사용할 수가 있는 것이다. 이형기의 멜랑콜리의 또다른 특성은 벤야민이 제기한 긍정적 측면의 '영웅적 멜랑콜리'라는 개념으로 분석할 수 있다.

이형기는 후기시에 이르러 뇌졸중을 앓고 신병에 걸려 오랫동안 병석에 누워있었다. 마지막 시집인 『절벽』은 병석에서 뱉어낸 언어의 결과물이다. 이형기의 병후체험은 멜랑콜리의 발생과 극복에 결정적인 역할을 했다.[38] 그러므로 이형기가 반복적으로 보여주는 허무의식과 상실의 체험과 그로테스크한 이미지들은 자아극복의 영웅적 멜랑콜리로 이해되어야 한다.

쫓기고 쫓겨서
더 이상은 갈 데 없는
그 숲속에

---

37 같은 책, 227쪽.

38 정끝별은 멜랑콜리는 시인이 겪은 삶, 시대, 문화적 환경과의 연관 속에서 해명해야 한다고 지적한다. "멜랑콜리의 시적 징후는 시인의 자전적 삶을 투영하는 특징을 지닐 뿐 아니라 사회적 삶 속에서 개인이 흔히 겪게 되는 상실과 고독을 표상한다. 때문에 선천적인 기질과 후천적인 가족 환경, 그가 놓인 시대문화적 환경 등과 관련해 논의하는 것이 마땅하다."(정끝별, 「21세기 현대시와 멜랑콜리의 시학」, 『한국문예창작』 24, 한국문예창작학회, 2012, 7쪽.)

시체 하나 버려져 있다
보니 그것은 나 자신이다

목발을 짚고 비틀비틀 걷다가
그 목발 내던지고 누워 있는 모습
편하게 보인다
참 다행이다
그러면서 고개를 끄덕이고 있는
내 혼백

하긴 시체 따위
찾아봤자 묻어줄 재주도 없지만
아무튼 이것으로 한 매듭을 지어서
살았을 때 언제나 한 몸으로 지내던
육체와 혼백
이젠 작별이다

오억 년쯤 지나서 다시 만나자
아니 아니 오 년쯤 후에로다
서로가 깨끗이 잊어버린 뒤에야
다시 만나자

─「한 매듭」전문

그 늙은 당나귀는 죽었다

뇌졸중으로 쓰러졌다는 말이 있었지만
병명을 따져서 뭘 해
비쩍 바른 커단 몸집이
미세한 세포로 분해되어 허물어져 내리고
마침내 한 줌 흙으로
먼지로 돌아간다
그것은 누구도 어길 수 없는 엄숙한 약속
그 이행을
주위는 숨을 죽이고 지켜보고 있다
또 그것은 무엇인가가 모양을 갖추고
새로 태어나려는 전조
나무와 풀들이 수런대면서
바람과 구름을 손짓하고 있다
이 모든 절차가
다만 침묵 속에서만 진행되는
봄볕 단양한 오후 한때
당나귀는 덜컥 무릎을 꿇고 지상에서
숨바꼭질하듯 잠적했다

—「숨바꼭질」 부분

시의 화자는 시인과 동일시를 이룬다. 숲속에 버려진 시체 하나는 "나 자신"이라고 표현한다. 이형기는 병을 오래도록 앓으며 죽음에 대한 인식을 시에 자주 등장시켰다. 위 시에서도 화자는 비틀비틀 걷고 목발을 내던지는 병자의 모습이다. 시인은 이제 '혼백'까지 보이는 지경에 이른다. 시인은 "육체와 혼백"이 작별하는 죽음의 과정을 부정하는 것이 아니라 재생과 만남의 기회로 삼는다. 죽음은 "오억 년쯤 지나서 다시 만나"는 기회가 되는 것이다. 즉 '시체-작별-다시 만남'의 과정을 서사적으로 표출한다. 그것이 시인이 사유한 '한 매듭'이다. 시인이 사유한 매듭은 이렇듯 단순한 결말을 이루지만, 이러한 지점에 이르기까지 처절한 멜랑콜리의 고통을 수반했다.

「숨바꼭질」에 등장하는 당나귀는 시인의 퍼소나이다. 뇌졸중으로 쓰러진 당나귀는 "한 줌 흙으로 돌아"갔다고 담담히 전한다. 시인에게 죽음은 "누구도 어길 수 없는 엄숙한 약속"이다. 처절하고 비천한 멜랑콜리의 감정이 담담한 어조로 변화되었으며, 모든 것을 극복하려는 영웅적 멜랑콜리를 보여준다. 시인이 신은 아니기에 애써 죽음에 담담해하지만, 내면에 멜랑콜리는 여전히 숨어 있다. 시인은 "그것은 무엇인가가 모양을 갖추고/ 새로 태어나려는 전조"라고 전한다. 시인은 계속해서 죽음을 허무하게 받아들이면서도 극복의 의지를 표출한다.

> 나의 시계는 거꾸로 돌아간다
> 과거에서 미래로가 아니라
> 미래에서 과거로
>
> 그것은 탄생이 아니라
> 죽음에서 시작되는 내 인생
> 그것과 같다
>
> 그러므로 나는
> 미래의 미래 그 저쪽에 있는 추억
> 과거의 과거 그 저쪽에 있는 희망
> 그처럼 정상이다

이를테면 저 능금을 보아라

한때의 식욕이 따먹고 버린

아무도 거들떠보지 않는 씨 하나에서

새로이 움터오는 과거의 시작을

ー「거꾸로 가는 시계」 부분

시인이 선택한 시계는 "거꾸로 가는 시계"이다. 시인은 죽음에서 또 다른 시작을 엿본다. 멜랑콜리의 감정은 니체의 영겁회귀나 보들레르의 영웅적 태도와 유사한 감정적 특성을 보인다. 현재의 절망을 통해 새로움을 엿보거나 쟁취한다. 또한 죽음에서 생성을 발견하며 단절된 삶에서 창조를 이루어 낸다. 인간은 누구나 죽음을 향해 나아간다. 시계는 죽음으로 나아가는 걸 물리적으로 보여주는 사물이다. 시인은 "과거에서 미래로가 아니라/ 미래에서 과거로" 가는 시계를 발견한다. 거꾸로 가는 시계를 보는 인식은 "죽음에서 시작되는 내 인생"을 깨닫는 역설을 진실로 받아들이게 하는 용인이다. 상실의 멜랑콜리는 죽음으로부터 새로움을 발견하는 영웅적 멜랑콜리를 통해 변증법적 인식으로 나아간다. 시인은 죽음을 통해 "새로이 움터오는 과거의 시작"을 감각하고 멜랑콜리를 긍정적으로 받아들인다.

위의 시에서 살펴볼 수 있듯이 이형기의 후기 시편들은 죽음의 세계를 받아들이면서도 또다시 극복해내려는 의지가 도처에 깔려 있다. 이형기는 죽음에 다가선 실존의 무게를 멜랑콜리의 감정으로 받아들이고, 때론 체념하기도 하지만 결국 극복한다. 영웅적 멜랑콜리가 가진 예언적 가능성은 죽음 이후의 세계를 미리 감각하는 시인의 사유로 해명될 수 있다. 또한 이러한 예언적 기질이 천재성과 연관되며 영웅적 멜랑콜리를 통해 표출되는 지점을 이형기의 후기 시편을 통해 확인할 수 있다.

5. 결론

이형기의 시에 나타난 멜랑콜리의 특성을 후기시를 중심으로 분석했다. 멜랑콜리는 정신병리의 결과가 아니라 자아를 드러내는 적극적인 방법론의 한 양상이다. 멜랑콜리는 시적 자아가 대상을 바라보는 새로운 태도, 현실 인식, 자아 성찰 등이 복합적으로 결합된 새로운 세계관의 특성이다. 멜랑콜리는 긍정적인 자아의 정신적 활동이며 시인의 세계관을 새롭게 진단할 수 있는 철학적 개념이다. 멜랑콜리를 통해 허무의식 혹은 부정의식 등의 세계관을 좀 더 정치하게 분석할 수 있다.

멜랑콜리는 이형기 시의 분석틀에서 새로운 관점을 제시해 줄 수 있는 방법론이다. 이를 해명하기 위해 이형기가 멜랑콜리를 어떻게 활용하고 있는지를 후기시를 통해 살펴보았다. 이형기의 후기시를 문명체험과 상실의 멜랑콜리, 자아극복과 영웅적 멜랑콜리의 관점에서 분석하였다. 이형기는 문명체험을 통한 대상 상실과 자아 상실을 경험한다. 폐허와 패배의 공간에 대한 상실, 세계와 불화를 겪는 자아의 상실, 상실로부터 발생되는 자애심의 추락 등의 양상이 시에 멜랑콜리의 특성으로 드러난다. 이형기는 상실의 멜랑콜리에서만 그치지 않는다. 멜랑콜리를 통해 부정적인 정서를 넘어서서 새로운 창조의 세계로 나아가는 영웅적 멜랑콜리의 특성을 보여준다. 영웅적 멜랑콜리는 세계를 불화와 부정의 시각으로만 판단하는 것이 아니라 상실의 세계를 극복하는 새로운 동력이다. 이형기는 상실 의식에서만 그치지 않고 재생과 만남, 부활, 극복의 태도를 통해 새로운 멜랑콜리의 특성을 보여준다.

그동안 이형기의 시에 드러나는 세계관의 특성은 허무주의와 문명비판으로 요약할 수 있다. 멜랑콜리의 관점으로 이형기 시를 분석하는 것은 허무주의의 세계관을 넘어서서 또 다른 시각으로 이형기를 바라보는 방법이다. 이를 통해 더욱 다양한 이형기 시세계의 분석틀이 마련되는 단초로 삼기로 한다. 향후 역설의 수사학적 방법론을 통해 멜랑콜리의 논의를 진전시키는 연구는 향후 과제로 삼을 것이다.

제4장

허만하 시에 나타난 토포스의 특성 연구

1. 서론

이 연구는 허만하 시에 나타난 토포스(topos)[1]의 특성을 분석하는 데 목적을 둔다. 허만하 시에서 지속적으로 드러나는 장소를 토포스의 관점에서 그 원인을 탐구하고, 토포스와 시적 주체가 가진 실존과의 관계를 해명하려 한다. 이를 통해 일반적인 여행과 풍경의 관람과는 다른 차원의 장소성을 가진 시세계를 토포스라는 개념으로 파악해볼 것이다.

허만하(許萬夏)는 한국시사에서 독특한 지점에 위치한 시인이다. 허만하는

---

1   토포스는 장소와 공간에 대한 개념이다. 여기서는 여러 모티프들이 문학 속에서 자주 등장하는 장소를 가리키는 말로 통칭하려고 한다. 공간(space)과 장소(place)를 다른 개념으로 파악하기도 한다. 이-푸 투안의 『공간과 장소』(대윤, 2007)에 따르면 "공간은 장소보다 추상적이다"(19쪽), "장소는 안전을 공간은 자유를 의미한다. 즉 우리는 장소에 고착되어 있으면서 공간을 열망한다. 공간과 장소는 생활세계의 기본적인 구성요소"(15쪽)라고 말하면서 추상적이고 막연한 '공간'과 체험을 통해 의미가 부여되는 '장소'를 엄격하게 구분하고 있다. 즉 미지의 공간은 경험의 축적을 통해 친밀한 장소로 바뀐다는 것이다. 허만하의 시에서 대부분의 공간은 이미 실존과 경험이 축적된 장소로써 사용된다. 그러므로 공간과 장소를 엄격하게 구분하지 않고 '토포스'라는 통칭의 관점에서 사용하려고 한다.

1932년 대구에서 출생하여 1957년 『문학예술』에 「과실」, 「날개」, 「꽃」 등 3편이 이한직(李漢稷) 시인에 의해 추천되어 문단에 등단했다. 등단 12년 만에 첫 시집 『해조(海藻)』(1969)를 발간한 후 오랫동안 작품 활동에 절연의 기간을 보냈다. 이후 두 번째 시집인 『비는 수직으로 서서 죽는다』(1999)부터 왕성한 활동을 보이면서 『물은 목마름 쪽으로 흐른다』(2002), 『야생의 꽃』(2006), 『바다의 성분』(2009), 『시의 계절은 겨울이다』(2013), 『언어 이전의 별빛』(2018) 등을 출간했다.[2]

허만하의 시작 활동이 독특한 지점은 크게 두 가지로 분석할 수 있다. 먼저 첫 시집에서부터 두 번째 시집까지 30여 년 동안 작품 활동을 하지 않은 점. 다음으로 어느 유파에도 속하지 않고 '형이상학적 전율'[3]이라고 부를만한 자신만의 독특한 형이상학적 시세계를 발표한 점을 들 수 있다. 첫 시집에서 두 번째 시집까지의 문학적 간극을 설명하기에는 시인의 개인사적 정황을 파악하여 이를 문학적 활동에 대입시켜야 이해가 빠르다. 다만

---

2   그 외의 저서로는 산문집으로 『부드러운 시론』(1992), 『모딜리아니의 눈』(1997), 『낙타는 십리 밖 물 냄새를 맡는다』(2000), 『청마풍경』(2001), 『길과 풍경과 시』(2002), 『길 위에서 쓴 편지』(2004)가 있고, 시선집 『허만하 시선집』(2005)과 시론집 『시의 근원을 찾아서』(2005)를 펴냈다. 허만하의 저작은 시뿐 아니라 다른 산문과 시론집도 시와의 연관선상에서 논구될 필요가 있다. 그런 이유로 허만하의 다른 저작물도 필요에 따라 논의의 대상으로 삼으려고 한다. 텍스트로 삼는 것은 시뿐 아니라 시론도 포함된다. 그러므로 논문 제목에 드러나는 '허만하 시'는 '허만하의 시와 시론'으로 읽어도 무방하다.

3   "허만하 선생의 시는 우리 시단에서 첨예하게 외따로운 음역(音域)이다. 선생의 시는 우리 시단의 주류인 서정, 참여, 실험의 어떤 영역에도 귀속되지 않는 언어적 자의식으로 충일하다. 언어 자체에 대한 철학적이고 본질적인 탐색과 함께 선생의 시에는 우리 시단에서는 좀처럼 만나기 어려운 일종의 형이상학적 전율이 두루 착색되어 있다. 선생은 시가 가벼운 위안이나 강렬한 참여나 파괴적 실험이 아니라, 내면으로의 한없는 깊이를 획득하면서 동시에 한계 바깥을 상상하는 활달한 스케일을 견지해야 한다고 생각한다. 그렇게 다가간 '시원(始原)의 질서' 앞에서 깊이의 투시와 바깥의 예감, 그리고 그것에 대한 근원적 두려움과 황홀을 낱낱이 보여준다."(유성호, 「'수직의 고독'으로 사유하는 존재 생성의 역설」, 『언어 이전의 별빛』, 116-117쪽.)

시인의 사적 실증의 과정을 염두에 두어 몇 가지를 인지하려 한다. 먼저 시인은 의학을 전공한 의과대학교수였다는 점과 두 번째 시집의 활동에서부터는 의학적 학문보다는 문학 활동을 본격적으로 시작한 시기였다는 점은 부기할 필요가 있다. 병리학자로서의 학문 활동의 과정에서도 그는 끊임없이 서구의 철학과 사상에 큰 영향을 받았다.[4]

주지하다시피 허만하의 두 번째 시집에서부터는 본격적인 연구의 텍스트로 평가한다.[5] 하지만 본격적인 연구의 차원에서 허만하의 시가 논구되고 있는 것은 아직 드물다.[6] 대부분 평문이나 단편적인 서평에 기인하고 있다. 이런 이유로 허만하의 시는 아직 많은 연구 가능성과 연구 의미를 가지고 있는 텍스트이다.

연구 범위는 허만하 시집 중에서 장소가 가장 적극적으로 드러나는 시집 『비는 수직으로 서서 죽는다』(1999), 『물은 목마름 쪽으로 흐른다』(2002)와 허만하의 산문집과 시론집을 논의의 대상으로 삼기로 한다. 일반적으로 토포스는 서사 장르의 장소를 연구할 때 많이 사용되던 개념이다.[7] 시 연구에서도

---

4   허만하는 한국전쟁을 겪으면서 유물론을 극복하고 실존주의에 대한 관심을 갖게 된다. 사르트르는 젊은 의대생에게 존재와 세계를 바라보는 창이 되었다고 전해진다. 이때 만난 철학자들이 사르트르, 니체, 딜타이 등이다.(구모룡, 「시와 사유가 끝 간 데」, 『시인수첩』, 2011년 가을호, 103-104쪽 참조.)

5   "이 시집의 증거로 보아 허만하 씨는 우리 시단에 드물게 보는 끈질김과 일관성을 중요한 주제를 추구하는 시인이다. 어설픈 사고와 감상과 대중적 푸닥거리와 쉬운 위안이 유행하는 시대에 있어서 이만큼 깊이 생각하고 끈질기게 생각하는 시인이 있다는 것은 놀라운 일이다."(김우창, 「보려는 의지와 시」, 『비는 수직으로 서서 죽는다』, 솔, 170쪽.)

6   대표적인 연구로는 김경숙(「허만하 '시'의 물 이미지 연구」, 부산대학교 석사학위논문, 2008)과 송승환(「허만하 시의 수직 지향 연구」, 『우리문학연구』 제26집, 우리문학회, 2009)을 들 수 있다.

7   대표적으로 박진영(「1960년대 소설에 나타난 '광장', '시장'의 토포스」, 『열린정신 인문학 연구』 16집, 원광대학교 인문학연구소, 2015)과 김미정(「탁류의 토포스」, 『한국문학이론과 비평』 55집, 한국문학이론과 비평학회, 2012)을 들 수 있다.

이루어졌는데[8] 허만하는 시뿐 아니라 자신의 시론을 통해서도 토포스의 시학을 적극적으로 전개하고 있다.

2. 토포스의 시론과 풍경의 형이상학

허만하는 시론을 통해 자신의 시세계를 적극적으로 개진한 시인이다. 시론은 어렵고 난해한 시풍을 가진 시인들의 인식적 결과물로 여겨졌다. 하지만 이러한 시론의 운명적 한계에도 불구하고 시론은 또다른 텍스트로 자리매김을 하고 있다. 시론을 통하여 더 확연하게 시세계의 깊은 지점을 발견할 수 있기 때문이다. 시론은 시인들의 방법론적인 정체성을 대변하는 보편적 창구의 역할을 하면서 시인을 평가하는 또다른 텍스트로 일반화되었다. 시론은 시에 대한 해설이나 생각뿐 아니라 시인이 품고 있는 시적 태도와 시관(詩觀)을 직접적으로 들을 수 있는 유일한 논리적 근거라고 말할 수 있다. 허만하는 이러한 시론에 대한 메타적 인식을 다음과 같이 말하고 있다.

> 시인이 저마다 가지고 있는 고유한 문법이 곧 그의 시론이다. 시는 모든 성질의 인식을 언어로 조형하는 것이다. 나는 타성화한 나의 일상성과 지속적으로 헤어져야 한다. 시에 대한 나의 견해도 다를 바 없다. 순간마다 살아서 뛰는 새로운 문법을 낳아야 한다. 시론은 언제나 하나의 점이다.[9]

---

8 박현수, 「김소월 시의 보편성과 토포스 연구」, 『한국현대문학연구』 7집, 한국현대문학회, 1999, 52쪽. 박현수는 토포스의 개념을 설명하면서 양태종(「말터나누기」, 『언어와 언어교육』 11집, 동아대학교 독일학연구, 1996)이 거론한 '말터(말들의 터전)'의 개념을 차용하고 있다.

9 허만하, 「추사의 벼랑」, 『길과 풍경과 시』, 솔, 2002, 210쪽.

시인에게 시론이란 언제나 현재 진행형이다. 따라서 내 시에 영향을 준 시론을 이 시점에서 열거하기란 거의 불가능하다. 시인은 끊임없이 변신하고 싶은 존재다. 끊임없이 새로운 시론(체계란 뜻은 아니다)을 만들어가고 있는 것이다. 창작자로서의 시인은 한 편의 시를 쓸 때마다 살아 있는 자기 시론을 시작을 통해 확인하고 또 그 한계를 뛰어 넘는 존재다. 시론은 체계가 아니다. 시인은 시를 쓰면서 숨 쉬고 있는 자기 시론을 손으로 만지는 것이다. 말이 다음 말을 불러오는 오묘한 힘을 확인하는 것이다.[10]

허만하는 시론의 성립과 가능성에 대해 시를 창작하기 위한 동력으로서의 시론을 얘기하고 있다. 시론은 언제나 하나의 점으로서 성립되며 그 점이 확장되어 인식이라는 면이 되기 위해서는 끊임없는 시적 갱신이 있어야 한다고 지적한다. 허만하의 입장에서 시론은 언제나 현재 진행형일 수밖에 없다. 허만하는 영향받은 시론을 열거하기보다는 언제나 유기체로서 살아 숨 쉬는 새로운 시 언어에 대한 갈망이 시론을 낳는다고 역설한다. 이와 같은 시론에 대한 인식을 통해 '시론의 한계와 가능성'을 '시의 한계와 가능성'과 동일선상에 놓고 사유한다는 것을 알 수 있다.

허만하는 서양의 철학과 사상, 외국시와 시론에 대한 깊은 이해를 가지고 있다. 이런 점은 아직 국내에까지 번역되지 않은 많은 시와 이론들을 직접 원서로 구해 읽고, 이를 자신의 시관으로 체화하여 발표하는 시론을 통해 확인할 수 있다. 이는 영어와 일본어를 모국어처럼 해독할 수 있는 언어력을 바탕으로 각 철학의 폭넓은 지평을 거시적인 시각으로 이해할 수 있어야만 가능한 일이다. 또한 라이너 마리아 릴케, 메를르 퐁티, 줄리아 크리스테바, 쟈크 데리다, 하이데거, 청마 유치환과 대여 김춘수, 김종길 등에 대한 깊은

---

10   허만하, 「숨 쉬고 있는 시론」, 같은 책, 281쪽.

이해를 바탕으로 많은 시론을 발표하였다.[11] 하지만 유치환과 김춘수, 김종길 시인에게 직접적인 방법론의 영향을 받았다고 보기는 어렵다. 허만하가 이들의 시와 시론에 대한 깊은 관심과 이해가 있었지만, 허만하의 시작(詩作)에 직접적으로 영향을 주지는 않았다. 대신 유치환, 김춘수, 김종길의 세계와 함께 호흡하고 곁눈질로 바라보며 자신만의 또다른 세계를 일구어 나갔다.[12]

허만하의 시론들 중에서 논구해야 할 것은 '풍경'에 대한 남다른 사유이다. 허만하는 풍경을 시각적 이미지로서만 이해하지 않고, 철학적 인식의 지평 아래에서 풍경을 바라본다.

풍경이 우리의 내부로 걸어 들어와서 우리의 일부가 되는 것은 그 낯선 본질 때문이라는 것이 내 생각이다. 산다는 것은 낯선 것을 받아들여 낯설지 않은 친숙한 것으로 만들어 가는 과정이다. 낯선 것을 만나기 위하여 우리는 길 위에 선다. 깨어 있는 정신에게 풍경은 새가 들녘 끝 한 그루 느티나무 자리를 미리 알고 있는 것처럼 시시각각 새로운 놀라움이다. 영혼이란 낯선 풍경을 만나 깨어나는 자기의 모습에 지나지 않는다.[13]

풍경이란 수동적으로 눈에 비치는 영상이 아니라 숨어 있는 그것을 찾아낼 수 있는 능력이 만들어내는 창조적 소산이란 것이 내 생각이다. 풍경은 있는 그대로의 바깥이 아니라 아름다움을 사랑하는 정신이 발견하는 체험

11   허만하가 발표한 주요 시론은 시론집 『시의 근원을 찾아서』(랜덤하우스중앙, 2005)로 정리되었다.

12   "청마와 대여는 넓은 의미의 방법 차원에서 같은 계보를 형성하지만 선생님과의 차이가 확연하다. 김종길 선생은 오랜 교유를 이어가는 처지이나 그가 영미시론을 자신의 시쓰기와 통합하지 않는다는 점에서 선생님과 방법적으로 다르다."(구모룡, 「시와 사유가 끝 간데」, 『시인수첩』, 2011년 가을호, 104쪽.)

13   허만하, 『청마풍경』, 솔, 2001, 6쪽.

의 결과다. 그런 의미에서 풍경은 끊임없는 수련의 결과다. 하나의 풍경을 찾아내는 과정은 거의 시 쓰기와 같다. 풍경은 그것을 알아주는 정신을 만나는 순간을 기다리며 조용히 숨죽이고 있다. 그 순간이 고유한 것을 풍경은 알고 있다. 풍경은 형이상학적 가치다. 그것은 경치가 아니다. 그래서 나는 풍경을 찾아 길 위에 선다.[14]

허만하는 자아가 세계를 바라보는 일방향적 시각으로 풍경을 이해하지 않는다. 풍경을 이해하는 것은 바로 자신 내부의 에너지로부터 비롯된다. 풍경은 낯선 것과의 만남인데 이 낯선 것과의 만남을 통해 자아와 소통을 거친 후 낯설지 않은 익숙한 것으로 다시 내어놓는 것이 풍경을 이해하는 방식이다. 그러므로 풍경은 깨어있는 정신이 있어야만 새로운 인식이 가능하다. 풍경을 적극적으로 받아들이기 위해서는 그것을 찾아낼 수 있는 능력을 갖추어야 한다. 허만하는 그것을 창조적 소산이라고 적시한다. 허만하는 풍경을 찾아내는 과정과 시 쓰는 과정을 비슷한 도정의 비유로 표현한다. 이런 일련의 과정들을 전제할 때 비로소 풍경은 경치가 아니라 형이상학적 가치가 되는 것이다.

풍경이라는 이미지를 형이상학적 사유로 인식하기 위해서 허만하는 장소에 대한 철학을 적극적으로 개진한다. 즉 장소에 대한 인식을 '토포스'를 통해 해명한다. 허만하는 소쉬르나 야콥슨부터 이어져 내려오는 언어학에도 깊은 관심을 가지고 있다. 이를 통해 토포스를 공간이나 장소라는 단순한 개념으로 이해하기에는 아쉬운 점이 있다. 허만하가 얘기하는 토포스는 장소의 발견을 통해 실존의 인식과 맞닿고 이를 언어라는 질료로 완성한다는 자신의 시작(詩作) 과정을 은유적으로 체계화하는 방법이다. 즉 나카무라 유

---

14 허만하, 「풍경은 형이상학적 가치다」, 『길과 풍경과 시』, 솔, 2002, 45쪽.

지로가 말한 "우리들의 신체는 피부에 의해 닫혀진 생리학적인 신체가 아니라, 현상학적으로 말해 그 외부까지 확장된다. 우리들은 모두 그 확대된 신체 구석구석까지 감각을 보내 통과시키면서 활동하고 있는 것이다. 그리고 그 확대된 신체에 의해 외적인 공간도 재파악되고 내면화"[15]되는 과정을 허만하는 시를 통해 구현하고 있다.

허만하의 인식 속에서 '실존'이란 개념어는 가장 중요한 이해의 지점이다. 허만하가 '풍경'을 자신의 실존을 대변하는 대상으로 사용하였을 때는 단지 풍경만을 얘기한 것은 아니다. 허만하가 그리는 풍경은 사유와 텍스트가 결합하여 이루는 하나의 형식이라고 생각하는 편이 더 적절하다. 허만하는 니체의 영겁회귀를 설명하면서 하나의 풍경을 단서로 이야기를 풀어낸다.

> 니체가 영겁회귀의 사상을 떠올렸던 것은 알프스의 산맥 품안에 안겨 있는 한 호숫가를 걷고 있을 때였다. 인간이 도달할 수 있는 최고의 긍정 형식인 영겁회귀의 사상이 떠올랐을 때 그가 쪽지에 썼던 메모는 "사람과 시간의 저쪽 6천 피트"의 한 줄이었다. 이 짤막한 한 줄에 그는 영원의 시간을 담았던 것이다. 그의 정신이 붕괴하기 전인 1881년 8월의 일이었다. 그가 실바플라나 호수 기슭을 따라 숲길을 걷다가 수를라이 마을 근처 피라미드형으로 솟구쳐 있는 거대한 바위 곁에 이르렀을 때 갑자기 그 사상이 떠올랐다고 그는 회고하고 있다. …(중략)… 그는 그날의 산책에서 보았던 이 일대 풍경이 자기와 피로 맺어진 것이라 말하고 있다. 그는 풍경에 혈연을 느꼈던 것이다. 사람들은 니체의 걸음을 멈추게 했던 그 거대한 바위에 그의 저서 『차라투스트라는 이렇게 말했다』의 "오, 인류여!"로 시작하는 몇 줄을 새겨두고 있다. 그 지점이 니체가 현재의 자기와 꼭 같은, 영원의

---

15   나카무라 유지로, 『토포스』, 박철은 역, 그린비, 87쪽.

시간 저쪽에서 태어난 자기를 생생하게 보았던 자리인 것이다. 사람들은
그 토포스의 소중한 의미를 깨달았던 것이다.[16]

니체의 영겁회귀 사상이 호숫가를 산책하면서 얻어진 철학적 사유의 산물
이라는 점은 허만하가 줄곧 강조하는 풍경에 대한 사유와 일맥상통하는 지점
이다. 이는 하나의 풍경을 통해 사유의 출발이 시작되고 낯선 풍경과 사유와
의 합일을 통해 새로운 인식적 체험을 얻는다는 허만하의 시적 인식에서
비롯되는 시론이다.

니체가 영겁회귀의 사상을 얻었다면 바르트는 하나의 풍경으로부터 시작
하여 '텍스트'라는 개념에 이른 것이라고 허만하는 인식하고 있다.

> 풍경은 무수한 코드를 가지고 있는 하나의 텍스트이다. 그는 한 작품
> 속에 숨어 있는, 또 드러나 있는 무수한 영향의 그늘을 꿰뚫어 보았던 것이
> 다. 그는 풍경을 시각이 주는 대로 수동적으로 본 것이 아니라 기호론의
> 코드로 선입관 없이 찬찬히 읽었던 것이다. 그 과정에서 그는 '작품'이란
> 개념과는 전혀 이질적인 '텍스트'를 발견했던 것이다.[17]

이러한 허만하의 시적 인식은 그의 시론 전반에 걸쳐 광범위하게 이어진
다. 「시원을 향한 언어의 향수」[18]에서는 무주라는 지역을 여행하다가 길을
잘못 들어 만나게 된 가죽나무와의 만남을 이야기한다. 이러한 우연한 만남
을 통해 우연을 필연으로 자기 내부에 안착시키며 사유를 확장시킨다. 더
나아가 가죽나무를 통해 하이데거의 사상을 떠올리며 하이데거 시론에 대한

---

16   허만하, 「텍스트의 풍경」, 『시의 근원을 찾아서』, 랜덤하우스중앙, 2005, 11-12쪽.
17   같은 책, 15쪽.
18   같은 책, 21-26쪽.

자신의 독법과 사유를 진전시킨다. 무주에서 가죽나무를 만난 우연한 사건은 니체가 알프스 산맥의 어느 호숫가를 산책하다가 만난 영겁회귀의 사상과 일맥상통하는 지점에 있다.

허만하가 최치원의 비문을 찾아 여행하면서 읽은 시에 대한 사유는 이러한 모습을 더욱 선명하게 전달해 준다.[19] 그에 따르면 최치원이 인용한 글에 나오는 시에 관한 세 가지 단위는 '말'과 '글'과 '뜻'이라고 한다. 이러한 점을 바탕으로 소쉬르 언어학에 대한 사유와 말라르메, 메를로 퐁티의 사고, 라캉과 크리스테바에 이르기까지의 언어에 대한 사유를 따라간다. 그리고 다시 연암 박지원의 열하일기와 최치원의 글에까지 이어진다.

> 근래 풍경은 한 권의 시집이라는 생각을 하기에 이르렀다. 풍경을 찾아 길 위에 서는 것이 한 권의 시집을 읽는 행위인지 또는 한 권의 시집을 쓰는 일인지에 대해서 우리는 이야기를 나누고 있다. 시집이 꼭 글자로 쓰여져야 하는 것은 아니라는 것이 내 생각이다. 풍경은 우리가 수동적으로 받아들이는 것이 아니라 능동적으로 찾아내는(선택하는) 작업 끝에 얻어내는 귀한 소여(所與)라는 것을 나는 알고 있다. 그 한 토포스를 찾아 길 위에 서는 것이 나들이의 철학이다.[20]

> 공간이란 살(부피)이 있는 내가 존재하는 살아 있는 형식이다. 나의 공간은 시각뿐만이 아니라 나의 존재 총체가 느끼는 나의 살아 있는 둘레다. 나는 두 손(감촉)으로 나의 둘레를 더듬는다. 공간은 내 존재의 연장이다. 공간은 나의 키에 따라 그 크기가 달라진다. 나의 보폭에 따라 그 크기가 달라진다. 그리고 공간은 내 몸의 내부이기도 하다. 나의 흉강(胸腔)도 아름

---

19   허만하, 「언어의 풍경을 찾아서」, 『길과 풍경과 시』, 솔, 2002, 31-42쪽.
20   허만하, 「풀밭과 구름과 시」, 같은 책, 187-188쪽.

다운 공간이다. 공간이란 내 체험의 양식이다.[21]

허만하의 풍경에 대한 인식은 텍스트의 유비를 통해서도 이루어진다. 허만하는 풍경이 한 권의 시집이 될 수 있다고 말한다. 시집은 글자로 씌여진 유형의 사물이지만, 풍경은 글자로는 쓸 수 없는 이미지의 단면이다. 허만하는 시집이 꼭 글자로 쓰여져야 하는 것은 아니라는 역설적 의미를 통해 새로운 풍경을 찾아내는 일이 시집의 언어를 통해 자신의 세계를 드러내는 일만큼 새로운 세계관일 수 있다고 역설한다. 능동적으로 찾아낸 풍경의 공간이 철학적 사유와 만날 때 그곳은 하나의 고유한 시적 공간으로서 탄생된다.

3. 전사(戰士)의 토포스와 장소성

허만하가 시론을 통해 지속적으로 제기하고 있는 토포스적 인식은 시를 통해 실천적으로 구현한다. 시인은 길 위에서 자신의 사유와 일치되는 장소를 찾아 헤맨다. 하나의 장소를 찾아 풍경을 만들고 그 풍경 위에 시인의 사유를 덧입힌다. 그러한 과정은 허만하가 시 쓰는 과정과도 다름없다. 허만하는 이를 가리켜 "내가 길 위에 서는 것은 풍경을 만나기 위해서이지만 그 풍경을 완벽한 풍경이게 하는 유일무이한 토포스를 찾기 위한 것"[22]이라고 해석한다.

나무의 씨앗은 인류의 역사보다도 긴 시간을 간직하고 있다. 끊임없이

---

21 허만하, 「시와 공간」, 『청마풍경』, 2001, 15쪽.
22 허만하, 「텍스트의 풍경」, 『시의 근원을 찾아서』, 랜덤하우스중앙, 2005, 18쪽.

나무는 몸의 경계를 지우면서 새로운 경계를 다시 만든다. 시시각각 나무의 내부가 새로운 바깥이 되는 셈이다. 나무의 성장은 언제나 지기 몸 안에 묻히고 만다. 잔가지 끝은 원래 거리 같은 원근을 거절한다. 고개를 젖히고 쳐다볼 때 그 둘레에 별빛처럼 아득한 거리의 추억 같은 것이 눈부신 안개처럼 희박하게 태어날 뿐이다. 나무가 자라는 것이 눈에 보이지 않는 것은 그 때문이다.

김해 진례 대암산 계곡 깊이 숨어 있는 팽나무를 오랜만에 찾아보았다. 헝클어진 가지 끝 그물에 금빛 햇살이 묻기 시작하는 무렵이었다. 산사태로 노출된 곁뿌리가 코끼리 코만한 굵기로 곡마단의 끝 장면같이 나란히 붙어서서 기우는 밑둥치를 떠받치고 있었다. 아름다운 역학으로 나타난 목숨의 캄캄한 의지를 불구의 내 걸음을 부축해온 가족들 말없는 사랑을 확인하는 반가움 같은 촉감으로 쓰다듬었다. 바닥에는 고동색 낙엽과 검정 콩알만한 열매들이 어지럽게 흩어져 있었다. 죽어가는 이 씨앗 가운데서 한 알쯤이라도 유백색 가녀린 뿌리로 어둠을 붙잡고 일어서서 파란 하늘을 흔드는 가지를 펼칠 수 있을는지.

나무는 모천의 물내를 찾아 아득한 길을 되돌아가는 연어떼처럼 무덤 자리를 찾아 이동하지 않는다. 씨앗이 떨어진 그 자리에서 초록빛 사상처럼 일렁이며 수직으로 선 자세로 의연하게 낯선 어둠을 맞이할 채비를 하고 있다.

큰 나무 둘레에서는 중세의 가을 같은 바람이 인다. 그때 길손의 물빛 향수는 낙엽처럼 땅 위에 눕는다. 바람이 천천히 흐르기 시작할 때 그는 천년의 깊은 잠에서 깨어나 다시 끝없는 길 위에 선다.

　　　　　　　　　　　　　　　　　　　　－「나무를 위한 에스키스」 전문[23]

시인이 만난 것은 나무이다. 물질로서의 나무는 인간보다 더 많은 시간을 함유하고 있다. 나무의 씨앗은 더욱 긴 시간을 갖고 있는 물질이다. 시적 주체는 나무를 관찰하는 자이면서 나무를 통해 자신의 내부를 관찰하는 자이다. 또한 나무의 관찰자이자 자신의 내부 관찰자이면서 이 세계의 본질을 탐구하는 관찰자이다. 1연에서 관찰되는 나무는 "몸의 경계를 지우"는 대상이면서 "내부"가 "바깥"이 되는 대상이다. 나무의 생장은 누구나 관찰할 수 있지만 나무를 바라보며 일으키는 시간에 대한 인식은 더 깊게 숙고해야 하는 관조적 시각이다. "별빛처럼 아득한 거리의 추억"이라는 시간적 은유는 나무를 물질로서만 보는 대상이 아니라 인식의 대상으로 보는 것임을 시사한다.

2연에서 만난 것은 특별한 장소이다. "김해 진례 대암산 계곡"에서 만난 "팽나무"는 허만하의 표현대로 '유일무이한 토포스'이다. 화자는 팽나무를 미시적으로 관찰한다. "금빛 햇살이 묻기 시작하는 무렵"의 시간 위에 "코끼리 코만 한 굵기"의 밑둥치와 가족들의 사랑을 비유하는 "반가운 촉감"과 나무 주변의 바닥에 드러나는 "고동색 낙엽과 검정콩알만 한 열매들"까지 세세하게 묘사한다. 이러한 시각적 이미지는 시적 주체와 나무 사이의 거리를 좁히며 인식적 대상으로 상정하고 거리를 유지하는 역할을 충실히 드러낸다.

시의 후반부는 본질을 탐구하는 여정으로 바쳐진다. "나무"와 "연어"의 생리를 유비하는 것은 시간성 위에 "중세의 가을 같은 바람"인 인식적 확인을 가능케 한다.

허만하의 토포스는 '장소의 만남→ 탐색 → 철학적 인식을 위한 거리 두기 → 본질을 탐구하는 주체의 목소리'와 같은 흐름을 통해 이어진다. 이러한 흐름은 다른 여타의 시에서도 자주 확인할 수 있는 시적 전개 과정이다. 나무, 씨앗, 인류라는 미지의 공간은 김해 진례 대암산의 팽나무라는 구체

23　허만하, 『물은 목마름 쪽으로 흐른다』, 솔, 2002, 118-119쪽.

적인 장소와 풍경으로 전이되면서 추상적이고 막연한 '공간'은 경험을 축적하여 의미가 부여되는 '장소'로 역할을 한다. 이러한 의미적 분석은 허만하 시가 가지고 있는 토포스의 특성을 가장 확연하게 보여준다.

강을 따라 흐르던 길은 땅 끝에서 다시 돌아가고 강은 마지막 물빛을 바다에 묻고 있다. 사라진 어머니 태 속으로 번득이는 은백색 배를 강바닥에 찢으며 다시 찾아가는 연어의 피 흘리는 그리움처럼 이승의 나그네는 언젠가 어둠이 소용돌이치고 있는 탄생의 원점으로 돌아가고 만다. 흔적 없이 사라지는 한 오리 물결이 걸어온 아득히 먼 푸른 길. 비늘구름이 초록색 보리처럼 샛바람에 밀리고 있는 환한 서쪽 하늘. 썰물진 바다는 코발트색 자락을 말아올리며 여섯 물 소한 추위에 어린 짐승처럼 웅크리고 있다.

태어남과 사라짐의 아득한 해안선은 가느다란 도요새 다리처럼 언제나 젖어 있다. 잔모래 쏠리는 소리는 한결같이 바다 쪽으로 흘러내리고. 시간의 기슭에서 풍화한 조개껍질 흰 가루를 감청색 갯바람이 덮고 있는 울진 산포리 해안도로. 마른풀이 몇 포기 손톱만한 조약돌을 비집고 모래 언덕에 순장처럼 비스듬한 각도로 누워 있다. 파란 바다의 무한한 부피에서 이슬처럼 우러난 정결한 옥색 물빛이 고이는 벼랑 밑을 내려가는 겸허한 눈높이. 언어의 심연에 비치는 옥색 물빛 같은 풍경을 찾아 함께 걸어온 사십 년의 부드러운 손부리재 비탈길.

　　　　　　　　　　　　　　　　　　　　　　　－「왕피천 어귀에서」 전문[24]

시인이 만난 또다른 장소인 '왕피천'에서도 토포스의 특성이 잘 드러난다.

24　같은 책, 51쪽.

일단 시인은 강이라는 보편적 장소를 만난다. 강을 통해 바다를 또다시 만난다. 바다를 통해 바다의 상징인 어머니의 태를 만난다. 강과 바다와 어머니로 이어지는 인식의 흐름을 충분히 탐색한 후 실제 시인이 몸으로 경험했던 "울진 산포리 해안도로"로 이동된다.

"왕피천 어귀"는 좁고 가파른 손부리재 비탈길과 이어져 있는 이미지이다. 강, 바다, 어머니로 상징되는 미지의 공간은 왕피천 어귀인 울진 산포리 해안도로와 손부리재 비탈길의 경험적 장소와 만나면서 추상적인 공간은 실존적 체험의 장소로 변이된다. 연어가 회귀하는 비유는 이 시에서도 등장한다. "이승의 나그네는 언젠가 어둠이 소용돌이치고 있는 탄생의 원점으로 돌아" 간다는 시적 주체의 시간에 대한 인식은 구체적인 장소와 만나면서 실존적 경험의 세계로 확장된다. 시적 주체는 보편적인 공간을 사유하다가 경험을 통해 특수한 장소를 발견하고 실존의 자의식을 풍경과 함께 녹여낸다. 이러한 과정은 보편적 사유가 구체적 이미지의 물상과 만나면서 특수한 사유로 발전해가는 토포스의 장면을 보여준다.

> 연대기란 원래 없는 것이다. 짓밟히고 만 고유한 목숨의 꿈이 있었을 따름이다. 수직으로 잘린 산자락이 속살처럼 드러낸 지층을 바라보며 그런 생각을 했다. 총 저수면적 7.83평방킬로미터의 시퍼런 깊이에 잠긴 마을과 들녘은 보이지 않았으나 묻힌 야산 위 키 큰 한 그루 미루나무 가지 끝이 가을 햇살처럼 눈부신 소리를 지르고 있었다. 사라져라, 사라져라, 흔적도 없이 정갈하게 사라져라, 시간의 기슭을 걷고 있는 나그네여. 애절한 목소리는 차오르는 수위에 묻혀가고 있었다.
>
> —「지층」 전문[25]

---

25 허만하, 『비는 수직으로 서서 죽는다』, 솔, 1999, 13쪽.

허만하는 자신의 시론에서 바르트의 『텍스트의 즐거움』에서 원용한 '전사 (戰士)의 토포스'라는 개념을 수용한다.[26] 이미 고정된 형식과 언어의 논리에서 저항하는 문체들의 싸움을 전사의 토포스로 지칭한다면, 허만하는 자신의 시학 속에 '장소'의 개념뿐 아니라 기존의 시 형식논리에 대한 저항의 의미를 함께 담으려는 의지를 엿볼 수 있다. 그런 의미에서 허만하는 산문시와 철학적 문장을 주로 사용한다.

「지층」에서도 마치 철학서적의 한 문장과도 흡사한 언어적 결을 띤다. "시간의 기슭을 걷고 있는 나그네"는 시적 주체의 모습과 닮아 있다. 시는 결국 시간성에 대한 탐구로 가득차 있다. 시간성에 대한 인식을 더욱 깊게 끌어내기 위해서 시적 주체는 "지층"의 장소를 만난다. 지층은 "수직으로 잘린 산자락이 속살처럼 드러낸" 파탄의 공간이다. 이 공간을 통해 인류와 역사가 만들어낸 연대기의 의미를 되새긴다. 하나의 장소로부터 시작된 시적 발화는 "총 저수면적 7.83평방킬로미터의 시퍼런 깊이"라는 구체적인 물상과 만나고, 이 과정을 통해 시인의 사유가 하나씩 덧입혀지면서 시는 풍경과 사유가 결합된 토포스의 결과물이 되고 있다.

4. 토포스의 방법론과 산문시형

허만하가 산문시의 형식을 주된 방법론으로 사용하는 것은 기존 언어의 이데올로기에 대한 저항감이 있기 때문이다. 토포스는 '전사의 토포스'의 의미처럼 낡은 언어를 버리고 새로운 언어적 형식에 대한 민감한 자의식이

---

26   같은 책, 19쪽 참조.("바르트에 의하면 쓴다는 일은 싸움이다. 언어가 가지는 구속력과의 싸움이다. 어떤 문체로 쓰는가 하는 자각적인 선택도 싸움에 속한다.")

전투적으로 함유되어 있다. 허만하는 "문체는 글 쓰는 이의 지문이라는 말이 있을 만치 그것은 작자(시인)와 밀착해 있다. 스타일의 선택은 표현 그 자체다. 바르트와 니체가 단정이란 형식을 선호하고 또한 전통적인 형식논리를 기피하는 것은 의식적으로 체계를 싫어하는 그들의 문학적 생리 탓이다."[27] 이라고 직시한다. 즉 바르트와 니체가 저항했던 방식으로 허만하도 형식적 논리를 마련한다. 허만하가 택한 형식적 방법론은 산문시이다.

허만하는 「산문시에 대하여」라는 시론을 통해 산문시의 정의와 탄생과 배경을 아주 소상하게 분석하고 있다.[28] 동서양의 시를 원용하여 선험적으로 산문시를 창작방법론으로 받아들인 시들을 직접 번역하여 분석한다. 대표적으로 보들레르, 베르트랑, 랭보, 퐁주의 산문시 형식을 통해 이를 해명하고 있다. 더불어 영미의 로버트 블라이, 일본의 안자이 후유에의 글을 분석하고 있다. 한국시의 경우에는 이상, 정지용, 백석, 김구용, 정진규의 시에 이르기까지 통시적인 관점에서 산문시의 양상을 전반적으로 검토하고 있다. 이중에서 베르트랑의 시집, 퐁주의 산문시나 블라이의 산문시집, 안자이 후유에의 시들은 아직 국내에 번역이 되지 않은 작품들을 번역하여 소개하고 있다.

산문시는 대단히 어려운 장르다. 말은 노래의 힘을 빌리지 않더라도 원초부터 말을 만들어내는 몸의 운율적 속박을 숙명처럼 가지고 있다. 그 속박은 소리를 분절하는 심층 구조보다 더 심층에 있다는 사실은 이미 알려져있다. 산문시는 그런 운율과 행갈이 또는 되풀이가 없는 글에서 우러나는 가락을 이미지 또 의미와의 관계 속에서 살리며 말의 아름다움을 표현하는 형식이기 때문이다.[29]

---

27 같은 책, 19쪽.
28 허만하, 「산문시에 대하여」, 『시의 근원을 찾아서』, 랜덤하우스중앙, 2005, 27-60쪽.
29 허만하, 「산문시의 아름다움」, 『길과 풍경과 시』, 솔, 2002, 285쪽.

허만하는 산문시의 발생이 시문학사에서 필연적인 것으로 생각한다. 음송하는 시에서 읽는 시로 시의 독법이 변화되면서 '운율'에 대한 인식이 점차 바뀌어가고 있다. 또한 현대시의 행갈이를 통한 단순한 운율성은 기존 시들을 반성하게 한다. 허만하는 「풀밭과 구름과 시」라는 시론을 통해 시의 뿌리는 '성찰(사유)'라는 개념을 강조하고 있다.[30] 그리고 스스로 외형에 드러나는 가락에 기대지 않을 것이라고 말한다. 이는 즉 외형에 드러나는 운율의 형식에 치중하다보면 아마도 사유의 극한에 다다르는 데 불편함이 있을 것이다. 허만하는 사유의 깊이를 중요시하면서 기교는 단순해야 한다고 말한다. 그의 말처럼 "운율은 깊은 강물처럼 안으로 흐르면 된다"는 것은 산문시에 대한 자신의 시적 방법론을 다른 방식으로 역설하고 있는 지점이다. 허만하는 산문이라는 시형식을 통해 사유의 깊이를 전달할 것이라고 간접적으로 말하고 있다.

허만하가 말하는 토포스는 시론으로서만 기능하는 게 아니다. 허만하의 토포스는 실제 그의 시작 방법론의 핵심이기도 하다. 허만하의 많은 시에서는 낯선 공간과 만난다. 시인은 낯선 풍경을 만나기 위해 늘 바람처럼 전국의 곳곳을 유랑하듯 헤맨다. 강원도의 오지마을부터 남쪽 끝의 바닷가 마을에 이르기까지 낯선 풍경이 전해주는 인식적 체험을 온몸으로 받아들이기 위해 노력하고 있다. 이러한 만남의 노력은 무엇보다도 새로운 시적 인식을 얻기 위해서이다. 허만하는 자신의 철학적 사유를 시로써 이루어내려는 소망을 풍경과의 만남을 통해 하나씩 실천해 나가고 있다.

---

30 허만하, 「풀밭과 구름과 시」, 같은 책, 185-195쪽.

5. 결론

지금까지 허만하의 시와 시론을 전반적으로 살펴보면서 시에 드러난 토포스의 특성을 살펴보았다. 허만하 시에 나타난 토포스는 구체적인 장소의 발견과 경험을 통한 실존적 인식이 결합된 양상으로 표출되었다. 또한 토포스가 가지고 있는 방법적 자의식을 산문시라는 형식으로 체화하여 이를 지속적으로 선보이고 있다. 이러한 토포스의 양태를 파악하고 이를 구현한 시를 분석하였다.

허만하의 시론적 사유는 서구적인 이성 체계 속에서 발화되어 그것을 우리의 문법으로 체화시키고 자신의 시적 언어에까지 통합하는 지점에까지 다다른 독특한 지점에 위치하고 있다. 서정적 주체의 동일화에 몰입되어 있는 전통적 시론으로부터 탈각하여, 사유하는 주체가 적극적으로 형이상학적 고투를 드러내는 주체의 변형을 보여준다.[31] 앞으로 허만하의 텍스트는 다양한 방법으로 논구될 만한 지점이 많이 있다. 허만하 시의 이미지 연구, 철학과 연계된 주제론, 형식적 방법론인 산문시 연구 등 더 깊게 논의되어야 할 연구가 산적해 있다. 더 깊게 천착해야 할 과제는 아쉬움으로 남겨둔다. 이번 연구가 허만하 텍스트의 다양한 방법론으로 이동하는 하나의 단초가 되길 바란다.

---

31 조강석은 이와 비슷한 맥락에서 "균열과 틈에 대해 예민한 감각을 지닌 그는 소위 전통적 서정시에 만연한 특유의 재귀적 정신운동, 즉, 보편적 타자로 상정된 자연에 서정적 주체의 고통을 투사시키고 이미 상정된 만능의 치유자에 의해 상처를 승화의 이름으로 되받는 식의 자기귀속적 메커니즘에 대해 생래적 위화감을 보여 왔으며 시작 활동의 초기부터 현재에 이르기까지 우리 시사에 흔치 않은 독특한 시세계를 보여주고 있다."고 말한다. (조강석, 「빈 숲에 야생의 꽃 피었다」, 『현대시』, 2006년 7월호, 한국문연, 71쪽.)

제3부

———

융합과 초월의 시학

제1장

시와 회화의 융합방법론 연구

1. 시와 회화 장르간의 융합

시와 회화와의 친연성과 장르적 융합 양상은 오래된 연원을 가지고 있다. 고전문학에서 詩, 書, 畵를 통합한 창작 방법론과 문인화의 전통 등을 통해서도 이를 유추할 수 있다. 시와 회화의 장르적 융합 양상은 서구적 예술양식이 도입되는 근대에 들어서도 마찬가지이다. 근대 동인지에는 빈번하게 문인과 화가가 함께 작품을 발표하고 있다. "'창조'와 '폐허' 동인에는 문인과 화가가 망라되어 있었고, 동경유학파 출신의 화가 그룹인 '목일회'와 모더니즘 문학가그룹인 '구인회'의 구성원들은 친분을 넘어서 예술에 대한 이해와 소통, 정신적인 교류를 통해 예술의 지향성마저 공유하였다. 결국 이들은 '문장파'로 연합하기에 이른다"는 설명은 이를 뒷받침한다. 이러한 문학인과 화가들의 창작 연합과 제휴는 근대문학 초기에 활발하게 이어진다.

---

1 김미영, 「회화와 문학의 비교매체론−일제강점기 조선근대회화와 조선근대문학을 중심으로」, 『한국현대문학연구』 28, 한국현대문학회, 2009, 137쪽.

문학과 회화의 연합이 각각 분기되어 각자 전문화의 길로 들어서는 것은 1930년대 말 이후부터라고 할 수 있다. 특히 시문학의 흐름이 모더니즘과 같은 새로운 문예사조를 받아들이면서 언어에 의한 미적 형상화에 주목하게 되면서 더욱 독립적으로 분기되었다고 볼 수 있다.

즉 매체의 특성상 회화나 문학이 각자 가야 할 목적이 분명해졌다. 문학은 모더니즘을 받아들였는데, 이 모더니즘이 이미지즘으로 통용되면서 시가 가진 이미지의 측면이 부각되었다. 이전에는 시와 회화를 함께 거론하며 시가 가진 시각적 측면을 가시적으로 보여주었다면, 30년대 이후로는 언어를 통해 이미지를 그리는 방법을 택했다. 그렇기에 가시적으로 보여주던 회화가 필요 없어지게 되었다. 회화는 회화대로 색과 조형의 미학적 실험 쪽으로 더 깊이 들어갔으며, 문학은 언어의 조탁과 시적 형상화 방법론에 더욱 다양한 사조들을 실험했다.

이후 시와 회화가 만나는 지점은 특별한 문학적 지향점과 방법론에 의해서 이루어진다. 시와 회화의 가장 많이 공유될 만한 특징이라면 '이미지'의 방법론이다. 이미지를 언어로 삼투하여 이를 형상화한다는 이미지즘의 방법론은 근대문학 초기 모더니즘의 대표적인 기법이었다.

특히 근대를 넘어서면서 한국시는 다양한 문학 조류와 실험을 거치게 된다. 이러한 과정 중에서 시의 영역에 회화 장르를 끌어들이는 실험도 중요한 방법이 된다. 시와 회화의 결합 방법에는 시를 텍스트로 그림을 그리는 방법, 그림을 텍스트로 시를 쓰는 방법, 그림과 언어가 함께 텍스트로 제공되어 서로 융합하는 문자도(文字圖), 구체시, 문인화 등으로 구분해 볼 수 있다.[2]

소위 해체시를 썼던 시인들은 시와 회화의 융합[3]을 새로운 방법론으로

---

2   김철교, 「예술의 융복합과 고정된 틀로부터의 자유―시와 미술을 중심으로」, 『한국시학연구』 49, 한국시학회, 2017, 104쪽.

3   여기서 융합이라는 개념은 문학 텍스트와 회화의 결합 양상 전반을 의미하는 영역으로

탐구했다. 주지하다시피 한국의 해체시는 여러 분파로 구분할 수 있는데 가장 먼저 1950년대 전후모더니즘의 계통을 이어받은 언어파 모더니스트들이다. 김춘수나 이승훈, 오규원과 같은 시인들은 이전 모더니즘의 영향 아래 자신만의 새로운 시론을 바탕으로 해체 실험을 끊임없이 해왔다. 그중에서도 이승훈은 가장 적극적으로 회화를 시에 끌어들여 창작 방법론으로 수용한 예에 해당한다.

해체주의의 관점에서 시와 회화의 융합은 다양한 양상으로 실험되었다. 먼저 반미학의 관점에서 기존의 전통을 부정하고 전복하는 방법론으로 회화를 시의 영역으로 끌어들이는 방식이 있다. 예술 장르 혼용을 통해 기존의 미학에 균열을 가하는 태도로 회화를 사용한다. 시의 경계를 무화시키는 방식을 사용하기 위해 타 장르를 적극적으로 개입시키는 것이다. 이는 서구 전위예술에서부터 오랫동안 해체의 원리로 지탱해왔다. 이승훈은 '해체'에 대한 이론적 틀을 사유한 바 있다. 즉 "해체주의란 단적으로 말해서 이제까지 우리들의 삶을 지배해 온 이성중심적 세계관의 허위를 논리적으로 해명하고 새로운 삶의 세계를 지향하는 지적인 모험"[4]이라고 설명한다. 여기서 새로운 세계라는 것은 기존에 공고히 지탱해왔던 이성의 중심이나 토대에 대한 재인식이며 새로운 해석을 덧붙여야 하는 개념이다. 기존의 관점에 대한 재인식과 새로운 해석의 차원에 해체의 개념이 존재한다.

반미학의 관점에서 해체를 가장 적극적으로 개진한 일련의 시인들은 1980년대 소위 해체시 시인들이다. 이들은 사회성을 가진(혹은 이데올로기를 수용한) 해체시라 할 수 있다. 황지우, 박남철 등으로 대표되는 80년대 해체 시인들은 타장르의 예술을 변용하고 뒤틀어서 시적 텍스트로 삼는다. 시속에

국한한다.

4 이승훈, 『포스트모더니즘 시론』, 세계사, 1991, 222쪽.

언어가 아닌 기호와 기표들—가령, 음표, 그림, 광고, 만화, 포스터, 고어(古語)—을 시 텍스트의 일부분으로 개입시키고 이를 창작 방법으로 개진한다.

이러한 장르 혼용의 텍스트 기법도 반미학의 관점에서 바라볼 수 있다. 즉 기존의 전통과 질서를 전복하려는 태도에서 이런 방법론이 기인한다. 당대의 전통과 질서는 군부정권 시대라는 사회적 질서와 규율로부터의 전복과 자유를 의미한다. 이러한 사회적 해체시에서 회화는 가장 융합하기 좋은 시적 대상이다. 특히 회화의 몽따쥬 기법은 가장 보편적인 시적 방법으로 사용한다. "과거 내면탐구의 모더니즘시의 몽따쥬 기법을 패러디화한 해체시의 편집은 '과시적 무질서'라는 양상을 띤다. 이것은 무질서와 혼란이 우리 삶의 리얼리티라는 해체주의적 세계관에 기인한다. 해체주의자에게 안정과 질서는 지배계층이 만들어낸 현실의 허상에 지나지 않는다. 따라서 이 '과시적 무질서'의 편집은 대상들의 배열에 있어서 논리적 일관성과 의미를 무화시키고 우리 삶에 있어 의미 찾기가 얼마나 허망한 일인가를 환기한다."[5]는 김준오의 지적은 당시 해체시가 회화의 어떤 방법을 시로 형상화했는지를 이해할 수 있다.

문학과 타장르간의 융합에 관한 선행연구로는 울리히 바이스슈타인의 『비교문학론』을 들 수 있다. 바이스슈타인은 제7장 '예술의 상호조명'이라는 장을 통해 문학과 예술 융합의 다양한 양상을 연구사적으로 개괄한다. 특히 서구의 문학사에서 음악과 미술이 어떠한 방식으로 문학과 융합하는지에 대한 연구사를 꼼꼼히 소개한다. 바이스슈타인에 따르면 문학과 회화의 혼용은 서로 창조적 자극을 받으며 오랫동안 담론을 함께 형성해 왔다고 설명한다.

문학상의 시대적 용어(바로크, 로코코, 비더마이어)들 역시 다른 예술로

---

5   김준오, 「해체시를 넘어」, 『도시시와 해체시』, 문학과비평사, 1988, 143쪽.

부터 유해한 것이며, 따라서 그들의 충분한 이해를 위해서는 문학 외적인 제현상에도 어느 정도 친숙할 필요가 있다. 시각예술이 문화 발전의 선두를 점유하는 경우 그것은 좋건 나쁘건 간에 문학사의 연구에 있어서도 큰 비중을 차지하며, 반대로－상징주의나 초현실주의의 경우와 같이－본래 문학에서 빌려간 기법의 수정을 거듭하여 다시 문학에로 되돌아오는 그 역의 경우도 그만큼 바람직한 확대가 있음이 사실이다.[6]

바이스슈타인은 문학과 회화의 담론 과정은 서로 혼용하며 발전해 왔다고 말한다. 회화의 담론을 문학이 받아들이기도 하고, 문학의 담론을 회화가 받아들이기도 한다. 이러한 시대적 용어의 융합 현상은 비단 서구의 문학사에서만 통용되지 않는다. 한국의 문학사에서도 그 예는 무수히 많다.

윤호병[7]은 문학과 회화의 관계에 대해 서구의 연구사를 개관한 독특한 사례이다. 호레이스의 『시론』, 스칼리저의 『시론』, 시드니 경의 『시의 옹호』, 레싱의 『라오콘』의 논의를 소개하였다. 이어 미국의 대표적인 시인인 윌리엄 카를로스 윌리엄스의 시 「이카로스의 추락이 있는 풍경」과 「겨울 사냥꾼」을 소개하고 있다. 한국의 텍스트로는 김춘수의 「샤갈의 마을에 내리는 눈」과 샤갈의 「나와 마을」을 비교하여 설명하고 있다.

이승훈의 연구는 대부분 시의식의 변화와 시론의 관점에서 연구되었으며 본격적인 학위논문으로서의 연구는 아직 미흡한 실정이다.[8] 이승훈의 연구는

---

6   올리히 바이스슈타인, 『비교문학론』, 이유영역, 기린원, 1989, 193쪽.
7   윤호병, 『비교문학』, 민음사, 1994, 283-295쪽.
8   본격적인 학위논문으로서 이승훈의 연구는 다음과 같다.
    김지선, 「한국 모더니즘 시의 서술기법과 주체인식 연구－김춘수, 오규원, 이승훈 시를 중심으로」, 한양대 박사학위논문, 2009; 이승훈, 「이승훈 시에 나타난 자아탐구의 과정 연구」, 부산외국어대 석사학위논문, 2003; 김향라, 「이승훈 시 연구: 시와 시론을 중심으로」, 경상대 석사학위논문, 2004; 심은섭, 「이승훈 시의식에 관한 연구」, 관동대 석사학위논문, 2009;

"자신이 지칭한 '비대상시(시론)'라는 시작과 시론들을 관통하는 모더니즘적인 시적 담론이라 할 수 있으며, 다른 하나는 포스트모더니즘의 사유와 이론에서 발원한 해체주의적인 담론이라 할 수 있다. 또 다른 하나는 포스트모더니즘 혹은 해체주의 관점과 한국의 전통적인 선불교의 사유와의 융합을 모색하는 담론이라 할 수 있다. 또한 이승훈에 관한 선행 연구들이 공동적으로 지적하는 것처럼, 이승훈의 시작과 시론 전반에서 일관된 담론 원리를 추출할 수 있다면, 그것은 '자아 찾기의 여정'으로 요약[9]된다고 할 수 있다. 그동안 소외되었던 이승훈의 연구 중에서 타장르(회화)와의 융합양상에 대한 관점에서 살펴보려고 한다.

이승훈의 시에 수용된 샤갈과의 융합양상을 본격적으로 논구한 이는 김효중과 여지선이다.[10] 김효중은 시와 회화를 융합한 작품의 예를 몇 가지 들면서 가장 중요한 텍스트로 이승훈을 꼽는다. 또한 시와 회화의 상호조명의 사적 전개를 꼼꼼히 수행하고 있다. 문학과 회화의 관계를 최초로 언급한 호레이스(Horace, 65~8 B.C.)에서부터 레마크, 바이스슈타인 등의 연구를 정리하고 이승훈의 시와 샤갈 그림과의 친연성에 대해 논의하고 있다. 그가 정리한 이승훈과 샤갈의 융합양상은 다음과 같다.

1) 단순한 미메시스 차원에서 환상의 세계로 지향하게 되었다.

주병진, 「이승훈 시세계의 변화 양상 연구: 자아탐구에서 자아소멸을 중심으로」, 고려대 석사학위논문, 2010; 권준형, 「이승훈 시의 언어 양상 연구」, 한양대 석사학위논문, 2018; 신나리, 「이승훈 시에 나타난 탈근대적 주체 연구」, 이화여대 석사학위논문, 2018.

9   이찬, 「이승훈 시론 연구―이론의 변모 과정을 중심으로」, 『Journal of Korean Culture 6』, 한국어문학회, 2004, 107쪽.

10   김효중, 「한국 현대시에 수용된 샤갈의 그림-이승훈의 시집 샤갈을 중심으로」, 『어문학』, 한국어문학회, 1999.2; 여지선, 「한국 현대시에 나타난 마르크 샤갈 수용 양상―김영태와 이승훈을 중심으로」, 『비교문학』 제65집, 비교문학회, 2015.

2) 시간의 냉혹성에 대하여 인식하게 되었다.

3) 무의식세계를 추구하면서 표현주의 및 초현실주의 기법을 실험하였다.

4) 새, 말, 닭 등의 이미지 구사를 통하여 사물에 대한 인식이 깊어지고
   인간에 대한 인식에 눈을 뜨게 되었다.[11]

위와 같은 양상은 이승훈이 시집 말미에 해설한 시론을 통해 대략적으로 소개하고 있다. 김효중의 연구는 이승훈 시와 샤갈의 그림에 대한 최초의 연구로서 또다른 연구 성과 확산에 기여한 측면이 있다.

여지선은 샤갈의 회화성을 수용한 김영태와 이승훈을 함께 논의하고 있다. 이승훈의 시에 나타난 환상, 무의식 등의 개념어를 소개하면서 이승훈의 불안과 어둠이 샤갈의 희망과 조화의 세계와 어떤 차이점이 있는지를 밝히고 있다.

김효중과 여지선의 논의를 좀 더 발전시켜 환상과 무의식의 관점을 더욱 내밀하게 분석한다. 또한 샤갈의 수용뿐 아니라 이승훈이 실험한 시적 텍스트로서의 사진에 대해서도 논구할 것이다.

2. 샤갈 작품과 회화의 시적 수용 양상

시와 회화의 융합 텍스트로서 이승훈의 작품은 가장 적극적인 융합의 성격을 보여준다. 샤갈의 그림을 통한 시적 형상화 작업은 시와 회화가 어떠한 방식으로 서로 스며들고 혼용되어 새로운 텍스트로 자리매김하는지의 과정을 선명하게 살펴볼 수 있다. 또한 시집 텍스트의 일부분으로 샤갈의 그림을

---

11 김효중, 앞의 책, 218쪽.

개입시키고 있으며 독자들은 회화와 시를 함께 보고 읽으면서 두 장르 간의 소통과 결합을 시각적으로 감상할 수 있다. 이런 해석은 시 텍스트 안에서 회화의 이미지는 또다른 텍스트로 기능한다는 인식이 있기에 가능하다. 조용훈은 "의사소통에 필요한 메시지는 그것이 시각적이든 청각적이든 심지어 미각, 촉각, 후각적이든, 그 구성요소에 관계없이 의사소통으로 기능하므로 당연히 텍스트로 인식"[12]한다고 말한다. 즉 회화의 이미지도 텍스트로 기능하면서 이를 통해 텍스트의 층위를 더 넓게 형성하고 더 다양한 스펙트럼으로 확대할 수 있다.

이승훈의『시집 샤갈』은 시집 전체가 샤갈의 그림을 주제로 한 시편들로 묶였으며 회화의 시적 수용이라는 주제를 논구할만한 가장 적절한 텍스트이다. 그 이유로 두 가지를 들 수 있다.

첫 번째로 시집 전체가 한 화가의 작품을 텍스트로 하였다는 점이다.『시집 샤갈』은 샤갈의 그림이 시집 전체에 등장하고 시와 그림을 함께 보여주는 편집방식을 택했다. 이러한 방식은 샤갈의 그림이 어떠한 변용 방식을 거쳐 시로 재해석되고 쓰였는지를 사유하는 데 더욱 좋은 계기가 된다.

또 하나는 시인이 샤갈의 작품을 어떻게 해석하고 변용하여 시 언어로 창작되었는지에 대한 관점이 분명하다는 점이다. 즉 자신의 창작방법론을 입증하기 위해 회화를 도입했다. 이승훈은 시집의 책머리와 뒤편 해설을 통해 자신이 샤갈과 만난 사연과 샤갈의 작품이 어떠한 방식으로 자신의 시세계에 함유되어 내면화되었는지를 소상히 밝히고 있다. 시인은 이번 시집이 기존의 시집과 다른 특성을 지니고 있다고 말한다.[13] 첫째로 시집에 수록된 모든 시는 샤갈의 그림을 대상으로 했거나 동기로 한 신작시집으로 이루

---

12   조용훈,「회화 시 소설의 상호 텍스트성 연구」,『한국문학이론과 비평』제29집, 한국문학이론과 비평학회, 2005, 101-102쪽.

13   이승훈,『시집 샤갈』, 문학과비평사, 1987, 20-21쪽.

어졌다. 여기에서 시인이 불안해 한 점은 "혹시 나의 시가 그의 그림을 해설이나 하는 일종의 해설문이 되면 어쩌나 하는 점"이다. 이런 불안을 극복하기 위해 다음과 같은 방법론을 제시하고 있다.

이번 샤갈에 대한 시를 쓰면서 나는 나의 의식을 샤갈의 의식에 부딪혀보는 방법을 택했다. 시와 그림이 만난다는 것은, 다른 경우에도 그렇듯이, 서로 만나 대결하고 화해하는 양식을 따라야 하리라고 믿기 때문이다. 그렇기 때문에 이번 시집은 나만의 의식도 샤갈만의 의식도 아닌, 두 의식의 긴장 혹은 화해의 성격을 띤다.[14]

이승훈은 샤갈을 쓸 때 자신이 취했던 시적 방법론을 위와 같이 요약하고 있다. 이를 정리해보면 다음과 같다.

의식의 충돌 방법 → 긴장 또는 화해

이러한 의식의 충돌 방법은 비교문학적 방법으로 접근해 볼 수 있다. "시와 그림을 전이(轉移)의 방법으로 비교 연구하며 한 편의 그림에 반영되어 있는 주제를 한 편의 시로 옮긴다와 같은 문학적 행위와 더불어 시를 중심으로 문학의 연구영역을 확대시키"[15]키는 방법으로 이승훈의 텍스트를 해석할 수 있다. 비교문학의 관점에서 이승훈의 『시집 샤갈』은 가장 의미있는 분석 텍스트이다. 이승훈은 미술작품과 시를 모두 텍스트로 포함시키는 방법을 취함으로써 '회화의 시적 수용'을 가장 가시적으로 보여준 성과에 해당한다.

---

14 같은 책, 20쪽.
15 이윤정, 「김춘수 시에 나타난 회화의 수용 양상」, 『인문과학연구』 24, 강원대학교 인문과학연구소, 2010, 167쪽.

즉 회화(이미지)와 시(언어)를 한쪽 페이지마다 함께 실어 시인이 회화를 어떻게 언어로 해석하고 사유하는지를 확연하게 보여준다. 정리하면 시집 『시집 샤갈』의 방법론은 다음처럼 도식화할 수 있다.

회화 text → 시 text → 회화 text + 시 text = 수용과 해석의 양상을 이해

독자들은 회화 텍스트를 통해 회화의 이미지를 해석하고, 시 텍스트를 통해 회화를 어떠한 방식으로 해석했는지 이해한다. 또한 회화와 시를 통합하여 감상함으로써 두 장르의 융합을 통해 어떤 의미로 다가오는지 살펴볼 수 있다. 이러한 전반의 과정을 통해 시와 회화간의 수용과 해석의 양상을 직접적으로 받아들일 수 있다.

두 번째 특성은 이승훈의 다섯 번째 시집 『당신의 방』 이후로 시적 정체기에 빠져있던 자신에게 샤갈과의 만남이 새로운 전기를 맞게 해주었다는 점이다. 즉 샤갈을 통해 시적 갱신과 변모를 이루어내었다는 전언을 말하고 있다. 구체적으로 시의 길이가 짧아지고, 시적 대상을 밝게 보려고 노력하는 점 등이 변화되었다.

이승훈이 샤갈을 만난 계기는 김영태 시인에 의해서이다. 김영태 시인은 홍익대 미술대학에서 서양화를 전공한 화가이자 시인이었다. 이승훈은 김영태 시인과 '현대시' 동인을 함께 하였다. 동인활동을 통해 김영태의 시집 『유태인이 사는 마을의 겨울』을 접하게 된다. 이 시집에는 샤갈의 작품을 형상화한 시편들이 많이 수록되어 있다. 시집의 제목에서도 유태인인 샤갈을 은유하고 있다. 이 시집을 계기로 샤갈의 존재를 알게 되고 샤갈에게 매혹된다.

여기서 중요한 지점은 이승훈이 샤갈의 그림을 먼저 접한 게 아니라 샤갈을 시적 모티프로 한 시를 먼저 접했다는 것이다. 시를 통해 화가의 그림을

상상하고 이후 그림을 직접 확인하며 미적 감각을 얻었다는 점은 특이하다. 이승훈은 언어를 통해 이미지를 사유하고, 이미지를 통해 언어를 사유하는 특별한 언어적 감수성을 지니고 있었다.

3. 환상의 내적 수용과 무의식의 세계

이승훈은 샤갈과의 만남을 통해 사물을 새롭게 볼 수 있는 전기를 마련하였으며, 사물을 새롭게 보기 시작했다는 의미에 대해 섬세한 자의식을 가지고 있다. 그는 "샤갈의 그림을 보고 배운 것 가운데 하나는 현실, 그러니까 일상의 논리에서 벗어나 사물을 볼 수 있는 가능성"이라고 말한다.

이승훈은 일상적으로 바라보는 시적 대상에서 미적 호기심을 느끼는 것이 아니라 일상적 사물들을 비틀고 파괴하는 데서 미적 매혹을 느낀다. 더 나아가 일상적인 시적 대상을 해체의 방식으로 변용하여 바라본 대상의 배후를 직시하는 방법론을 가지고 있다. 이승훈은 "현실의 배후에 있는 것, 그것은 결국 환상의 세계이지만, 그때 내가 배운 것은 환상이 말 그대로 헛것, 혹은 공상 같은 게 아니라, 사물의 본질일지 모른다는 뚜렷한 의식"[16]이라고 표현한다.

이 지점에서 이승훈이 어떤 방법론을 통해 샤갈의 그림을 문학적으로 수용할 것인지 구체적으로 파악해야 한다. 그 방법론은 현실과 대결하거나 화해하는 '환상'을 통해서 샤갈의 작품을 언어로 형상화했다는 점이다. 환상이 샤갈을 읽어내는 시적 방법론으로 사용된다는 시인의 자의식은 다음처럼 발화된다.

---

16   이승훈, 앞의 책, 113쪽.

사람들은 환상이라고 하면 그냥 비현실적인 것 혹은 꿈같은 세계라고 매도하기 일쑤이다. 샤갈의 그림을 보기 전에는 나도 그랬다. 그렇지만 그의 그림을 보고 나자, 그때까지 내가 지녀온 환상의 개념이 잘못이었음을 깨달았다. 참된 현실, 그것도 시인이라는 작자가 바라보는 참된 현실은 일상적 현실의 객관적 양상, 그러니까 현실의 표면이 아니라, 현실의 이면일 것이다. 현실의 겉이 아니라 현실의 속을 어떻게 바라본단 말인가. 그것은 환상을 통해서 가능하다. 환상은 그런 점에서 단순히 헛것을 읽는 능력이 아니라, 우리가 살고 있는 현실을 뛰어넘어 존재하는 또 하나의 현실을 읽는 능력이다. 초현실주의 화가들이 환상의 세계를 강조한 이유가 그렇다. 샤갈의 그림이 보여주는 신비한 환상의 세계는 그런 점에서 내 시를 새로운 세계로 나가게 한 하나의 인자였다.[17]

이승훈이 샤갈을 통해 궁구하는 것은 환상의 세계이다. 이승훈은 환상이 현실로부터 도피하는 공간이 아니라 현실 너머에 있는 또다른 세계로서 기능한다고 이해한다. "환상은 우연한 꼭두의 세계, 그러니까 어떤 조리도 없고 그야말로 무질서한 어지러움 같은 게 아니라, 또 하나의 현실, 그러니까 하나의 자율성을 띠고 존재하는 세계"라는 이승훈의 지적은 이를 명확히 증명해준다.[18]

---

17 같은 책, 113-114쪽.
18 이외에도 이승훈이 제시한 '환상'에 대한 다양한 관점이 존재한다. 이승훈의 저서 『정신분석 시론』(문예출판사, 2007)의 '현대시와 환상' 편에는 다음과 같은 개념들이 있다. "꿈과 환상은 현실적으로 지각할 수 없는 대상들로 나타난다는 점에서 같고 꿈은 현실적 형상과 관계없는 요소들이 결정하고 환상은 현실적 대상에 대한 인상이 결정한다는 점에서 다르다."(304-305쪽) "환상은 의식과 무의식의 타협물이다. 그러나 이때의 환상은 깨어 있을 때의 상상. 곧 백일몽과 유사하고 의식과 관계된다."(307쪽), "한 마디로 환상은 주체가 등장하는 상상적 각본이고 주체의 욕망이 위장된 형태로 상연되는 상상적 시나리오다." (319쪽)

사실 환상성은 쉽게 정의하고 논구할 수 있는 개념이 아니다. 환상에 대한 다양한 관점과 논의가 존재한다.[19] 환상성에 대해서 가장 잘 알려진 연구자인 로지 잭슨도 "'환상적(fantastic)'이라는 단어의 어원은 본질적인 모호성을 지시하고 있다. 그것은 비실재적인 것이다. 죽은 것도 아니고 살아 있는 것도 아닌 유령처럼 환상적인 것은 존재와 무 사이에서 정지된 유령적 존재이다. 그것은 실재적인 것을 취하면서 그것을 파괴한다"고 말한다.[20] 기존에 존재해왔던 다양한 환상의 논의를 궁구할 필요도 없이 이승훈은 자신만의 환상에 대한 개념을 설정해 두고 있다. 그런 면에 있어서 이승훈은 기존의 환상과 어떤 다른 환상이 있는지도 탐색해야 할 지점이다.

    우리는
    타는 햇살
    타는 공기
    타는 나무다
    눈도 코도 없이
    타는 하늘은
    아아 우리다
    타는 하얀 하늘

---

19 환상문학을 정의하고 주제를 분류한 이론가들은 많다. 프랑스에서는 카스테, 카이유와, 브리옹, 슈네데르, 자크망, 제노, 박스, 벨망-노엘이 커다란 공헌을 했다. 영어권에서는 펜졸트, 러브크래프트, 오스드로프스키, 스카보로를 꼽을 수 있으며, 스페인어권에서는 보르헤스, 비오이 카사레스, 코르타사르, 바레네체아, 벨레반을 들 수 있다. 그러나, 일반적으로 말해서, 엄밀한 경계도 없고, 정확한 개념도 없으며, 구체적인 사례에 적용할 수 있는 방법론도 없다.(Oscar Hahn, *El cuento fantástico hispanoamericano en el siglo XIX*, 박병규 역, Premià, México, 1978, p.15.)
20 로지 잭슨, 『환상성』, 서강여성문학연구회 역, 문학동네, 2004, 32쪽.

타는 하얀 마을

타는 하얀 길

타는 하얀 기쁨

이 밤도

너와 나는

하늘에서 불탄다

마을 위의 연인들(Les amoureux au-dessus de la ville), 1917년

―「마을 위의 연인들」전문[21]

샤갈의 「마을위의 연인들」에서 두 연인은 마을 위를 날고 있다. 남자는
여자를 뒤에서 끌어안고 먼 곳을 응시하며 하늘을 날고 있다. 여자는 한
손을 올리고 남자에게 안긴 채 공중에 있다. 그림에서는 날고 있다는 느낌보
다 떠 있다는 느낌이 더 강하다. 남자의 윗옷은 초록색 체크무늬이며 여자의

21   이승훈, 『시집 샤갈』, 문학과비평사, 1987, 4-5쪽.

윗옷은 보라색 체크무늬이다. 또한 둘 모두 구두를 신고 있다. 마을은 회색집이 대부분이며 붉은 집이 한 채 있다. 마을길은 흰 색이며 마을의 담은 검은 색채로 채워져 있다.

이승훈은 위의 그림을 언어로 다시 해석한다. 이승훈은 남자와 여자를 '우리'로 치환한다. 또한 햇살, 공기, 나무, 하늘, 마을, 길, 눈, 코 등의 명사와 '타는', '하얀'의 형용사와 '아아'라는 감탄사만으로 시를 조직했다. 여기서 주목할 점은 '타는'이 모든 명사에 붙어서 9차례나 반복하고 있다는 점이다. 마을의 배경을 이루는 풍경도 모두 '하얀'으로 표백하였다. 시인은 '타는'과 '하얀'의 반복을 통해 샤갈의 그림을 다른 방식으로 변주하고 있다. '타는'은 여러 가지 중의성을 가진 시어이다. 불이 타는 의미와 사랑이 불타는 의미, 올라타는 의미, 비행기를 타는 의미 등등이 시에 중의적으로 모두 함유되어 있다. 보이는 모든 세계를 '타는' 시의 화자는 '하얀' 배경 속에서 '불타는' 경험을 한다. 남녀는 공중에 떠 있거나 날아가며 환상의 공간을 연출한다. 환상에 의해서만 가능한 비상과 떠오름이다. 이를 통해 일상적 공간이 아닌 환상적 공간을 보여주며 시인의 머릿속에 잠재해 있는 무의식을 은연중 파헤치고 있다.

지칠 줄 모르고 커오르는 시계가 보인다. 지칠 줄 모르고 학대받는 마을이 보인다. 불안한 나날, 너와 나의 인내가 보인다. 피를 흘리는 청어. 대낮이면 더욱 성장하는 상처도 보인다. 사랑하지 않을 때에도 사랑해야 하는 인간들이 보인다. 모든 물질의 내부에서 냉혹하게 흐르는 강물이 보인다.

끝없는 시간의 흐름(Le temps n'a point de rives),
1939년

−「끝없는 시간의 흐름」 전문[22]

샤갈의 그림을 보면 강물 위로 큰 괘종시계가 보이고 그 위를 커다란 물고기가 날고 있다. 물고기는 날개를 달고 있으며 인간의 손을 갖고 있고, 바이올린을 켜고 있다. 강물 옆으로는 멀리 마을이 있고, 강 오른편의 마을 강가에는 남녀가 서로 껴안고 있다. 시에서도 "지칠 줄 모르고 커오르는 시계"라고 하여 끊임없이 돌아가는 시간을 말하고 있다. 강물 위로 시계가 놓여 있듯이 강은 시간의 흐름이다. 남녀는 시간의 흐름 위에서 사랑을 나눈다. 하지만 그 공간은 "사랑 하지 않을 때"를 알려주는 공간이다. 시인은 물고기를 청어라 표현했다. 강물로 솟구친 물고기는 날개를 달고 인간처럼 바이올린 음악

---

22   이승훈, 『시집 샤갈』, 문학과비평사, 1987, 48-49쪽.

을 연주한다. 시계와 물고기는 비상의 욕망을 보여주지만 강물은 "물질의 내부에서 냉혹하게 흐르는" 모습을 보일 뿐이다.

위의 시도 환상의 일면을 보여준다. 강물 위로 솟구친 괘종시계와 날고 있는 물고기는 환상에 의해서만 가능한 이미지이다.

하얀 벽
빨간 바닥
창문으로는
파아란 공기와
사랑이 흐른다
내가 손수 구운 과자 두 개
내가 손수 구운 생선 하나
내가 손수 끓인 우유 두 컵
꽃다발을 들고
너는 날아오고
네가 날아오면
나도 덩달아
날아 오른다
그때 나는
다시 태어난다
오오 네가
하얀 꽃과
노란 꽃을 들고
나를 찾아오면
나는 다시 태어난다

너는 나를 날게 하고
너는 하얀 벽을 부풀게 하고
너는 파아란 공기를 넘치게 한다
네가 나를 찾아오면
나는 파아란 공기
나는 하얀 구름
나는 빠알간 꽃이 된다

탄생일(L'anniversaire), 1915년

―「탄생일」 전문[23]

현실적 공간을 넘어서서 비상의 환상을 보여주는 장면은 위의 시에서 더욱 구체화된다. 그림에서 남녀는 키스를 한다. 여자는 거실에서 사선으로 몸이 떠있고, 남자는 그보다 훨씬 더 몸이 떠있다. 떠있는 남자의 몸은 구부러져

23 　이승훈, 『시집 샤갈』, 문학과비평사, 1987, 40-41쪽.

여자의 얼굴을 보고 있는데, 남자는 눈을 감고 있고 여자는 눈을 뜨고 있다. 여자가 꽃을 들고 있는 것으로 보아 여자는 남자와 어떤 약속을 하려고 했다. 사방의 벽은 하얗고, 거실의 바닥은 붉은 색이다. 남녀가 황홀 속에 빠지면 남녀는 모두 몸이 떠오르는 환상을 경험한다. 환상과 현실의 거리는 이렇듯 가까울지도 모른다.

시에서도 벽과 바닥의 색감의 이미지를 잘 언어화하고 있다. 특히 "파아란 공기와/ 사랑이 흐른다"는 표현은 주관적 이미지에 대한 해석이다. 식탁 앞에 놓인 음식도 시인에게는 과자와 생선과 우유로 보였다. 주목할 만한 점은 날아오른다는 표현의 반복이다. 내가 날아오르면 너도 날아오른다는 동반 비상의 욕망을 반복적으로 표현한다. 결국 서로 비상하는 환상을 통해 이룰 수 있는 것은 "다시 태어난다"는 점이다. 환상을 통해 다시 태어났을 때가 되어서야 파아란 공기와 하얀 구름과 빠알간 꽃을 만날 수 있다.

이승훈의 자아탐구는 포스트모더니즘의 테두리에서 수행된 탈근대성의 징후를 보인다. 그는 이미지, 무의식, 환상, 차연, 시니피앙의 가치를 누구보다 믿고 그것이 진실이라고 말하는 시인이다. 그래서 그에게 모든 것은 '진실된 거짓'의 세계로 읽히고 자아와 세계는 모두 끊임없이 미끄러지거나 유예되는 흔적들에 불과하다고 파악된다.[24] 결국 이승훈에게 환상은 "우리가 살고 있는 현실을 지배하는 것이 이성적 사고라면, 환상의 세계를 지배하는 것은 그러한 이성적 사고를 초월하는 어떤 정신능력"[25]이다. 그 정신능력의 하나가 바로 무의식이다.

이승훈은 시적 자아의 본면을 이미지나 무의식 혹은 환상의 개념으로 파악한다. 이는 자신의 시적 분신이 언어 기표의 감춤과 드러냄의 융합으로 해명

---

24 이연승, 「이승훈 시의 미학적 특성에 관한 연구」, 『한국언어문화』 제33집, 한국언어문화학회, 2007, 309쪽.

25 이승훈, 앞의 책, 116쪽.

할 수 있다는 확신의 표현이다.

4. 해체와 화해의 양식

이승훈의 '비대상시'는 전통적인 시적 방법론에 큰 충격을 가하는 독자적인 시론이었다. 시가 없고, 언어가 없는 시라는 역설의 이상향을 꿈꾸었던 시적 태도는 단연 독창적이었다. 정신주의와 해체주의 논쟁처럼 여러 논란이 있었지만 그의 비대상 시론은 아직도 연구자들에게 가장 매력적인 텍스트로 간주된다. 특히 후대에 새로운 해체적 태도를 보이는 텍스트가 등장할 때마다 이승훈이 보여준 독창적 방법론이 얼마나 새로웠는지를 확인하는 계기가 되었다. 즉 이승훈은 "시작 방법론으로서의 인식론적 회의라는 다소 한국시 체질과는 거리가 먼 형이상학적 태도와, 인식과 표현의 통로로서 언어의 기능과 그 한계에 대한 자각은 현대시에 대한 새로운 이해를 촉구하였다는 점에서 큰 의미와 반향을 불러 일으켰던 것"[26]이라는 평가에는 대부분 동의하고 있다.

60년대부터 시작된 나의 시쓰기는 자아/언어/대상의 관계에서 대상을 괄호친 상태에서의 자아찾기였다. 30년 동안 나의 자아찾기는 나/너/그라는 인칭 변화를 통해 계속된 셈이지만 시집 『밝은 방』을 내면서 깨달은 것은 자아찾기가 자아소멸로 전환된 점이고 마침내 '나는 없다'는 생각이 들고, 이젠 좀 자유롭다. 남은 것은 언어뿐이다. 30년 동안 '나'를 뜯어먹고 살았지만, 그 '나'가 없다면 이제 나는 언어나 뜯어먹고 살아야 하리라.[27]

---

26   조동구, 「자아탐구와 시쓰기의 문제 - 이승훈론」, 『현대문학의 연구』 10권, 1998, 169쪽.

이승훈은 언어를 바탕으로 자아찾기에 오랫동안 천착해온 시인이다. 대상을 빼고 자아와 언어만 남은 상태에서 자아찾기는 인칭 변화를 통해 계속해서 실험된다. 이러한 소멸의 과정에서 자연스럽게 부각되는 것은 자아소멸이다. 자아찾기에서 자아소멸로 이동하면서 남은 건 언어다. 그 언어에 대한 천착이 언어의 메타적 인식과 맞물리면서 언어를 해체하기에 이른다. 언어해체의 단계에서 시 텍스트에서 사진과의 결합은 필수불가결한 것이 되고 있다.

사진은 언어가 아니다. 언어가 아닌 사진을 언어의 대체제로 놓는 방법은 해체시가 말하는 전복과 반미학의 관점을 그대로 보여준다. 이승훈이 취하는 반미학 혹은 해체적 관점은 유희의 측면으로도 해석할 수 있다. 이승훈은 스스로 언어의 한계에 대한 도전적 실험과 새로운 도구적 관점을 집요하게 설파해 왔다.

이러한 전략에 대한 두려움을 깰 수는 없을까. 나는 그것을 놀이의 개념에서 찾기 시작했다. 비트겐슈타인에 의하면 게임의 논리가 된다. 초기에 그는 언어를 그림으로 인식했다. 언어는 구체적 현실에 해당되는 사태들을 그릴 때 의미를 획득한다. 이 사태의 그림이라는 개념이 변증법적으로 지양된 것이 소위 보여주기의 개념이다. 그러나 후기로 접어들면서 그는 언어가 그림이 아니라 하나의 게임에 지나지 않는다고 주장한다. 언어가 게임에 지나지 않는다는 그의 말 속에서 내가 읽을 수 있는 것은 언어에는 어떤 본질도 존재하지 않는, 그야말로 언어이론에 대한 데카르트적인 혁명이다. 모든 언어가 의미를 띠는 것은 대상을 그리거나, 대상과 자아가 공유하는 숨은 구조를 보여주기 때문이 아니라, 현실적 용법 때문이다. 현실적 용법이란 어떤 낱말의 의미도 고정되어 있지 않다는 것, 그것은 그때 그때의

---

27   이승훈, 『나는 사랑한다』, 세계사, 1997, 5쪽.

용례에 따라 의미를 획득한다는 것을 뜻한다.[28]

이승훈이 아쉬워하는 전략은 보여주기 양식이 언어로서 한계를 보일 수 있다는 점이다. 그러한 점을 해결하기 위해 놀이의 개념과 언어의 현실적 용법을 벗어난 새로운 의미의 획득이다. 그러기 위해서 언어가 없는 사진은 놀이의 개념과 새로운 해석의 차원에서 가장 적확한 텍스트이다.

시집 『나는 사랑한다』에서 보여주는 극단적인 실험시는 이런 측면에서 논구할 만하다. 사진과 시를 결합하거나 병치함으로써 새로운 해체적 실천을 한다. 사진시라 부를 수 있는 사진과 시의 융합을 통해 언어가 없는 언어소멸 혹은 자아소멸의 양상을 부각시킨다. 이미지가 언어를 대신하면서 언어가 갖는 지시성의 한계를 간접적으로 전해준다.

-「준이와 나」 전문[29]

---

28   이승훈, 『포스트모더니즘 시론』, 세계사, 1991, 264-265쪽.

시집에서 실험하고 있는 사진과 시의 융합 양상은 크게 두 가지로 나눌 수 있다. 첫째는 기존의 사진에 제목만 갖다 붙인 경우이다. 「준이와 나」와 「이승훈이라는 이름을 가진 3천 명의 인간」이 이 경우에 해당한다. 또 하나는 시 본문에 사진을 제시하고 그 밑에 짤막한 시행을 덧붙인 경우이다. 「시」와 「뒤샹의 <샘>?」이 이 경우에 해당한다.

자아소멸의 과정 속에서 이승훈은 반복해서 "나는 없고 언어만 있다"[30]고 말한다. 특히 「준이와 나」라는 작품은 가장 극단적으로 언어만 남은 방법론을 실험한다.

위 시에는 사진만 있고 언어는 없다. 사진에 제목만 붙였다. 제목도 창의적이라고 보기 힘들다. 이러한 부분은 문학의 제도를 해체하고 탈각하는 방법을 사용했다고 볼 수 있다. 이승훈은 사진과 시가 결합된 새로운 실험을 "제도로서의 시, 혹은 인습으로서의 시, 시라는 전통적인 장르를 해체"한다고 말한다.[31] 위의 사진은 시인이 1995년 겨울 아내가 찍어준 것이다. 이 사진을 앨범에 넣으면 기념사진이 되고 시로 발표하면 시가 된다. 시인은 이 사진에 제목을 붙이는 행위를 했으며, 문예지에 위의 시를 발표했고, 위의 시를 이승훈 시인이 썼다고 밝히고 있다. 시인의 자의식으로 시를 창작하고 이를 매체에 발표하면 시가 된다. 이것이 시의 제도이며, 전통적인 시의 창작과정이다. 즉 같은 오브제라도 앨범에 붙이면 기념사진이 되고, 책상 앞에 붙이면 사진 혹은 그림이 된다. 시인이 시라고 발표하면 시가 되는 것이다. 이것은 시라는 이름의 제도를 다시 한번 생각해 볼 수 있는 지점을 마련해준다.

「준이와 나」와 같은 시를 통해 이승훈의 문학적 태도를 엿볼 수 있다. 시인은 "뒤샹이 피카소보다 매혹적인 이유는 뒤샹의 작품은 매체들, 장르들

---

29   이승훈, 『나는 사랑한다』, 세계사, 1997, 112쪽.
30   이승훈, 「비빔밥 시론」, 『해체시론』, 1998, 38쪽.
31   이승훈, 『해체시론』, 세계사, 1998, 41쪽.

사이에 존재하지만 피카소의 작품은 그림이라는 실체로 존재한다"고 말하면서 "나는 이런 예술가들을 존경한다"고 자신의 예술적 취향을 드러낸다.

시와 사진과의 결합 양상을 '끼워넣기'의 개념으로 바라보는 관점도 있다. 심은섭은 "시집 『나는 사랑한다』, 『너라는 햇빛』에서 사진이나 그림을 인용하면서 시를 구성하는 끼워넣기(embadings) 형태로 시의 제도성을 해체하는 사진시나 그림시를 발표한다. 이 시는 사진이나 그림을 인용하지만 시를 구성하는 이해 차원에서 끼워넣기 형태로 나타난다."[32]고 진단한다.

끼워넣기의 방법은 시각적이고 형태적인 부분으로 보는 관점이라 할 수 있다. 시와 사진의 결합 이면에는 메타적 자의식에 의한 동기가 잔재해 있다. 이승훈은 "메타언어적 기능은 대상이 아니라 언어 자체를 대상으로 하는 언어이며, 구체적으로는 자신이 사용하고 있는 코드에 대한 무지, 발신자와 수신자 사이의 코드 혼란, 자신이 사용하는 코드에 대한 확인 등으로 드러난다. 이때 코드는 시가 되며, 따라서 메타시는 시라는 코드에 대한 무지, 혼란, 확인을 기본으로 한다."[33]고 말하면서 시를 통한 메타적 사유의 전달에 몰두하고 있는 점을 발견할 수 있다.

---

32 심은섭, 「이승훈 시의식의 변천 양상 연구」, 『한국문예비평연구』 제34집, 한국현대문예비평학회, 2011, 166-167쪽.

33 이승훈, 『시적인 것도 없고 시도 없다』, 집문당, 2003, 220쪽.

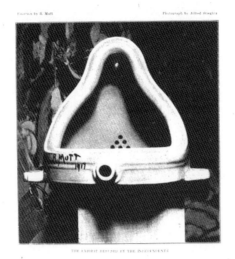

나는 이 시의 제목을 〈뒤샹의 '샘'〉이라고 붙일까, 〈뒤샹의 '샘' 혹은 '변
기'?〉라고 붙일까 망설이다가 결국 〈뒤샹의 '샘'?〉이라고 붙인다. 당신은
어제 바람불던 가을 아스팔트에서 〈뒤샹의 '변기'?〉가 좋겠다고 말했지만.

　　　　　　　　　　　　　　　　　　　　　　　　　　　　　—「뒤샹의 〈샘〉?」 전문[34]

  R. Mutt의 이름은 코미디 스트립 쇼의 인물인 머트와 제프(Jeff)에서 차용
한 것이며, R은 프랑스의 비속어로 돈주머니를 의미하는 리샤르(Richard)를
의미한다. 뒤샹의 이러한 의도를 당시 평론가들은 아무도 주목하지 못했다고
전해진다. 뒤샹은 머트라는 가명으로 6달러를 내고 1917년 뉴욕의 앙데팡데
전에 이 작품을 출품한다. 물론 뒤샹의 작품은 거절당했고 심지어 전시회
목록에도 수록되지 못했으며 전시회 뒤쪽에 숨겨져 버려졌다. 그 이후 뒤샹,
베아트리체 우드, H.P. 로셰가 공동으로 출간했던 『盲人』 제2집에 새로운

34　이승훈, 『나는 사랑한다』, 세계사, 1997, 117쪽.

평론이 실리면서 전설적인 작품으로 새롭게 자리매김하게 되었다.

뒤샹의 샘은 지금 볼 수 없는 작품이다. 원전이었던 오브제는 사라졌다. 처음 기획했던 작품의 오브제는 사라졌지만, 그 이후 수많은 오브제가 복제 되면서(이승훈의 작품을 포함해서) 뒤샹의 창조적 방법론만 남게 되었다. 즉 뒤샹의 창조적 방법론은 지금까지 계속 복제되면서 작품 「샘」은 전설적인 오브제가 된 것이다.

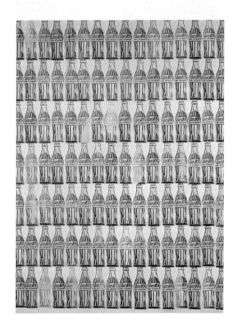

－「이승훈이라는 이름을 가진 3천 명의 인간」 전문[35]

「이승훈이라는 이름을 가진 3천 명의 인간」은 코카콜라 병이 계속해서 반복된 그림이다. 앤디 워홀의 팝아트로 유명한 이 작품을 이승훈은 그대로

---

35   이승훈, 『나는 사랑한다』, 세계사, 1997, 122쪽.

패러디한다. 패러디는 원전의 작품을 모방하여 전략적인 의도 아래 변용하는 기법이다. 이승훈은 앤디 워홀의 작품을 그림에서 변용하고 제목에서 변용한다. 위의 시 그림에 등장하는 콜라병은 모두 112개이지만 완전한 병의 모습으로 보이는 콜라병은 70개이다. 나머지는 병뚜껑이 안 보이기도 하고 병의 밑부분이 안 보이기도 한다. 이렇게 잘 안 보이게 함으로써 3천 개의 콜라병은 3천 명의 이승훈이라는 이름의 사람을 은유하고 복제한다. 즉 이승훈은 언제든지 불완전한 복제품으로 남을 수 있다. 수많은 이승훈의 병치를 통해 또다른 이승훈을 꿈꾸고 완전한 이승훈 혹은 불완전한 이승훈이 계속해서 복제된다는 유추가 가능하다. 더욱이 복제의 텍스트가 콜라병이라는 점도 시사적이다. 콜라는 인간이 만들어낸 음료 가운데 가장 중독성이 강한 음료이다. 또한 콜라가 처음 만들어진 때에는 복통을 치료하기 위해 약사가 개발한 것으로 알려져 있다. 맨 처음 콜라의 오브제가 수없이 복제되면서 치료의 의미가 중독의 의미로 변화되었음을 알 수 있다. 또한 수많은 병들을 복제하면서 콜라로 대표되는 물신주의의 병폐를 함께 풍자할 수도 있다.

나라는 존재는 이 시대에 오면 경험적 현실을 초월하는 무슨 고상한 절대적 자아를 소유하는 게 아니다. 그동안 기회 있을 때마다 주장했듯이 〈나〉라는 존재는 절대적으로 존재하는 것이 아니라 상대적으로 존재할 뿐이다. 이 글을 쓰고 있는 〈나〉만 하더라도 그렇다. 〈나〉라고 말하지만 그 〈나〉는 현실과의 관계 속에서만 모습을 띠고 드러난다. 여컨대 〈나〉라는 절대적 자아가 있는 게 아니라 대학에서 강의를 하는 〈나〉, 시를 쓰는 〈나〉, 잠을 자는 〈나〉, 술집에 앉아 술을 마시는 〈나〉, 아들과 이야기를 하는 〈나〉, 강사료를 헤아려보는 〈나〉, 어디 그뿐인가, 시간과 공간에 따라 〈나〉는 무수히 다양한 모습을 띠고 드러난다.[36]

수많은 자아를 내세워 얻을 수 있는 효과는 자아의 소멸을 은유할 수 있다. 이승훈의 방법론은 더 넓은 의미로 포스트모더니즘의 계열로 평가할 수 있다. 윤호병은 시집 『나는 사랑한다』에서 실험하고 있는 사진시에 대해 "콜라병으로 전환된 '시인 이승훈', 즉 '이승훈이라는 이름을 가진 3천 명의 인간'은 우선적으로 앞에서 패러디한 뒤샹의 '창조적 사상'을 반영하는 수많은 모방자-'이승훈' 자신을 포함하여-를 암시하기도 하고, 앤디 워홀의 팝-아트처럼 모방, 도용, 전용, 변용 등 상이한 방법으로 '元典'을 활용하는 최근의 포스트모던 시의 경향을 나타내기도 한다."[37]라고 진단한다.

5. 결론

지금까지 이승훈의 텍스트를 중심으로 시와 회화의 융합방법의 한 양상을 일별하였다. 이승훈은 해체의 양식으로 사진을 시와 결합하였다. 이승훈에게 사진은 회화와 마찬가지로 하나의 방법적 기표로 사용한다. "앤디 워홀은 그림을 그린 게 아니라 사진에 물감만 칠하고, 그것도 계속 반복하고 칠하고 위대한 예술가가 되었고, 보이스는 한술 더 떠 물감칠도 하지 않고 위대한 예술가가 되었다"[38]는 예술가들에 대한 평가는 이와 무관하지 않다. 즉 그림과 사진 모두 해체의 방법을 이루기 위한 텍스트인 것이다.

그러면 이승훈은 시와 회화의 융합을 통해 어떤 화해의 양상을 타진했던 것일까. 다음의 글을 통해 이를 소략하게 해명할 수 있다.

---

36   이승훈, 『시적인 것도 없고 시도 없다』, 115쪽.

37   윤호병, 「해체의 세계와 포스트모던의 세계」, 『이승훈의 문학탐색』, 푸른사상, 2007, 208쪽.

38   이승훈, 『나는 사랑한다』, 136쪽.

샤갈의 그림을 주제로 시를 쓰기로 한 것은 이제까지 나의 무의식을 거머쥐고 있는 상처, 불안, 어둠 같은 주제를 샤갈이 보여주는 사랑, 애정, 밝음 같은 주제와 부딪치게 하고, 그러한 부딪힘이 어떤 형태로든 이제까지의 나를 조금은 극복케 할 수 있으리라는 가냘픈 믿음 때문이었다.[39]

이승훈은 원전의 재해석 혹은 원전의 변용을 통해 당대 새로운 방법론으로 대두되었던 포스트모던의 시적 실천을 이루었다. 그리고 해체와 결합을 통해 화해의 길로 나아가는 발판을 마련했다.

---

39 이승훈, 『시집 샤갈』, 120쪽.

제2장 ─────────

각刻의 이미지와 초월의 시학
─────────── -구자운론

1. 서론

구자운(具滋雲)은 1950년대와 60년대 문학사에서 꼭 거론되는 중요한 시인 중 한 명이다. 구자운은 1955년『현대문학』에 「龜裂」이 서정주 시인에 의해 추천되고, 이후 「靑磁水甁」(1956)이 2회 추천, 「梅」(1957)로 3회 추천완료되어 문단에 등단하였다. 그는 1926년 부산에서 출생하여 1949년 동양외국어 전문학교 노어과를 졸업했다. 어릴 적 앓았던 소아마비로 인해 불구의 몸이 되어 한국의 바이런이라는 별명을 얻으며 시작에 전념한 시인이다. 1955년 대한광업회에 근무하였고, 1962년 국제신보 상임 논설위원, 1966년 월간스포츠의 편집장을 역임했다. 그 후로는 번역과 출판 편집일 등으로 생계를 이어갔다. 1959년에는『현대문학』신인상을 수상했으며 박성룡, 박재삼, 박희진, 성찬경 등과 함께 '60년대사화집' 동인으로 활동했다. 1971년부터 한국시인협회 이사를 지냈으며, 1972년 12월 15일 위암으로 면목동 셋방에서 생을 마감했다.

구자운은 전후 문단과 이후 60년대 시사에서 특수한 시적 대상을 통해 이미지즘을 잘 구현한 시인이지만 그 시적 성과가 간과되어 왔다. 구자운은 당대 전통 시학의 관점에서 볼 때 '전후시'가 가지고 있는 전쟁으로 인한 실존의 극복과 새로운 문학 경향과는 일정한 거리를 두면서 자기만의 시세계를 추구하였으며, 이미지를 통한 섬세하고 절제된 언어와 동양적 세계관으로 시의 품위와 가치를 이어간 시인이다. 권영민의 다음과 같은 평가는 구자운의 문학적 특성을 잘 설명해주고 있는 대목이다.

> 김관식, 구자운, 김종길 등의 경우에는 모두 고전적인 기풍을 절제된 언어를 통해 드러내고 있다. 김관식의 언어의 활달함에 비해 구자운은 섬세한 언어미에 더욱 치중한다. (……) 이들 시인은 공통적으로 개인적 정서의 영역에 시의 세계를 안착시키고 있다. 그리고 시적 정서의 포괄성을 의도하면서, 현실을 초월하는 순수에의 의지가 강하다는 점을 지적할 수 있다. 이들의 시적 성과는 전후시의 '시다움'을 위한 노력으로 평가될 수 있으며, 새로운 시 형태의 추구, 새로운 시적 리듬의 창조로 이어지는 전후시의 한 경향이 이들의 시와 짝을 이루고 있음을 간과해서는 안 될 것이다.[1]

지금까지 구자운의 연구성과는 미흡한 단계에 머물러 있다. 구자운의 시 전집이 출간된 지가 오랜 시간이 지났음에도 불구하고 구자운 시 전체를 다룬 연구는 전무한 상황이며, 대부분 문학사에서 이름만 거론되거나, 대표적인 몇 편의 시만 단편적으로 다루어졌을 뿐이다. 주목할 만한 연구로는 황인원, 박상준, 정형근을 들 수 있다.[2]

---

1 권영민, 『한국현대문학사 2』, 민음사, 2002, 34쪽.
2 황인원, 「1950년대 시의 자연성 연구: 구자운, 김관식, 이동주, 박재삼 시를 중심으로」, 성균관대 박사학위논문, 1999; 박상준, 「'陶器'적 상상력과 전통서정시 — 구자운의 50년대 시를 중심으로」, 『겨레어문학』 제21·22집, 겨레어문학회, 1997; 정형근, 「비상을 꿈꾸는 청자

황인원은 구자운의 첫 시집『청자수병』을 중심으로 시의 자연의식 구조를 분석하고 있다. 이를 동일구조(몰입동일 3편, 흡수동일 1편)와 동화구조(차단동화 9편, 상실동화 5편)로 나누어 분석하고 있다. 즉 동화구조 속에서는 여성성 지향의 정적 자연의식을 가지고 있으며 동일구조 속에서는 유가적 흥의 자연으로서 꽃과 풀의 비극적 정조를 드러낸다고 말한다. 박상준은 구자운의 50년대에 쓰여진 14편의 작품을 분석하고 있다. 구자운의 작품 중에서 집중적으로 드러나는 '陶器'를 매개로 드러나는 시의식을 '한(恨)'과 설움의 정서로 규정하고 그것을 내면적인 '생명성'과의 상관관계에서 고찰하고 있다. 정형근은 구자운 시의 전편을 세 시기로 구분하여 이를 통시적으로 살펴보면서, 시인의 내면이 지향하는 바가 무엇인지를 고찰하고 있다.

구자운의 시가 자주 연구대상에서 제외된 이유로 두 가지를 들 수 있다. 첫째, 구자운의 시를 연구대상으로 삼기에는 발표작품 수가 많지 않다는 데 있다. 구자운이 생전에 발표하였던 시집은『청자수병』(1969, 삼애사) 단한 권에 불과하며 사후 민영 시인의 편집으로 시전집『벌거숭이 바다』(창작과비평, 1976)가 발간되었다. 동인지인『60년대 사화집』의 시편들과 유고 시편들을 모두 엮은 시전집의 시편은 모두 66편이다. 둘째로 구자운의 시적 성과로 내세울 수 있는 시편들은 대개 등단 이후인 1955년부터 60년대 초반의 시편들이며 이후의 시들은 연구대상으로 삼기에 그 시적 수준이 문제시된다는 점이다.[3] 그러나 당시 시단의 사정을 고려해 볼 때 50년대 쓰인 14편은 그리 적은 시편이 아니며, 60년대의 시편들 또한 전체적인 구자운의 시적 흐름을 살펴볼 때 나름대로 의미있는 작업망을 형성하고 있다는 점을 간과하지 않을 수 없다.

수병의 학」,『한국 전후 문제시인 연구 1』, 예림기획, 2005.

3   박상준, 같은 책, 279쪽 참조.

연구 범위는 구자운 시 전체를 대상으로 한다. 구자운의 초기시에 드러나는 '각(刻)' 이미지를 구체적인 작품분석을 통해 해명하고, 이를 생명성이라는 주제의식을 드러내는 매개적 이미지로 규명하고자 한다. 더불어 구자운의 60년대 이후 시편에서 보이는 '바다' 이미지를 분석하고 이를 통해 그가 지향하는 초월의식이 어떠한 양상으로 표출되는지 분석하려 한다. 마지막으로 60년대 이후 구자운의 시편에 등장하는 현실에 대한 형상화를 통해 공동체 의식의 단초를 살펴보려 한다.

2. '각(刻)' 이미지와 생명성

구자운의 시편 중에서 50년대에 발표된 많은 시편들이 도자기와 수병(水瓶), 그리고 그곳에 새겨진 문양과 그림을 소재로 하고 있다.[4] 구자운의 초기 시편에서 도자기와 도자기에 새긴 문양에 대한 시가 유독 많은 것은 구자운의 시를 이해하는 데 중요한 구실을 한다. 특히 도자기를 시적 대상으로 삼으면서, 그곳에 새겨진 이미지를 구체적인 형용어를 통해 형상화하고 있다. 이러한 다양한 새김의 이미지를 '각(刻)'의 이미지라고 할 때, 이 이미지를 분석함으로써 구자운 시의 미적 특질을 구체적으로 제시할 수 있을 것이다.

구자운은 '도기(陶器)'로 대표되는 시적 대상을 바라보거나 시적 상상력으로 실현하는 방식을 새김의 이미지를 통해 드러낸다. 즉 '각(刻)'의 이미지를 통해 시인의 내면에 담겨있는 사상적 특질의 일면을 유추할 수 있을 것이다. '각(刻)'의 이미지는 새기고, 깎고, 다듬고, 붙이고, 피고, 번지는 이미지를

---

4   50년대에 발표된 시 14편 중에서 도자기와 수병, 그릇과 그곳에 새겨진 문양을 직접적인 소재로 쓴 시는 8편이나 된다. 「龜裂」, 「靑磁水甁」, 「梅」, 「葡萄圖」, 「古陶二品」, 「古器類翠-囍字紋甁」, 「素材에서」, 「異香二首」

통괄하는 이미지라 할 수 있다. 또한 '각(刻)'의 이미지는 시각적 이미지와 근육감각 혹은 피부감각의 이미지가 결합된 공감각의 형태를 띤다.

이러한 이미지는 시적 자아가 가지는 존재성을 오래도록 기억하고 싶은 욕망과도 결부된다. '새긴다'라는 시적 의미 속에는 "기억되고 싶다" 혹은 이전의 시간을 "기록하고 싶다"는 욕망과도 부합한다. 이러한 지속성의 시적 욕망은 초월의식을 갈구하는 시적 방향성을 이해하는 단초로 역할을 한다. 존재의 근원은 단절이 아니라 지속과 영원을 통해 그 존재의 정체성을 정립한다. 구자운은 자신의 존재증명을 통해 생명성을 희구하는 이미지의 실현으로 표출하고 있다.

이미지는 시인의 시적 소망과 주제의식과 결부되어 새로운 상징적 체계를 만드는 시적 방법론이다. 구자운은 소멸되어가는 삶의 에너지와 죽음의식을 극복하는 방법으로 새김의 이미지를 수용하고 있다. 이 '각(刻)'의 이미지를 통해 소멸되어가는 존재를 회복하는 동력으로 삼고 있다.

그건
어떤 깎고 닦은 돌 面相에 龜裂진 금이었다.
어떤 것은 서로 엉글려서 楔形으로 헐고
어떤 것은 아련히 흐름으로 계집의 裸體를 그어놨다.
그리고 어떤 것은 천천히 구을러
또 裸體의 아랫도리를 풀이파리처럼 서성였다.

나는 잠시 생각에 잠겼다.
이러한 龜裂진 금의 아스러움이
―그렇다 이건 偶發인지 모르지만
내 늙어 앙상한 뼉다귀에도 서걱이어

때로 나로 하여금

허황한 꿈 속에서 황홀히 젖게 함이 아니런가?고.

—「龜裂」 전문

균열은 갈라지는 것이며 면과 면 사이에 틈이 생기는 것이다. 또한 균열은
갈라짐을 통해 표면이 터지는 것을 의미한다. 즉 균열은 상처난 모습이다.
이미 매끄러운 표면을 생채기 내고 금가는 상황이 바로 균열이다. 시에서
균열된 대상은 '돌'이다. 돌은 일반적으로 오래된 시간의 표상이다. 그 돌의
"면상"에 "균열진 금"이 생긴다는 것은 돌이 가진 영속적 대상을 함께 보유하
고 싶은 욕망과 상응한다. 여기서 주목할 점은 돌에 균열진 금의 대상이 "나
체"의 이미지와 유사하다는 시적 자아의 시각이다. 나체를 만들기 위해 균열
진 금은 "서로 엉글"리고 아련한 "흐름"으로 또한 "천천히 구을러" 이룩된다.
이러한 금이 그려낸 형상은 "계집의 나체"를 그려내고 "나체의 아랫도리"
주변을 "풀이파리처럼" 감싼다. 이 같은 균열진 각의 이미지는 시적 자아의
육체에까지 습합된다. 그것을 시인은 "금의 아스러움"으로 표현하고 있다.

균열의 이미지는 시적 자아의 몸으로 체현된다. "늙어 앙상한 뼈다귀에도
서걱"인다고 했다. 이러한 돌 위에 새겨진 균열이 자아와의 일체감을 형성하
는 과정을 통해 새김이 갖는 영속성을 함께 하고픈 내면의 간원을 증명한다.
시인은 마지막 행을 통해 "허황한 꿈 속"이라고 말함으로써, 시인이 꿈꾸는
세계는 현실을 이탈한 이상적 세계이며, 현실에서는 도달할 수 없는 다른
지점의 세계임을 역설하고 있다.

이렇듯 구자운은 각의 이미지를 통해 내면의 욕망을 간접적으로 표출하고
있다. 더불어 새김이 표출하는 구체적 이미지는 여성의 풍요로운 육체를
보여줌으로써 시인이 궁극적으로 다가가려는 시적 세계가 어떠한 성격인지
를 보여준다. 구자운의 이 같은 이미지는 시인이 가진 여성상을 통해서도

이해할 수 있다.

어머니의 젖빛 아롱진 이 水瓶으로 이윽고 이르렀네(청자수병). 내가 추구하던 女性像은 母性愛 어린 우리의 古典的인, 陶磁器 빛의 써늘한 型의 淸楚美였던 것 같다. 그러면서도 물론 生産의 어머니다운 豊滿感. 〈둥긋이 솟아오른 달이라커니〉를 아울러 지닌 女性像이라야만 했다.[5]

각의 이미지는 구체적인 여성적 이미지를 취함으로써 풍요로운 생명력을 간접적으로 증언하고 있다. 즉 새김의 대상으로 선택한 형상이 나체, 젖빛, 젖가슴 등의 여성적 육체의 이미지를 통해 현시되고 있다. 이러한 표출 방식은 위의 글처럼 구자운이 가진 여성적 취향과도 관계가 깊다.

아련히 번져 내려
구슬을 이루었네.
벌레가 살며시
풀포기를 헤치듯
어머니의 젖빛
아롱진 이 水瓶으로
이윽고 이르렀네.

눈물인들
또 머흐는 하늘의 구름인들
오롯한 이 자리

---

5   구자운, 「끝간 데 없는 편력」, 『시문학』 7, 1972.

어이 따를손가?
서려서 슴슴히
희맑게 엉긴 것이랑
여민 입
은은히 구을른 부풀음이랑
궁글르는 바다의
둥긋이 웃음 지은 달이랑거니.

아롱아롱
묽게 무늬지어 어우러진 雲鶴
엷고 아스라하여라.
있음이여!
오, 저으기 죽음과 이웃하여
꽃다움으로 애설푸레 시름을
어루만지어라.

오늘
뉘 사랑 이렇듯 아늑하리야?
꽃잎이 팔랑거려
손으로 새는 달빛을 주우려는 듯
나는 왔다.

오, 水瓶이여!
나의 목마름을 다스려
어릿광대

바람도 선선히 오는데

안타까움이야

호젓이 雨露에 젖는 양

가슴에 번져내려

아렴풋 옥을 이루었네.

—「靑磁水甁」 전문

　「청자수병」은 새김의 이미지를 고전적인 단아한 미와 정갈한 언어를 통해 표출한 시이다. 시에서 보여주는 새김의 이미지는 균열과 상처의 형상이 아니라 '번짐'의 이미지로 표출한다. 이 번짐의 이미지를 통해, 동양화의 수묵화가 그렇듯 여백과 단아한 선의 미적 특질을 드러낸다. "아련히 번져 내려" 만든 이미지는 "구슬"을 만든다. 이 구슬을 둘러싼 빛의 이미지는 "어머니의 젖빛"으로 수병을 만든다. "어머니의 젖빛"을 통해 동양적 선의 미학을 새김의 이미지로 형상화하고, 이것은 풍요로운 생명성으로 표출됨을 알 수 있다. 시에서 "어머니의 젖빛"은 수병을 "아롱지게" 하고 "이윽고 이르른" 색채 이미지라고 말하는 것을 통해 시적 자아가 꿈꾸고 기다린 이미지라는 것을 간접적으로 제시한다.

　이 새김의 이미지는 2연에서 다양한 형상과 방법으로 변주되고 있다. 수병에 청빛으로 새겨진 이 공간은 이상적 미의 공간이다. "눈물"과 "머흐는 하늘의 구름"도 이 공간과 비교될 수 없다고 시에서는 말한다. 또한 "서려서 습습히/ 희맑게 엉긴 것이랑/ 여민 입/ 은은히 구을른 부풀음이랑/ 궁글르는 바다의/ 둥긋이 웃음 지은 달이랑거니."라고 말한다.

　3연에서 청자의 새김이미지는 '죽음'의 의식을 위무하는 역할을 한다. "구름 속의 학"으로 표상된 새김 이미지는 "붉게 무리짓고" 있으며 "아롱아롱" "엷고 아스라"하게 청자 위에 새겨져 있다. 이 "雲鶴"은 죽음과 이웃한 영혼

을 "꽃다움"으로 "어설푸레 시름을/ 어루만"진다. 그러므로 수병은 수병의
표면에 새겨진 이미지를 통해 그 이미지를 바라보는 사람들로 하여금 시름을
위로하고, 상처를 치유하는 역할을 하고 있다. 시적 자아는 새김의 이미지가
가슴에 번져 내려 옥을 이루는 듯한 느낌을 받는다. 그것은 "호젓이 우로에
젖는" 것처럼 이루어진다.

꽃은
멀리서 바라는 것이러니.
허나
섭섭함이 다하기 전에
너 雪梅 한 다발
늙은 가지에 피어도 좋으리.

아직은 여기 蕭條한 바람
희고 설운 것을 날린다마는
이대로 한철이 가고
또 너는 오리라.

─「梅」 부분

둥근 어깨 마루에 머리를 묻고 슬픈 빛으로 아롱져 구을러내린 꽃항아리.
열푸른 살결에 고운 핏줄로 이루운 아렴풋한 포도송이를 본다.

한밤중 내 사랑의 입맞춤으로 이슬이 어리울까?

서러운 몸뚱어리의 시달리움으로 이우는 달 아래 출렁이는 강물 소래도

차라리 머얼어진 아득한 아득한 옛날의 누이의 얼굴.

오늘 내것이라곤 아무것도 없는데 구슬픈 듯 열린 아련한 젖가슴에
오롱조롱히 눈물을 실은 그윽한 포도송이.

—「葡萄圖」 부분

위의 시 「梅」에서는 매화의 생물학적 속성을 강한 생명성의 에너지로 형상
화하고 있다. 매화는 땅이 얼어붙는 겨울에 꽃을 피운다. 시에서는 눈을 맞은
매화를 묘사하고 있다. 매화는 한겨울에 꽃을 피어 가장 먼저 봄을 알리는
전령사의 역할을 한다. 이 매화는 "늙은 가지에 피어도 좋"다고 한다. 매화는
이미 소멸한 가지에 앉아 새로운 생명의 발아를 기다리고 있다. "한철이
가고/ 또 너는 온"다는 것은 어려운 시절을 견디어 내고 새로운 생명의 순간
을 맞이한다는 것을 암시한다.

「葡萄圖」는 꽃항아리에 새긴 포도 그림을 통해 풍요로운 생명력을 갈구하
고 있다. 시에서 항아리와 그곳에 새겨진 포도꽃은 한 폭의 동양화를 보는
듯한 묘사를 통해 더욱 실감있게 다가온다. 꽃항아리는 "둥근 어깨 마루에
머리를 묻고 슬픈 빛으로 아롱져 구을러 내"리고 포도송이는 "열푸른 살결에
고운 핏줄로 이루운 아렴풋"한 모양새이다. 항아리와 그곳에 새겨진 새김
이미지는 동양의 고전적인 미를 잘 묘사한 형상이다. 그곳에서 시적 자아가
느껴지는 이미지는 "누이의 얼굴"이며 "아련한 젖가슴"이다. 누이와 젖가슴
이라는 시어를 통해 시적 자아가 근원적 그리움의 공간으로 회귀하고픈 심정
을 대변한다. 그리움의 공간은 생명력으로 가득한 공간이다. 포도송이가 가
득 열려있는 이미지 또한 풍요로운 생명을 의미한다. 꽃항아리에 포도와
같은 싱그러운 열매를 새김으로써 풍요로운 생명력에의 갈구를 표출하고
있다.

조용히 홀로 있어 마음 외로움은 그윽하여라.

꽃다운 흰구름 어리운 이 항아리는

하염없는 마음 속에 외로움을 애시시 끌안았어라.

오히려 그것은 애설프레 시름으로 칠을 한

애틋한 마른 핏빛 보리의 대며 잎새인 것.

이렇듯 스스로이 갈앉아 슬픔을 옷입은 항아리의

은은한 빛깔이 어디메서 오는지 아무도 몰라라.

하지만 우리의 하늘이 서리어 아늑한 이 가슴어리에

한 떨기의 꽃은 아롱지어 피어 있어라

아 들국화 꽃 내를 이루어 홀로 자오록히 서성거련.

―「古陶二品」 부분

파르소름한 살결이

한결 매끄러운

우리의 마음자리를 일러 주었을 때

정녕 환한 빛만 흘렀지요.

공경하여 받들은 양

두 귀 달린 몰골에도

어느 그윽한 향료에 어지러뜨린

영혼의 영혼의 향기로움을 우러렀지요.

하얀 글씨 무늬

가슴어리에 아로새겨

누릿 가운데 연연히 번져 내리는

햇무리 지어 눈부신 말씀으로 울렸었지요.

―「古器類翠」 부분

수병과 항아리에 새겨진 이미지는 겉모양의 묘사에서 끝이 나는 게 아니라, 그 이미지가 시적 자아의 내면에까지 조응하여 서로 연통한다. 「古陶二品」에서 항아리는 "외로움"과 동일한 정서적 유의성을 가진다. 항아리는 외로움을 끌어안고 있으며, 그 외로움은 새김의 이미지를 통해 다시 전달된다. 즉 "시름으로 칠을 한" 항아리의 표면과 "슬픔을 옷입은 항아리"로 거듭 변색하는 것이다. 항아리의 표면에 입혀진 새김의 이미지는 항아리의 내면 정서와 동일하며, 이것은 시적 자아의 내면으로까지 전이된다. 항아리에 새겨진 이미지를 보면서 시적 자아는 "우리의 하늘이 서리어 아늑한 이 가슴어리에/ 한 떨기의 꽃은 아롱지어 피어 있어라"고 말한다.

각의 이미지는 새기는 대상이 시적 자아의 내면과 동일시를 이루면서 더욱 생명력을 강화한다. 「古器類翠」에서 그릇에 새겨진 "파르소름한 살결"이 마음자리에까지 와 닿는다. 새김의 이미지가 시인의 내면에까지 투영되고 있다. 오래된 그릇에 매끄럽고 환한 빛이 있으며 향기로움까지 더하고 있다. 촉각과 시각, 후각적 이미지가 복합되어 그릇의 새김이미지가 더욱 실감나게 다가온다. 이러한 새김의 이미지는 "하얀 글씨 무늬/ 가슴어리에 아로새겨"라고 시적 자아의 내면에까지 전달되고 있다.

3. '바다' 이미지와 초월의식

바다는 일반적으로 포용과 재생의 상징을 가진다. 또한 모든 생의 어머니, 영혼의 신비와 무한성, 죽음과 재생, 무궁과 영원, 무의식 등의 상징을 가진

다. 바다는 물의 상징을 포함하여 가장 폭넓은 상징의 범주를 가지고 있다.[6]

구자운은 도기와 수병을 통한 동양적 언어의 미를 거쳐 바다의 이미지를 만난다. 바다는 속된 현실을 벗어날 수 있는 위안의 세계이며, 바다를 통해 현실의 암울한 상황을 극복할 희망을 품게 된다. 구자운은 바다를 현실로부터 이탈한 이상적 세계에만 국한하는 공간으로 상정하지 않는다. 현실과 함께 존재하고 견디어가는 내면적 정황의 상징을 바다를 통해 이룩해 낸다.

구자운에게 바다는 두 가지 면에서 의미를 갖는다. 하나는 자신의 현실적 상황에 대한 상징으로서의 의미다. 또 하나는 현실을 위무할 포용과 위안, 그리고 막연하게나마 가질 수 있는 희망으로서의 바다이다. 구자운은 이 두 축을 왕래하면서 바다의 이미지를 내면화시킨다.

> 어디메로 간들 마음붙일 데 있으랴.
> 홀로 앉아 구름이나 더불어 벗하였을 것을
> 아니면 흐르는 물소리 잦은 가락에나 둥당실 시름을 띄워 보내었을 것을
> 오늘 열리는 옥문에 기대어서
> 희끄무레 햇빛이 스미는 감방을 돌아보니 하염없어라
> 서른 해 고역의 터전이여.

---

6   물은 잠재성의 보편적 총체를 상징한다. 물은 근원이자 원천으로서, 모든 존재 가능성의 저장소이다. 또 물은 모든 형태에 선행하며 모든 창조를 받쳐준다. 모든 창조의 모델이 되는 이미지는 물결 한 가운데 갑자기 '나타나는' 섬의 이미지이다. 반대로 침수는 형태 이전으로의 퇴행, 존재 이전의 미분화 상태로의 회귀를 상징한다. 물 위로의 부상은 우주 창조의 형성행위를 재현하는 반면, 침수는 형태의 해체를 의미한다. 바로 그런 이유에서 물의 상징은 죽음과 재생을 모두 내포하고 있다. 물과의 접촉은 항상 재생을 함축한다. 해체 뒤에는 '새로운 탄생'이 뒤따르기 때문이기도 하고, 침수는 생명의 잠재력을 충부하게 하고 증대시키기 때문이기도 하다.(미르체아 엘리아데, 『이미지와 상징』, 이재실 역, 까치, 1998, 165-166쪽.)

때절은 이불때기 추레한 잠옷바람으로

혈혈단신으로 오도가도 못하던 어둠의 골짜기에서

마치 의병들에게 쫓기는 갈대숲의 애닯은 오막살인 양

언제 불꽃이 번져서 타오를지 알 수 없는 두려움에 떨며

목에는 짐승의 패를 달아 웅숭거리고

삼가 엎드려 가슴 할딱이던 설움의 나날이여.

…(중략)…

차라리 바다의 아우성으로 밀려와 내 삭은 뼈마디를 주워 가려무나.

햇살의 보료로 내 넋의 어금니를 거두어들이려무나.

일한 일 없는 팔뚝은 썩어서 푸르죽죽한 새끼줄이 되었고

얼어붙은 창자는 대나무꼴 돌기둥으로 뻗쳤는데

어디메로 다리는 이 욕된 땅을 살포시 밟고 나가려는 것일까?

―「열리는 獄門에 기대어서」부분

구자운에게 현실은 "옥문"에 기대어 서 있으며 견디는 삶과도 같다. "햇빛이 스미는 감방"과 같은 곳이 지금까지 살아온 현실적 상황이며, 그곳은 바로 "고역의 터전"이다. 구체적인 현실상황은 더욱 열악하다. "때절은 이불때기 추레한 잠옷바람"으로 "어둠의 골짜기"와 같은 공간을 쫓기고 헤매며 두려움에 떨고 있는 시적자아의 상황이다. 이 시에서 "바다"는 시적 자아에게 "삭은 뼈마디"를 거두어가는 공간이다. 무기력한 자신의 육체를 거둬들이는 것이 바다이다. 바다가 소리내는 아우성은 자신의 현실을 직시하라는 조언으로 들린다.

봄바다라는데
어이하여 이리도 추운 바람이러냐.
도무지 태양은 어디메서
멋대로 어슬렁거리는 것이랴.
큰 배조차 웅숭그리어 전혀
움직여보려는 염도 않는다.
녹슬어 붙은 징처럼……은
아니지만. 아주 아주 둔한
구름이 무거이 처졌다.
이런 데서 나는 눈멀 수밖에
어이할 도리가 없는 것이 아닐까.

추운 바람에 불려
된숭된숭 거니노라니
창자랑 갈비뼈가
우두둑 우두둑 소리낸다.
바다는 파란 넓이를 펼쳐
언저리에 한아름 넘치어서
내 홀로의 얄팍한 그림자를
썩은 귤껍질인 양 띄웠다.

…(중략)…

도대체 어느 때라야 이 바다는
참으로 봄이 온다는 것이러냐?

부두의 깔갯돌 축축한 길을
고꽹이를 둘러멘 그림자들이 간다.

그 뒤를 삽살개인 양 손수레가 따른다.
고갈산도 전차도 사람도 배도
방파제도 해녀도 뭐 그런 것은 이미 없다.
바다만이다…… 바다만이다……

―「大橋에서」 부분

불행하고 암울한 현실적 상황은 대교에 이르러 자아를 바다에까지 내몰고
있다. 그러나 시적 자아에게 바다는 위로의 공간만이 아니다. 고통스러운
현실적 상황은 "봄바다"에 와서도 "추운 바람"을 느낄 수밖에 없도록 만든다.
1연에 보여주고 있는 바다의 이미지는 춥고 쓸쓸한 정서이다. 태양은 어디에
갔는지 따뜻한 햇살은 없으며, 큰 배조차 움직이지 않고 웅숭그리고 있다.
또한 구름이 무겁게 쳐져 내려앉은 상황에서 화자는 눈멀 수밖에 다른 도리
가 없다고 말한다. 2연에서는 고통스럽고 쓸쓸한 공간 상황과 정서가 내면으
로 들어온다. "추운 바람"에 나가면 "창자랑 갈비뼈가/ 우두둑 우두둑" 소리
를 내고 있다. 바다는 화자가 홀로 느끼는 고립감과 삶의 고통을 포용하는
몸짓을 보인다. "파란 넓이를 펼쳐/ 언저리에 한아름 넘치"고 있는 것이다.

구자운은 바다의 이미지를 고통스러운 현실을 대리하는 이미지로 삼기도
하고, 자신의 내면을 표상하는 이미지로 삼거나 혹은 자신의 시적 소망을
현현하는 대상으로 삼기도 한다. 같은 시적 이미지를 가지고 시인의 정서적
거리조절을 통해 이미지의 성격을 조금씩 바꾸는 것이다.

시의 화자는 바다를 보는 것에만 그치는 것이 아니라, 바다를 통해 자신의
내면적 답답함을 호소한다. 이미 봄바다에 와서 아직 오지 않는 봄을 "도대체

어느 때라야 이 바다는/ 참으로 봄이 온다는 것"이냐고 따져 묻는다. 여기서
바다 이미지를 둘러싸고 있는 정경은 아무런 욕망도 없는 고즈넉한 풍경만
보여주고 있다. "그림자"와 "손수레만" 덩그마니 있으며, 방파제도 해녀도
없이 오직 "바다만" 있는 풍경을 그린다. 즉 바다의 이미지는 시인의 현실과
시적 욕망을 모두 받아내는 유일한 공간이라는 점을 시를 통해 증언하고 있다.

비가 생선 비늘처럼 얼룩진다
벌거숭이 바다.

괴로운 이의 어둠 劇藥의 구름
물결을 밀어 보내는 침묵의 배
슬픔을 생각키 위해 닫힌 눈 하늘 속에
여럿으로부터 떨어져 섬은 멈춰 선다.

바다, 불운으로 쉴 새 없이 설레는 힘센 바다
拒逆하면서 싸우는 이와 더불어 팔을 낀다.

여럿으로부터 떨어져 섬은 멈춰 선다.
말없는 입을 숱한 눈들이 에워싼다.
술에 흐리멍텅한 안개와 같은 물방울 사이

죽은 이의 旗 언저리 산 사람의 뉘우침 한복판에서
뒤안 깊이 메아리치는 노래 아름다운 렌즈
헌 옷을 벗어버린 벌거숭이 바다.

　　　　　　　　　　　　　　　　　　－「벌거숭이 바다」 전문

「벌거숭이 바다」에서는 고통스러운 현실의 바다를 뛰어넘어 아무 고통의 외피도 걸치지 않은 날것으로의 바다를 희구한다. "벌거숭이 바다"라는 것은 시인의 욕망이 투영되지 않은 '있는 그대로의 바다'를 말한다. "벌거숭이 바다"는 여전히 고해의 몸을 지닌 현실 속의 바다이다. 그 바다를 시적 자아는 "불운으로 쉴 새 없이 설레는 힘센 바다"라고 말한다. 바다는 불운의 운명을 타고 태어났지만 그 운명을 딛고 일어서 쉴 새 없이 설레는 힘센 바다이다. 이러한 힘센 바다, 즉 "거역하면서 싸우는" 바다와 시적 화자는 더불어 팔을 낀다고 했다. 현실의 외압으로부터 고통스럽지만 그것을 극복하려는 의지가 강하게 서려 있다.

의지의 바다와 함께 가겠다는 결연한 의지를 드러낸 시적 화자는 결국 바다가 지향하는 지점이 "헌 옷을 벗어버린 벌거숭이 바다"라는 것을 다시금 깨닫는다. 인간의 세속에 찌든 헌옷을 벗어던지고 벌거숭이의 바다를 상정한 것은 새로운 초월에의 지향을 의미한다. 벌거숭이 바다를 둘러싼 풍경이 1연에서는 "비가 생선 비늘처럼 얼룩진" 풍경에서 "뒤안 깊이 메아리치는 노래 아름다운 렌즈"로 변화된다. 헌옷을 벗어버린 바다는 초월에의 비상을 온몸으로 체감하며 평화로운 것이다.

> 그 목소리는
> 날개를 펼쳐 밤 졸음
> 속에서, 바다로부터 오다
> 어머니 쉬시는 그윽한 젖내,
> 몰약의 부드러운 어둠은
> 손 더듬는 잠시 동안을
> 떠 흘러, 미역잎 얽히는
> 해골의 노랫배에 흔들리면서

아득한 저편, 바다로부터 오다.

ㅡ「바다로부터 오다」 부분

해녀들은 겨울 구름 아래

바위 언저리에 벌거숭이로 서서들 있다.

모닥불의 끄스름에 쬐이고들 있다.

그 불행이 그림인 양

아름답다. 그리고 우리들은 무너진다.

우리들은 바다를 덮어 쓴다.

우리들은 물결 사이에 버큼을 남긴다.

왜냐하면 시방 우리들은

괴 로 우 므 로.

우리들은 아마 바다가 되리라.

우리들은 魚類가 되리라.

우리들은 아마 바다가 되리라.

우리들은 海藻랑 굴조개가 되리라.

ㅡ「海女들의 겨울 구름」 부분

　　시인에게 '바다'는 생의 기원을 밝히는 공간이다. 이 세상의 진실된 "목소리"는 바다로부터 시작된다고 시 「바다로부터 오다」는 말한다. 또한 풍요와 생명의 품인 어머니의 젖내도 바다로부터 시작된다. 바다로부터 시작되는 것은 우리의 감각("목소리")과 모성("어머니 쉬시는 그윽한 젖내")과 삶의 공간("몰약의 부드러운 어둠")까지도 모두 포함된다. 바다는 생의 근원이며, 풍요와 생명의 원천이다.

　　「海女들의 겨울 구름」에서 "해녀"들은 바다를 삶의 터전으로 삼고 있는 여성들이다. 겨울이라는 차가운 현실 속에서 "벌거숭이"로 서서 불을 쬐고 있는 것이 해녀들의 삶의 모습이다. 모두가 그러한 삶의 사연과 규모를 "불행"이라고 말하지만 시적 화자는 해녀의 삶을 "아름답다"고 말한다. 또한 보편적인 시각으로 해녀의 삶을 감상하는 자들은 무너진다고 말한다. "바다"는 생의 마지막에 도달하여 그 존재로 변하고 싶은 공간이다. 즉 바다는 근원적인 공간이면서, 최후에 온몸을 투신하고 싶은 공간이다. 그곳에 투신할 수 있는 힘은 현실적 '괴로움'이라고 시에서는 말한다. 바다는 인식과 위안의 공간이다. "우리들은 바다가 되고 싶다"는 욕망은 안식과 위안의 공간과 자신의 삶을 맞바꾸고 싶다는 말이며, 바다와의 일체감을 적극적으로 드러내주는 말이다.

4. 비극적 현실인식

구자운의 인간적인 삶은 끊임없이 비극적 운명의 자장 속에서 성장해갔다. 2세 때 앓은 소아마비로 인해 평생 불구의 몸으로 살았으며 가정의 불화와 이혼 등으로 오랫동안 고독한 생활을 하였다. 또한 자녀들을 책임져야 하는 가장으로서 언론사와 잡지사, 강의, 번역 등의 노동에 시달리다 면목동 셋방에서 위암으로 사망하였다.[7] 구자운은 이러한 자신의 비극적인 삶을 여러 편의 시를 통해 시화하였다.

7　구자운의 구체적 삶에 대해서는 민영(「편집을 마치고」, 『벌거숭이 바다』, 창작과비평사, 1976, 158-160쪽), 최학림(「20세기를 살다간 부산문학인 3－구자운」, 『부산일보』, 1999. 11.26일자), 김규태(「'한국의 바이런' 구자운」, 『국제신문』, 2006.4.9일자), 정형근(「비상을 꿈꾸는 청자수병의 학」, 『한국 전후 문제시인 연구 1』, 예림기획, 2005) 등을 참조.

잠자지 않는 자들은
일하는 자들이다. 지금은 땅속에

스스로 어둠을 찾아 보이지 않는 태양,
그러나 고뇌와 더불어 그것은 존재한다.

펄럭이는 이념을 아침에 본
일하는 자의 손들은 일제히

아우성을 던진다. 아우성을 던진다
전쟁과 기아의 소문으로 음산한

폐허의 땅에. 웃음과 같이 북받치는
파도의 일하는 자의 손.

일하는 자의 손에 대해서
할말이 없는 자는 말하지 마라.

끄떡않는 탱크의 캐터필러,
일하는 자의 손에 대해서.

―「일하는 者의 손에 대하여」 부분

일하는 자의 손에 대해 시인은 말한다. 실제 구자운은 작고하기까지 오랫동안 문필 노동에 시달린다. 자신이 처한 현실적 상황에 대한 뜨거운 감정을 시를 통해 표출하고 있다. 이때 시인은 복잡한 수사에 의지하지 않고 정직한

육성을 통해 묵직한 목소리를 들려준다. 시에서 "일하는 자의 손"은 자신의 생을 지탱하기 위해 힘을 쓰는 노동의 손이다. "태양"은 이 어두운 곳에서 노동하는 존재들을 찾아 비춰주지 못하고 있다. 노동과 태양은 고뇌와 더불어 존재한다. 일하는 자의 손은 "펄럭이는 이념"을 본다. 그리고 "아우성을 던진다". 이 아우성은 고통의 목소리이며, 아무도 돌보지 않는 삶에 대한 절규이다. 이 땅은 "폐허의 땅"이다. 일하는 자의 손을 통해 구자운이 가진 현실인식의 단초를 엿볼 수 있다.

> 일하는 자는 오래지 않아
> 일하지 않는 자가 되리라.
>
> 일하는 자의 머리엔
> 일각수의 뿔이 돋았다.
>
> 서러워 마라.
> 때가 오리니……
>
> 포우카, 오락, 배갈병을 질펀히
> 외설스런 잡담으로, 시간의 목을 비트는
>
> 가랑잎 두엄의 훈기,
> 버러지 목숨들은 엉겨붙어
>
> 떨어지지 않는다.
>
> ―「일하는 자와 일하지 않는 자」 전문

구자운은 일하는 자와 일하지 않는 자를 대비시켜 보여준다. 그러나 일하지 않는 자는 죽음의 문을 두드리는 자이다. 그렇다고 삶의 공간이 행복한 곳은 절대로 아니다. "포우카, 오락, 배갈병"과 "외설스런 잡담" 등으로 질펀한 공간이 현실의 공간이다. 이런 공간에서 민중들은 "버러지 목숨"처럼 엉겨 붙어 생을 지탱한다. 서로 떨어지지 않고 목숨을 연명하는 민중들의 삶에 할 수 있는 것은 "서러워 마라"는, "때가 오리라"는 희망뿐이다.

> 너희들 크낙한 잠에서 깨어날 때
> 나는 오리라
> 작은 양떼와 희롱하는 햇무리로써.
> 나는 오리라
> 시냇물의 저즐거림에 발을 적신
> 나그네의 싱그런 얼굴로써.
>
> 너희들은 모른다,
> 달빛에 젖은 골짜구니의 깊이를.
> 바다, 물결 새에 떠도는
> 바람 소리를, 너희들은 잠들었으므로.
>
> ─「너희들 잠에서 깨어날 때」 부분

> 우러러 살피고
> 엎드려 귀 기울이던
> 슬기로운 혼령들이
> 오늘은 떼지어
> 위젓이 큰길을 가누나.

속삭이던 바람도
오늘은 맘놓고
윙윙거리다.
울기만 하던 벼락인들
어찌 정통으로
내리지 않으랴.

아우성은 뭉치어
한 덩어리로 밀어 오거니

섧고 외로웁던 겨레여
오늘은 마음 든든히
온 누리에 외치어라.

우리는 한결같이
타오르는 불기둥.

보라, 넘어선 담장에서
"짙은 피로 물들인
큰길은, 이제야 한 아름
젊은 태양을 안았노라"고

　　　　　　　　　　—「젊은 짙은 피로써 물들인 큰길에서」 부분

　1960년은 4.19 민주혁명이 일어난 해이다. 구자운은 당대 지식인으로서
학생과 국민들이 분기하여 일어난 사태를 두고 침묵하지 않는다. 「너희들

잠에서 깨어날 때」에서 "나는 오리라"는 다짐은 진실과 정의의 마음이 종내에는 올 것이라는 믿음에서 터져나온 것이다. 정의와 진실을 안고 오는 자는 "싱그런 얼굴"을 하고 있다. 이것을 모르는 "너희들"은 정치적 욕망에 사로잡힌 위정자나 권력자들일 것이다. 잠든 위정자들의 인식을 깨우겠다는 시적 화자의 단호한 의지가 엿보인다.

「젊은 짙은 피로써 물들인 큰길에서」에서 펼치는 거리의 저항은 젊은 영혼의 피를 보게 한다. 저항의 목소리는 온 거리에 가득하다. 시인은 "슬기로운 혼령들이" "떼지어 의젓이 큰길을" 간다고 했다. 진실을 담는 민중들의 목소리에 힘입어 "속삭이던 바람"까지도 "맘놓고/ 윙윙거린"다. "한 덩어리로 밀어 오"는 아우성은 "온누리에 외친다." 서럽고 외로운 나라의 환경 속에서 한결같이 타오르는 불기둥을 이룬다. 그 불기둥은 진실의 목소리가 만들어낸 민중의 상징이다. 또한 젊은 피로 물든 큰길은 젊은 태양을 안은 것이다.

이렇듯 구자운은 자신이 처한 현실적 고난을 개인의 사적 체험으로 그치지 않고 우리 모두의 체험으로 확장시킨다. 시적 삶의 체험을 우리들의 체험으로 끌어안는 시적 과정 속에서 공동체의식을 형성하게 한다. 1960년대라는 시대적 삶을 방기하지 않고 자신의 불행한 삶을 시대적 삶과 함께 견인하고 있는 것이 바로 구자운 시에 드러난 현실인식이다.

5. 결론

지금까지 구자운의 시를 통시적으로 살펴보면서 시에 드러난 이미지의 양상과 현실 인식의 방향을 살펴보았다. 구자운이 50년대에 발표한 시들은 새로운 시적 대상을 통해 이미지를 통해 잘 구현한 시편들이다. 구자운의 초기시에서 발견되는 공통적인 특징은 도자기, 수병, 항아리 등의 그릇류의 시적 대상을 사용한다는 점이다. 도기(陶器)로 대표되는 시적 대상을 통해 새김의 이미지, 즉 '각'의 이미지를 다양한 방법을 통해 표출하고 있다. 지금까지 각의 이미지를 분석하고 이를 통해 생명성을 지향하는 시의 특성을 살펴보았다. 다음으로 구자운의 많은 시에서 자주 반복되는 '바다'의 이미지를 분석하고 이를 통해 초월의식의 단초를 분석하였다. 구자운은 비운의 삶을 살다 조금 이른 나이에 쓸쓸히 죽어간 시인이다. 그럼에도 불구하고 자신의 비극적 삶을 체념하거나 자학하는 것보다, 자신의 삶을 공동체의 삶으로 확장시켜 더 넓은 인식의 지평을 보여주었다는 점에서 특징적이었다.

제4부

___

보유: 글쓰기의 제담론

오레오 글쓰기 교과의
효과적 수업 프로그램 방안 연구

1. 서론

본 논문의 목적은 '오레오 글쓰기' 교과를 실제 대학교 수업에서 실행하고, 이를 바탕으로 대학생 글쓰기 교과의 효과적 수업 프로그램 방안을 제시하려는 데 있다. 즉 새로운 글쓰기 교과목 개발을 통한 글쓰기 교육의 정체성을 성찰하는 데 큰 목적이 있다. 대학 글쓰기 교육의 가장 효율적인 방안은 여러 연구 성과를 통해 다양한 관점으로 제시되어 왔다. 글쓰기 교수자의 교육적 가치관이나 방법론에 따라 그 관점은 달라질 수 있겠지만, 학습자의 글쓰기 능력 향상이라는 측면에서는 모두 공통의 목표를 가진다고 할 수 있다.

글쓰기 교육 방법론이 현재에도 다양하게 연구되고 있고, 새로운 방법론이 교육에 적용되어 효과적인 교육의 가능성을 타진하고 있다. 글쓰기 교육이 교양교육의 가장 중요한 토대라는 관점 또한 끊임없이 제기되어 왔다.[1] 하지

---

1 "의사소통에 관련되는 교양교육(담론교육)이 학제적 교육의 중심 역할을 담당하는 것은

만 일반 사회의 글쓰기 교육과 대학의 글쓰기 교육과는 현저히 다른 측면을 안고 있다. 대학은 일반 시민사회의 교육과 다르게 학문과 실용이 복합된 형태로 운영되어야 하는 정체성을 가지고 있다. 즉 대학의 수업은 이론적 토대를 바탕으로 이론을 실습으로 구현하는 방법으로 진행되고 있다. 글쓰기도 다양한 이론과 모델이 있지만 이론과 실습이 합일되는 이론의 실용화는 그 간격이 쉽게 좁혀지지 않는다.

또한 현재의 대학 시스템은 장기간 글쓰기 교육에 몰입할 수 있는 환경을 제공해주지 않는다. 대학의 글쓰기 교육 시스템은 단시일 내에 글쓰기가 향상되는 효과를 발생해야 한다. 단시일에 자신의 생각과 감정을 글로 자유롭고 창의적으로 표현할 수 있는 글쓰기 방법 혹은 자신이 학습한 전공이론을 정확한 문장으로 쓸 수 있는 글쓰기 방법론이 중요하다. 즉 다음과 같은 진단은 적확한 부분이다.

> 글쓰기를 평가하는 데 있어서 가장 중요한 것은 학생 필자와 그가 산출한 텍스트를 해석하고 판단하여 글쓰기 교수─학습 방법을 개선하는데 도움이 되는 정보를 수집하고 그것을 글쓰기 교육에 활용함으로써 궁극적으로 학생 필자의 글쓰기 능력을 보다 더 향상시키는 데 기여하는 것이다.[2]

자연스러운 일이다. 왜냐하면 의사소통의 기본이 되는 읽기, 듣기, 말하기, 쓰기 교육은 각 전공분야들을 가로지르는 기초가 되기도 하지만, 동시에 각 전공분야들 간의 패러다임의 상호 교환은 이러한 의사소통을 통해서만 가능하기 때문이다. 의사소통에 관련되는 교양교육은 한편으로는 전문 지식을 배양하기 위한 토대이고, 다른 한편으로는 전문 분야들 간의 원활한 소통을 가능케 하는 '끈'이다."(서정혁, 「대학의 교양교육과 글쓰기 교육」, 『독서연구』 제15호, 한국독서학회, 2006, 364-365쪽 참조.)

2   김민정, 「대학 글쓰기 교육에서의 '반성적 쓰기'의 활용과 의의」, 『한국문학이론과 비평』 제45집, 한국문학이론과 비평학회, 2009, 452쪽.

결국 글쓰기는 학습자의 글쓰기 능력 향상이 가장 중요한 부분이다. 글쓰기 능력을 향상시키기 위해 다양한 독서, 가치관 형성, 자아 발견 등을 함께 교육하는 것이다.

글쓰기 교육에서 또다른 어려운 점은 교수자들과 학습자들의 생활방식과 의사소통 양상이 큰 차이를 보이고 있는 것이다. 학습자들은 오프라인보다 온라인을 통한 소통방식을 더 선호하고 있다. 이러한 생활방식은 글쓰기 차원에서도 그대로 적용할 수 있다. 즉 학습자 세대들에게는 텍스트를 오래 읽고 사유하여 길게 쓰는 방식의 언어보다는 인터넷이나 SNS를 통한 짧은 직관과 즉흥적 상상을 통한 언어가 훨씬 유용하게 작동한다. 이러한 토대에서 학습자들은 사유의 결과물로서의 글보다는 정보의 취합과 논리적 정합성에 의한 글을 선호한다. 이러한 부분들도 글쓰기 교육 현장에서 논구해야 할 사항이다.

지금까지 대학 글쓰기 교육은 교수자의 입장에 따른 관점과 목표 아래 다양한 방법론이 실천되어 왔다. 정희모는 다음과 같이 대학 글쓰기 교육의 관점을 정리한 바 있다.

> 최근의 대학 글쓰기 교육은 대개 '언어 기능', '다양한 문식성', '인문 교양', '사고력' 등에 초점을 맞추어 진행되고 있다고 분석된다. '언어 기능'에 초점을 맞춘 글쓰기 교육은 언어규범, 진술방식, 글의 형식, 논문작성법 등을 주로 가르친다. '다양한 문식성'을 강조하는 글쓰기 교육은 작문과 함께 독서, 토론, 발표를 두루 다룬다. '인문 교양'을 표방하는 글쓰기 교육은 영화, 소설을 비롯한 다양한 자료를 통해 특정한 담론을 접하고 그에 대해 글을 쓰게 하는 일종의 '학습을 위한 글쓰기(writing to learn)'를 강조한다. '사고력'을 중심에 놓은 교육은 문제를 분석하고 해결하는 과정을 통해 비판적 사고나 창의적 사고를 훈련시키려고 한다.[3]

이러한 관점은 현재까지도 다양한 명명과 방법을 통해 진행되고 있다. 글쓰기 교육은 분명한 목적과 방향을 가지고 실천해야만 효과를 발휘할 수 있다. 대부분의 대학에서 필수교양으로 글쓰기는 언어 기능이나 다양한 문식성을 개발하는데 초점이 맞추어져 있다. 인문 교양이나 학습을 위한 글쓰기 등은 교양 선택을 통해 심화하게 되어 있다.[4] 이번 연구에서는 '오레오맵'이라는 방법론을 통해 논리적인 글을 쓸 수 있는 교육 방법론의 사례를 제시하고 새로운 교육 프로그램을 제시하려고 한다.

2. 글쓰기 교육의 목표와 방향

현재까지 대학 글쓰기 교육은 여러 양상으로 분화되어 왔다. 2000년 이전에는 교수자 중심의 '대학 국어' 교육이었다. 이러한 교육 체계가 2000년 들어서면서 '글쓰기'를 교양필수로 지정하여 운영되었다. 글쓰기 교육은 2010년 정도까지 진행되다가 2010년 이후에는 전공 계열별 특성화를 감안한 전공 맞춤형 글쓰기로 변화되기도 하였다. 이러한 교육은 읽기와 토론과 쓰기가 결합된 교육이다.

대학생 글쓰기 교육은 여러 가지 측면에서 새로운 목표를 달성해야 한다. 첫째, 전공 교육의 글쓰기와 연계가 되어야 한다. 글쓰기 수업을 통해 전공 교과의 논문과 레포트도 잘 쓸 수 있는 기초를 마련해야 한다.

---

3 정희모, 「대학 글쓰기 교육의 현황과 방향」, 『작문연구』 1, 작문학회, 2005, 121-122쪽.

4 건양대의 경우 교양필수과목으로 『비판적 사고와 글쓰기』가 운영되고 있다. 이 강좌의 목표는 사회적 존재로 살아가기 위해 필요한 의사소통능력을 향상시켜 주는 데 있다(김병국 외, 『비판적 사고와 글쓰기』, 문경출판사, 2020, 4-5쪽). 교양필수과목 이후 교양선택으로서 심화 학습 강좌로 '오레오 글쓰기'를 제안하려고 한다.

둘째, 자신을 성찰하고 되돌아보는 글쓰기의 경험이 필요하다. '나는 누구인가'에 대한 자아정체성의 글쓰기 또한 중요하다.

셋째, 글쓰기를 통해 인문학적 사고력을 키워야 한다. 건강한 시민사회의 일원으로 성장하기 위해 자신의 생각과 가치관을 글로 표현할 수 있는 능력을 길러야 한다.

대학은 학술적 글쓰기를 통해 전공영역의 글쓰기와 연계해야 하는 목표를 가지고 있다. 학술적 글쓰기는 대부분 '논증적 글쓰기'의 원리를 원용하여 글쓰기 이론의 토대로 삼고 있다. 교수자들은 "대학글쓰기에서 논증적 글쓰기가 강조되는 것은 지금도 마찬가지이며 글에서 논리적인 요소가 강조되는 것은 기초적이며 필수적인 사안이기에, 학술적 글쓰기의 필수항목으로서 논리적 글쓰기가 강조되는 것"[5]에 대해 대부분 동의하며 수업 현장에 이를 적용하고 있다. 하지만 논증을 토대로 한 학술적 글쓰기의 경우에 다음과 같은 지적처럼 어려운 측면을 함유하고 있다.

> 학술적 글쓰기는 매우 다양한 논쟁의 함의를 내포하고 있다. 학술적 글쓰기는 대학의 담화 공동체를 대변하는데 정작 대학의 학문 활동이 너무 다양하여 무엇이 담화 공동체인지 알기 어려울 뿐만 아니라, 어떤 방식으로 학술적 글쓰기를 학습해야 대학의 학문 활동에 도움이 될 것인지에 대해서도 합의점을 찾기가 어렵다. 그리고 학술적 글쓰기가 실제 전공 글쓰기 학습에 도움이 되는지 회의적인 사람도 많다. 뿐만 아니라 많은 사람들은 읽고, 쓰는 문식성 자체가 평생 학습의 대상으로 대학만을 위한 글쓰기 학습이 꼭 필요한 것인지 문제를 제기하는 사람들도 있다.[6]

---

5   이승은, 「'대학글쓰기'의 특수성에 관한 한 고찰」, 『비교한국학』 vol.25, 국제비교한국학회, 2017, 319쪽.

6   정희모, 「대학 작문 교육과 학술적 글쓰기의 특성」, 『작문연구』 제21집, 한국작문학회, 30쪽.

또한 학술적 글쓰기가 아닌 정서적 글쓰기를 강조하기도 한다. 경희대의 후마니타스칼리지 글쓰기는 정서적 글쓰기를 강조한 교육 접근법을 보여준다. 경희대의 기초교과 '글쓰기 1 - 나를 위한 글쓰기'의 교육목표는 글쓰기를 통해 나의 삶을 돌아보고, 이를 바탕으로 너를 인식하여, 우리라는 연대감을 형성하고 공감하는 데에 이르는 것이다. 또한 글쓰기 교재의 커리큘럼도 '1장. 내 생애 최고의 순간', '2장. 내가 사랑하는 것', '3장. 나를 슬프게 하는 것들', '4장. 나에게 영향을 미치는 사람', '5장. 나를 둘러싼 것들' 등으로 이루어져 있어서 정서적, 자기성찰적 글쓰기를 강조하고 있다.

대학생 글쓰기는 이러한 관점을 통합적으로 운용해야 하는 목표를 가지고 있다. 특히 대학생 글쓰기 수업의 효과는 학술적 글쓰기의 향상으로 집중되어 있다. 대학 글쓰기 교재를 일별하여 내놓은 글쓰기 수업의 효과는 "논리적 글쓰기를 훈련시키는 것"으로 귀결된다.[7] 하지만 16주로 이루어진 한 한기의 글쓰기 수업을 통해 논리적 글쓰기가 향상되기란 쉽지 않다. 이를 계량화시키는 것은 더욱 힘든 작업이다. 현행 글쓰기 교과의 가장 큰 문제점이 바로 단시간에 글쓰기가 향상되지 않는다는 점이다. 여러 전공자들이 함께 공통적으로 수강하는 글쓰기 수업의 경우 공통의 목표인 '학술적 에세이'를 얼마나 잘 쓰는가에 대한 효과적 방법론이 필요하다. 대부분의 논증적 학습도구는 학습자의 입장에서 복잡하고 어렵게 느껴질 수 있다. 글쓰기는 이론을 깊게 생각하지 않고 선형적으로 써나가는 경험이 축적되어야 동력이 생긴다. 그러므로 논리적 글쓰기 향상이라는 글쓰기 수업의 효과를 가장 빠르고 쉽게 학습시키는 도구로서 '오레오 글쓰기'를 제안한다.

---

[7] "'대학 글쓰기'는 대학 신입생을 대상으로 한 학기 16주 이하의 기간 안에 학술적 글쓰기라는 특정 양식을 학습시키는 것을 수업의 목표로 두고 있는 교과목이다. 대학생에게 학문공동체에서 이루어지는 글쓰기인 논리적 글쓰기를 훈련시키는 것을 수업의 공통적 세부목표로 설정하고 있는 것이다."(이승은, 앞의 책, 338쪽.)

건양대학교에서 수행하는 교양선택 글쓰기 교과목인 <오레오 글쓰기>는 새로운 교육 목표를 제시하려는 하나의 방법론이다. 오레오를 통한 글쓰기의 목표는 자신의 생각과 의견을 논리적으로 표현할 수 있는 능력을 기르는 데 있다. 이러한 목표를 달성하기 위해 오레오를 통한 개인별 글쓰기, 첨삭, 고쳐쓰기, 일대일 피드백의 과정을 거치도록 한다. 즉 오레오 글쓰기의 방향은 글쓰기의 결과보다는 한 편의 좋은 글을 쓰기 위한 여러 과정을 경험하고, 이 경험의 집적을 통해 다양한 분야에 대한 자신의 관점을 글로 표현하고 전달하는 능력을 기르도록 하는 데 있다. 오레오맵을 통해 쉽고 빠르게 논리적인 글을 학습할 수 있는 모델을 제시하려 한다.

오레오(OREO)는 'Opinion-Reason-Example-Offer/Opinion'의 줄임말로서 하버드대학교에서 글쓰기 방법론으로 수행하여 큰 효과를 얻고 있는 프로그램이다. 오레오(OREO) 용어에 대한 국내외의 학술적 논의는 아직 부족한 실정이지만 글쓰기 방법에 대한 교육적 논의는 끊임없이 이어지고 있다. 오레오 용어에 대한 학술적 개념 정리는 손민영[8]이 유일하다. 손민영은 "실제 쓰기를 위해 수집된 정보의 평가 및 재구성에 조력하는 글쓰기 틀"로 규정하여 "힘글쓰기(Power Writing)에서 사용하는 의사전달 구조를 명명한 것으로 국내의 연구는 논술문쓰기에서 주로 다루고 있으나 미국에서는 에세이 쓰기에서도 적극 활용되고 있"는 점을 강조하여 용어를 정립하고 있다. 또한 오레오에 대한 선행연구로 정준희[9]와 임재춘,[10] 송숙희[11]를 들고 있다. 송숙희

---

8   손민영, 「이미지 리터러시와 직유를 활용한 자기발견 글쓰기」, 『문화와 융합』 41권 5호, 한국문화융합학회, 2019, 478-480쪽 참조.

9   정준희, 「'힘글쓰기'를 활용한 논술쓰기 지도방안 연구」, 한국교원대학교 교육대학원 석사학위논문, 2009.

10   "오레오맵 혹은 힘글쓰기의 선행연구로 임재춘(『한국의 직장인은 글쓰기가 두렵다』, 북코리아, 2005)은 미국에서 실용 글쓰기 방법으로 널리 사용되고 있는 힘글쓰기(Power Writing)를 소개하며 글쓰기에 어려움을 느끼는 사람들을 위한 도식을 제안하였다. 학술적 글쓰기

는 오레오맵 형식을 구체적 방법론으로 제시하면서 이를 통해 "인지적 글쓰기와 정의적 글쓰기의 활용을 통해 오레오맵의 범용성을 확인"[12]하고 있다. 이러한 논의의 오레오를 글쓰기 교육 방법의 모델로 사용하고자 한다.

오레오맵은 다음과 같은 간단한 과정을 거쳐 글이 완성될 수 있도록 한다.

① Opinion(의견 제시) : ~하려면 ~하라

② Reason(이유/근거 대기) : 왜냐하면 ~이기 때문이다.

③ Example(사례 들기) : 예를 들면

④ Offer/Opinion(제안/강조하기) : 그러므로 ~이다. ~하라.

이러한 과정을 반복하여 글을 쓰다 보면 논리적인 글을 쉽게 쓸 수 있으며, 글쓰기의 모델을 교육할 때 유용하다. 특히 한 편의 글을 쓸 때마다 교수자와 학습자는 LMS 온라인시스템을 통해 서로 피드백을 수행한다. 수업 시간 중 대면지도 프로그램이 가장 큰 효과를 볼 수 있고 대부분의 교수자는 "교수자와 학생이 직접 대면하여 학생이 쓴 글을 비판적으로 분석하고 개선 방향을 논의하는 것이 소통능력으로서의 글쓰기 실력을 향상시키는 가장 효과적인 방법이라는 공통의 인식"[13]을 가지고 있다. 하지만 현장의 수업 운영상 어려운 점이 많기 때문에 온라인 첨삭 시스템을 활용하고 있다. 첨삭 피드백의 중요성은 이미 많은 대학에서 글쓰기의 가장 효과적인 방법론으로 시행하고 있으며, 수업 외 클리닉 과정을 마련하여 '클리닉'의 형식으로 보충 학습

부터 에세이까지 적용할 수 있는 미국의 실용문쓰기 기법을 국내에 도입하여 쓰기 부진의 해결 방안을 명료히 제안하였다."(손민영, 앞의 책, 479쪽.)

11 송숙희, 『150년 하버드 글쓰기 비법』, 유노북스, 2018.

12 손민영, 앞의 책, 480쪽.

13 김치헌·원만희, 「글쓰기 상담지도 모형 연구」, 『반교어문연구』 40권 40호, 반교어문학회, 2015, 602쪽.

을 하는 대학도 많은 실정이다.[14]

이러한 교육 방법은 기존 결과중심의 글쓰기 교육에서 과정 중심의 글쓰기 교육으로 전환하여 적용할 수 있는 사례이다. 즉 "기존 결과 중심의 글쓰기 교육이 텍스트의 완성도를 강조하여 어휘, 문장, 단락에 관한 학습에 치중한 데 비해서, 과정 중심의 교육은 글쓰기 과정을 단계별로 학습하고 그때그때 필요한 전략을 활용하게 함으로써 글쓰기 교육을 한층 체계화하고 그 효과를 높이는 데 기여"[15]할 수 있는 방법이다. 또한 교수자와 학습자가 모델을 교육하고 학습하여 적용하는 데 쉽고 빠르다. 교육 모델은 빠르고 쉽게 학습한 후 이 모델을 실제 글에 적용하여 피드백을 하면 효과적인 교육적 결과를 얻을 수 있다.

3. <오레오 글쓰기> 수업 프로그램

3.1. 오레오맵 방법론을 통한 글쓰기 강좌 현황

오레오를 통한 글쓰기 수업은 하버드대학교의 사례가 가장 잘 알려져 있다.[16] 하버드대 글쓰기 강좌의 명칭은 '논증적 글쓰기 수업(Expos, Expository

---

14 "2000년대 이전 '대학국어' 또는 '대학작문'에서 과제를 통해 교수자의 '평가'를 받던 글쓰기 지도 방식이 지도자와 학습자 간 소통의 필요성이 점차 인식되면서 첨삭 피드백의 중요성도 함께 부각되었고 <서면 첨삭> 지도로 보편화 되었다. 그리고 현재는 대학 글쓰기 강좌나 글쓰기를 담당하는 대학 내 기관에서 공통적이고 균질한 글쓰기 '첨삭 지도'를 우선적으로 채용하고 있다."(권정현, 「대학 글쓰기 교과를 위한 온라인 첨삭 프로그램 운영 요건과 개선 방안」, 『사고와표현』 32권 2호, 한국사고와표현학회, 2020, 36쪽.)

15 김민정, 앞의 글, 451면.(다른 참고자료로는 최은영, 「'글쓰기' 과목의 과정중심주의 평가 방법 연구」, 『순천향 인문과학논총』 제37권 3호, 순천향대학교 인문과학연구소, 2018, 199-221쪽 참조.)

Writing Program)'이다. 하버드대에서 가장 중요하게 생각하는 신입생 강좌로 널리 알려져 있다. 하버드대는 1872년 'Freshmen English'라는 글쓰기 과목을 개설한 이후 모든 신입생이 필수적으로 한 학기 동안 글쓰기 강좌를 수강하게 한다.

하버드대 글쓰기 교육은 글쓰기센터(Harvard College Writing Center)를 통해 이루어진다. 글쓰기센터는 "하버드대 대학 글쓰기 프로그램의 일부로서, 학부생들이 특정한 과제부터 일반적인 글쓰기 기술에 이르기까지 모든 영역의 글쓰기에 대해 도움을 제공한다. 글쓰기센터는 웹사이트를 통해 글쓰기 과정 전반에 대해 상세히 안내하고 있"[17]음을 알 수 있다. 하버드의 논증적 글쓰기를 통해 학생들에게 광범위한 주제에 대해 조사하고 토론을 한 후 글을 쓰게 한다. Expos강좌는 하버드에서 수강하게 될 가장 집중적인 수업이며, 아이디어를 작성하고 수정하고 이를 글로 발표하는 일에 집중할 수 있는 유일한 수업임을 밝힌다. 또한 일대일 피드백 수업이므로 교수자로부터 가장 개인적인 관심을 받을 수 있는 수업이기도 하다. Expos수업 이후에는 'Expos Studio 10' 강좌를 통해 심화 수업을 한 번 더 거치게 하고, Expos Studio 10을 통과한 학생들은 마지막 글쓰기 강좌인 'Expos Studio 20'을 수강한다.[18]

하버드에서는 학생들에게 글쓰기를 교육하며 매년 커리큘럼을 개선하고 있다. 전공에 상관없이 하버드의 모든 학생들은 글쓰기 수업을 통해 글을 써서 평가를 받는다. 논증적 글쓰기 프로그램의 목표는 창의적이면서도 논리적이고 설득력 있는 인재를 양성하는 것이다.

---

16 이에 대한 대표적인 논의는 이혜진(「한국의 대학 교양 글쓰기 교육의 현황과 미래」, 『한국문예창작』 18권 3호, 한국문예창작학회, 2019)과 박춘희(「대학의 학술적 글쓰기에서 개요 작성 지도 방법론과 개선 방안」, 『국제어문』 81권 81호, 국제어문학회, 2019)를 들 수 있다.

17 박춘희, 위의 글, 308쪽.

18 하버드대 '논증적 글쓰기 수업(EXPOSITORY WRITING)' 누리집 http://www.fas.harvard.edu/~expos 참조.

이러한 하버드 글쓰기 수업의 핵심을 정리한 글쓰기 도구가 바로 '오레오 맵'이다. 오레오맵은 "논리 요소에 맞추어 생각과 자료를 배치해 설득력 있는 메시지를 개발하는 프레임워크이자, 글쓰기에서 가장 중요한 작업인 쓸거리를 기획하는 데 필요한 과정을 압축해 놓은 발상 기법"[19]이라고 할 수 있다. 이 방법론을 이용하면 쉽게 핵심 내용을 전달하고 자기가 원하는 방향으로 글을 쓸 수 있다.

오레오맵을 활용한 글쓰기 강좌는 현재 크게 활성화되어 있지 않다. 『150년 하버드 글쓰기 비법』을 저술한 송숙희의 강좌가 이 활용법을 보여준 사례에 해당하며[20] 대학 내에서는 거의 전무한 실정이다.

3.2. 교과 목표 및 수업 운영 예시

건양대학교 <오레오 글쓰기> 수업은 한 학기 동안 오레오 글쓰기를 통해 수업을 진행한 사례에 해당한다. <오레오 글쓰기>(교과목 번호 00020L)는 제6 교양선택 교과목이다.[21] <오레오 글쓰기> 수업은 건양대학교 교양 필수 교과목인 <비판적 사고와 글쓰기>를 수강한 학생들이 2학년 때부터 심화 학습을 할 수 있는 교과이다. <비판적 사고와 글쓰기>가 기초적인 글쓰기 원리와

---

19 송숙희, 『150년 하버드 글쓰기 비법』, 유노북스, 2018, 15면.
20 송숙희(같은 책)는 하버드대학의 글쓰기 교육에 대해 설명하고 책 전체를 오레오를 통한 글쓰기 방법을 다음과 같은 글의 종류에 따라 설명하고 있다. "하버드 대학교에서 가르치는 글쓰기 기술을 도구화한 '오레오맵' 하나만 익히면 됩니다. 그러면 보고서, 기획서, 제안서부터 프레젠테이션 자료, 이메일, 보도 자료, 연설문까지 비즈니스에 수반되는 다양한 글을 거뜬히 쓸 수 있습니다. 또한 블로그 포스트, 웹 콘텐츠, 링키드인 프로필, 소셜 미디어 타임라인 등 직업인으로서 성공을 좌우하는 글도 얼마든지 쉽고 빠르게 쓸 수 있습니다." (18-19쪽)
21 이 교과목에 대한 구체적인 설계 내용은 다음 장 '효과적 프로그램 방안'에서 자세히 기술한다.

체계를 다루고 있다면 <오레오 글쓰기>는 실전 현장에서 필요한 글쓰기의 방법과 글쓰기 체험을 중심으로 이루어져 있다. 오레오를 활용한 글쓰기를 잘 하기 위해 수업 초기에는 글쓰기 활용 '워크시트(worksheet)'를 이용하여 글을 쓰게 한 후 피드백을 했다.

[표 1] 건양대 '오레오 글쓰기' 학습자 과제

워크시트 ㅣ 오레오맵으로 제안서 쓰기	
	0000학과 000
도입부	맞춤형화장품조제관리사란 우리나라가 전 세계에서 처음으로 시도하는 제도로서, 소비자 요구에 따라 제조·수입된 화장품을 덜어서 소분(小分)하거나 다른 화장품의 내용물 또는 원료를 추가, 혼합한 화장품을 말한다. 화장품 법이 개정이 되면서 맞춤형 화장품 판매업자는 판매업소에 맞춤형화장품조제관리사를 1명 이상을 두어야 한다. 이로써 맞춤형 화장품 조제관리사의 중요성이 더욱 부각되고 있는 상황이고 앞으로는 맞춤형화장품조제관리사의 일자리가 매우 늘어날 것으로 보인다.
Opinion (의견 제시)	외국에서는 현장에서 개개인의 피부 검사 후 맞춤형 파운데이션을 제조하여 판매하는 시스템이 구축되어있다. 이 또한 우리나라와 공통적으로 특수한 조건을 갖춘 사람만이 맞춤형 화장품을 제조 할 수 있게 되어있다. 우리나라 또한 맞춤형화장품조제관리사가 개개인의 피부에 맞추어 스킨케어 제품, 베이스 메이크업 제품 등을 제조하여 판매한다면 K-뷰티의 전망이 더 더욱 밝지 않을까 생각한다.
Reason (이유/근거 대기)	K-뷰티가 전 세계적으로 뜨고 있는 데도 불구하고 외국에 뒤쳐지는 것이 있는 이유는 미국이나 영국, 호주 등 서양의 나라들은 다양한 인종이 더불어 살아가기 때문에 기초 화장품이나 베이스 메이크업 제품의 색상이 다양하다는 것이다. 종종 인터넷 기사에서 K-뷰티에 대한 설문조사를 보면 베이스 메이크업 제품의 색상이 부족하다는 의견을 많이 볼 수 있는데 이러한 문제는 개개인에 맞추어 맞춤형 화장품을 조제하는 것으로 충분히 해결할 수 있다.
Example (사례 들기)	실제로 화장품 브랜드인 '이니스프리'에서 컬러, 제형, 커버력까지 나에게 맞출 수 있는 파운데이션인 '마이 파운데이션'이 출시를 했었고 현재까지도 꾸준히 판매가 되고 있다. 자신의 피부에 맞게, 취향에 맞

	게 화장품을 선택 할 수 있다는 점이 소비자의 이목을 이끌었고 소위 말해서 인생 파운데이션이라는 것을 찾았다는 소비자들이 많아졌다. 이니스프리의 마이 파운데이션은 맞춤형 화장품의 첫 걸음을 내딛었다고 생각한다. 마이 파운데이션의 SWOT 분석을 통해서 더욱 좋은 맞춤형 화장품을 만들어 판매할 수 있다고 생각한다.
Offer/ Opinion (제안/강조 하기)	전 세계에 있는 모든 사람들은 피부의 성질이 다르며 메이크업 제품에 대한 취향도 다 다르다. 하지만 맞춤형 화장품이 계속해서 발전하고 또 수정해서 고쳐 나간다면 전 세계에 있는 사람들의 개인 취향에 더욱 가까워 질 수 있다고 생각한다. 이러한 맞춤형 화장품 사업은 앞으로도 쭉 미래 지향적이라고 확신하고 더욱 K-뷰티로써 어떠한 나라보다 더욱 빨리 자리 잡았으면 좋겠다는 의견이다.

위의 글은 학습자가 오레오 워크시트를 이용하여 글쓰기 실습을 한 후 제출한 과제이다. 교수자가 학습자에게 제시한 글쓰기의 주제는 '자신의 전공에 맞는 청년 창업 아이템을 제안하시오.'이다. 주제를 제시하면서 요구한 과제 사항은 오레오맵을 활용하여 워크시트를 작성하라는 것이었다. 오레오의 구조에 맞추어 의견 제시-이유 대기-사례 들기-제안, 강조하기의 전개를 습득하기 위해 워크시트를 사용하였다. 학습자는 워크시트를 통해 글의 논리 전개구조를 체험적으로 익히고, 이러한 반복적 학습을 통해 자연스럽게 논리적 글을 쓸 수 있는 능력을 기르게 하는 효과를 달성할 수 있다.

위 예시는 중간 정도 수준의 과제물 중에서 선택한 것이다. 학습자는 의료공학계열 학생으로서 자신의 학과 특성에 맞게 맞춤형화장품조제관리사 제도라는 주제를 잘 선택하였다. 긴 문장은 짧게 쓰는 연습을 해야 더 좋은 문장이 된다는 점을 피드백했다. 특히 여러 군데 문장의 비문을 바로잡고, 중복되는 문장을 정리하고, 긴 문장을 짧고 바르게 쓰게 하는 내용의 첨삭을 했다. 이러한 첨삭 후에 다음과 같은 피드백을 했다.

[표 2] 건양대 '오레오 글쓰기' 교수자 피드백

	교수자 피드백 내용
도입부	도입부를 개념정의로 시작하고 있다. 일반인들이 잘 모르는 용어에 대해 개념을 정의하면서 시작을 하면 정보 전달에 좋은 효과가 있다. 특히 '맞춤형화장품조제관리사'라는 직업의 중요성이 부각되는 현장을 잘 드러내어 논지전개에 힘을 주었다. '맞춤형 화장품 조제관리사'는 글의 중요한 용어이기 때문에 띄어쓰기를 통일하는 게 좋겠다.
Opinion (의견 제시)	의견을 제시할 때는 분명히 하는 게 좋다. 주장하는 단락에서는 두괄식으로 전개하면 훨씬 효과적이다. 아직 우리나라에는 없는 맞춤형화장품조제관리사가 꼭 필요하다는 내용을 단락의 앞부분에 배치한다면 더욱 설득력있는 글이 될 것이다. 마지막 문장 중에서 "K-뷰티의 전망이 더 더욱 밝지 않을까 생각한다."와 같은 부분은 글의 마지막에 배치하는 게 적절하다. 글의 결론에는 앞으로의 전망을 담는 경우가 많기 때문이다.
Reason (이유/근거 대기)	이유나 근거는 여러 가지를 들면 더욱 설득력있는 글이 된다. 외국의 사례와 다른 우리나라의 사례에 대한 근거가 피부색에 맞는 파운데이션이다. 이 외에 좀 더 다른 논거를 하나 더 제시한다면 하는 아쉬움이 있다. "이유는 ~ 때문이다."의 문장구조를 되풀이해서 이유의 설득력을 높이는 것도 좋은 방법이다.
Example (사례 들기)	이니스프리라는 화장품을 예로 들어 잘 설명했다. 마지막 부분에 이니스프리와 비슷한 효과를 가지고 있는 다른 화장품의 브랜드 이름 몇 개를 더 열거해준다면 훨씬 논리가 탄탄해질 것이다.
Offer/ Opinion (제안/강조 하기)	제안하거나 강조할 때에는 주장하는 단락의 내용을 다시 언급해서 강조해야 한다. 이 글의 주장은 '맞춤형화장품조제관리사'의 필요성을 역설하는 것이다. 하지만 마지막 부분에 와서는 맞춤형 화장품 사업이 잘 되어야 한다는 것으로 끝을 맺고 있다. 주장의 글과 마지막의 논리가 맞지 않는다. 마지막 부분에서는 '맞춤형화장품조제관리사'가 정말 필요한 이유를 다시 한번 언급하거나, 이 직업의 미래와 전망을 제시하거나, 이 직업이 우리나라에 잘 안착될 수 있는 방법을 제안하는 글이 되어야 한다.

위 2편의 과제를 보면 모두 A4 한 장의 분량으로 글을 쓰고 있다. 교수자는 학습자에게 정확한 분량의 과제를 제시하여 그 분량을 통해 논리를 만들어나

가는 연습을 계속 해나갈 수 있는 기회를 만들어준다. 즉 1200자~1500자 내외의 분량이나 원고지 8~10매 내외의 칼럼 분량의 글이 논증적 글쓰기를 할 수 있는 최적의 분량이다. 이를 통해 자신의 논리적 사고를 글로 표현할 수 있다. 이런 과제와 피드백을 통해 글쓰기가 향상될 수 있다.

글쓰기는 훈련과 반복을 통해 향상될 수 있다. 그러기 위해서는 피드백이 중요하다. 학습자는 피드백을 위해서 더욱 글쓰기에 집중하게 되며, 교수자 또한 학습자의 글이 얼마만큼 향상되어 가는지 확인할 수 있다. 위의 피드백 이 반복되면서 학습자는 어떻게 글을 쓰는지 인식하며, 부족한 부분을 확인 하게 되면서 글쓰기가 향상된다.

4. 효과적 수업 프로그램 방안

오레오 글쓰기 수업 모델을 효과적으로 설계하기 위해서는 기존 글쓰기 교육 과정의 부족한 부분이 무엇인지를 먼저 파악하는 것이 중요하다. 건양 대학교에서는 1학년 교양 필수 교과목인 <비판적 사고와 글쓰기>를 수강하 는 학생들을 대상으로 '글쓰기 교과 운영과 학습자 만족도 조사 결과'를 시행 했다. 설문조사의 목적은 글쓰기 강좌를 통해 학습자의 만족도를 계량화하 고, 학습자의 요구가 무엇인지 파악하며, 최종적으로는 글쓰기 수업이 대학 에서 꼭 필요한 프로그램임을 객관적으로 수치화하는 데 있다.

글쓰기 교과 운영과 학습자 만족도에 대한 조사는 2019년 2학기 건양대 교양필수 교과인 '비판적 사고와 글쓰기'를 수강하는 학생들을 대상으로 시 행하였다. 분석 결과는 지방사립대학이며 실용학과가 대부분이고 취업을 중 점으로 하는 대학의 특성을 감안하여 파악해야 한다.

[표 3] 글쓰기 교과 운영과 학습자 만족도 조사 설문 내용

응답자 750명

	설문	←그렇지 않다 →매우 그렇다
1	여러분이 속한 단과대학은 어디입니까?	1 2 3 4 5
2	글쓰기 수업을 통해 가장 얻고 싶은 것은 무엇입니까?	1 2 3 4 5
3	글쓰기 수업을 통해 가장 도움을 받고 싶은 영역은?	1 2 3 4 5
4	이 수업은 글쓰기 능력 향상에 도움이 되었다.	1 2 3 4 5
5	이 수업에서 배운 글쓰기 방법은 전공학습에도 도움이 되었다.	1 2 3 4 5
6	글쓰기 수업에서 교재 활용도는 높은 편이다.	1 2 3 4 5
7	교양교육에서 현재의 글쓰기 강의는 중요하고 더 강화되어야 한다.	1 2 3 4 5
8	주 2시간의 글쓰기 수업은 부족하다.	1 2 3 4 5
9	토론과 조별 활동 중심으로 강의가 이루어졌으면 좋겠다.	1 2 3 4 5
10	이론보다는 실습과 발표 중심으로 강의가 이루어졌으면 좋겠다.	1 2 3 4 5
11	현재 사용하는 교재의 수준과 내용은 적절하다.	1 2 3 4 5
12	글쓰기 수업은 전공과 학과 특성을 반영하여 계열별로 이루어져야 한다.	1 2 3 4 5
13	교양선택 과목으로도 글쓰기 강좌가 개설되었으면 좋겠다.	1 2 3 4 5

학습자 만족도 조사는 총 13개의 항목으로 질문을 설계했다. 전혀 그렇지 않다 → 매우 그렇다까지 5구간으로 나누어서 응답을 구성했다. 1은 최하에 해당하며 5는 최고에 해당한다. 학습자 결과 1, 2구간까지는 부정평가에 해당하며 4, 5구간은 긍정평가에 해당한다. 3구간은 긍정도 부정도 하지 않는 중간지점의 평가에 해당한다. 새로운 글쓰기 수업 프로그램을 설계하면서 의미있게 분석해야 할 결과값은 2, 7, 8, 9, 10, 13번 질문에 대한 학습자의 결과사항이다.

1. 여러분이 속한 단과대학은 어디입니까?

2. 글쓰기 수업을 통해 가장 얻고 싶은 것은 무엇입니까?

[그림 1] 글쓰기 교과 운영과 학습자 만족도 조사 결과 1

3. 글쓰기 수업을 통해 가장 도움을 받고 싶은 영역은?

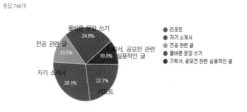

[그림 2] 글쓰기 교과 운영과 학습자 만족도 조사 결과 2

만족도 조사는 다양한 단과대학의 전공자들이 참여했다. 의과학대학, 재활복지대학, 글로벌경영대학, 군사경찰대학, 프라임창의융합대학의 학생들이 설문에 참여했다. 설문참여자는 총 750명 내외이다. 현재 대학생들이 글쓰기 수업을 통해 가장 얻고 싶은 것으로는 사회생활에 도움이 되는 실용적인 글쓰기(35.6%)를 원하는 것으로 드러났다. 다음으로는 전공학습에 도움이 되는 글쓰기 능력(25.4%), 창의력을 향상시킬 수 있는 글쓰기 능력(18%), 문학적 정서적 글쓰기 능력(13.4%)의 순으로 나타났다. 이러한 지표로 보았을 때 대학생들은 취업과 실용에 직접 연관되는 글쓰기가 가장 요구된다고 분석된다. 이런 경향은 '글쓰기 수업을 통해 가장 도움을 받고 싶은 영역'에 대한 설문과도 연결된다. 자기소개서(28.1%), 올바른 문장 쓰기(24.9%), 리포트 (22.7%) 등의 순서로 나타났는데, 이는 대학 생활 내에서 가장 실용적으로 가장 필요한 부분이 먼저 필요한 것으로 파악할 수 있다.

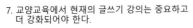

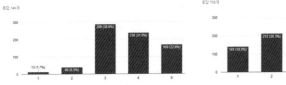

[그림 3] 글쓰기 교과 운영과 학습자 만족도 조사 결과 3

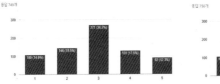
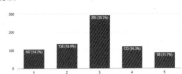

[그림 4] 글쓰기 교과 운영과 학습자 만족도 조사 결과 4

7번 질문 항목에서는 글쓰기 수업에 대한 학습자의 인식이 어떠한지를 묻는 내용이다. 답변을 보면 3구간에서 38.6%, 4구간에서 31.8%, 5구간에서 22.6%의 결과값이 산출되었다. 긍정평가가 54%에 해당하며, 간접적인 긍정 평가라고 할 수 있는 3구간까지 합산한다면 93%에 달한다. 글쓰기 강의가 중요하고 더 강화되어야 한다는 학습자의 요구가 크다는 점을 확인할 수 있다. 글쓰기 수업에 대한 내용은 기존에 해왔던 주당 2시간이면 충분하다는 답변이 큰 퍼센트를 차지했다. 부족하지 않다는 답변인 1구간이 18.8%, 2구간이 28.3%에 해당한다. 긍정도 부정도 아닌 답변이 37.3%이다.

9번과 10번 설문 항목에서는 학습자가 요구하는 수업방식에 대한 결과값이다. 토론과 조별 활동을 중심으로 강의가 이루어졌으면 좋겠다는 질문에는 긍정평가인 4구간(17.5%), 5구간(12.3%)이 29.8%이며 부정평가인 1구간(14.6%), 2구간(19.5%)이 34%이다. 부정평가가 조금 높은 수치로 평가되었다. 이론보다는 실습, 발표 위주의 강의였으면 좋겠다는 답변으로는 긍정평가인 4(16.3%), 5(11.7%)구간은 28%이며, 부정평가인 1(14.3%), 2(18.4%)구간은 32%로 집계되었다. 수업운영과 관련해서는 모둠활동이나 발표중심의 수업보다는 개인글쓰기나 과제 중심의 수업을 원하는 학습자가 조금 더 많은 수치를 보여주었다. 이 부분은 향후 수업의 운영 방법에 개선이 필요해 보인다.

13. 교양선택 과목으로도 글쓰기 강좌가 개설되었으면 좋겠다.

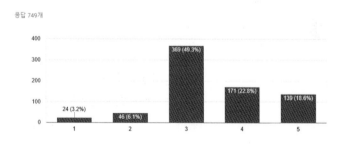

[그림 5] 글쓰기 교과 운영과 학습자 만족도 조사 결과 5

마지막 설문 13은 교양선택 과목으로 글쓰기 강좌 개설 수요 요구에 해당하는 내용이다. 이 부분은 긍정평가가 압도적으로 높다. 교양선택 과목으로도 글쓰기 강좌가 개설되었으면 좋겠다는 설문에 긍정평가인 4구간은 22.8%, 5구간은 18.6%로 총 41.4%에 해당하며 중간평가까지 합한다면 90%에 달한다. 부정평가인 1, 2구간은 합해서 9.3%에 지나지 않는다.

현행 교양 필수 글쓰기 교과에 대한 학습자 만족도 조사 결과값을 분석하면 몇 가지 항목의 문제점을 발견할 수 있으며 이를 표로 정리하면 다음과 같다.

[표 4] 현행 글쓰기 교과의 문제점 분석

항목	내용
학습자 요구	학습자들은 글쓰기의 이론보다 실용적 글쓰기 수요가 더 많음.
글쓰기 수업에 대한 학습자 인식	글쓰기 수업에 대한 중요성 크게 인식함
주당 수업 시간에 대한 학습자 인식	주당 수업시간 현행 2시간 적절하다고 파악함
학습자 요구 수업방식	토론, 조별활동, 발표, 실습 등을 모둠으로 하는 것보다 개인실습으로 하는 것을 더 선호함. 수업 운영 개선 필요.
교양선택 교과목 학습자 요구	2학년 이상 글쓰기 교양선택 교과목 전무하여 꼭 필요함.

교양 필수 교과는 1학년 신입생들의 글쓰기 수업에 맞추어져 있다. 그렇기 때문에 2학년 이상 실용적인 목적의 글쓰기 수업에 대한 학습자의 요구가 크게 있음에도 불구하고 건양대학교의 경우 다양한 글쓰기 교양선택 교과가 전무한 실정이다. 위 항목을 개선하며 수정 보완할 수 있는 교과목으로서 오레오 글쓰기를 개발한다. 오레오맵을 활용한 글쓰기 방법은 단기간에 글쓰기를 향상시킬 수 있는 효과적인 방법이다. 이런 이유로 오레오맵을 활용한 글쓰기 교양 교과목 프로그램을 개발하였다. 다양한 글쓰기의 분야를 오레오

를 활용하여 직접 써보는 실전 수업이다.

현행 글쓰기 교과의 문제점에 대한 항목을 보완할 수 있는 오레오 글쓰기 교과 프로그램 개발 방안을 몇 가지 방향으로 항목화하면 다음과 같다.

[표 5] 오레오 글쓰기 교과 필요 항목

항목	프로그램 기획 내용
교과목 목표	글쓰기를 통한 논리적 전달 능력, 의사소통 능력
학습 성과	능동적인 읽기와 쓰기, 논리적 글쓰기 향상, 다양한 분야의 글쓰기 경험
수업 형태	주당 2시간 / 강의, 팀활동, 개인 글쓰기 실습, 발표
역량 증진 방안	의사소통, 창의적 문제 해결, 자원활용
평가 항목	실습 배점 높게 설계: 출석, 정기시험(중간, 기말), 글쓰기 실습, 팀활동
수업 주제 항목	오레오맵 학습 → 스토리, 문학테라피, 논증, 문화비평, 홍보 마케팅, 사회와 세계인식, 창의력 분야의 글쓰기

위의 항목을 실제 수업 프로그램으로 구현하기 위해 세부적인 프로그램 내용을 설계하였다. 가장 먼저 강좌 제목은 <오레오 글쓰기(OREO Map Writing)>로 잡고 학점은 2학점 2시간으로 편성한다. 오레오를 통한 교과목 목표 항목과 학습 성과 항목은 아래와 같이 세부내용을 설계하였다.

[표 6] 오레오 글쓰기 학습목표와 성과

학습 목표 항목	학습 성과 항목
1. 능동적·비판적으로 생각하고 논리적으로 표현할 수 있는 통합적 의사소통 능력을 기른다.	1. 개인적·사회적 행위로서의 글쓰기의 필요성을 인식하고 능동적으로 읽기·쓰기를 할 수 있다.
2. 오레오맵을 통해 글쓰기를 실습한다. 이를 통해 자신의 생각을 논리적이고 창의적으로 전달하는 힘을 기른다.	2. 오레오맵의 중요성과 방법을 익히고 이를 글쓰기에 활용할 수 있다.

3. 오레오맵을 활용한 글쓰기, 개인별 글쓰기와 첨삭를 통해 학생들의 글쓰기 능력과 의사소통 능력을 기른다.	3. 오레오맵을 활용하여 글쓰기를 수행하고 피드백함으로써 글쓰기 능력을 심화할 수 있다.
4. 계열별 학문적 특성과 산업현장의 요구에 부합하는 전문적, 실용적인 글쓰기 능력을 향상시킨다.	4. 논리적, 창의적, 정서적 글쓰기 등 다양한 분야의 글쓰기를 체험하여 글쓰기에 대한 자신감을 얻을 수 있다.

<오레오 글쓰기>의 주교재는 매주 수업에 맞는 이론 혹은 읽기 자료를 제시하고자 한다. 대신 글쓰기와 관련된 주요 참고문헌을 제시하여 보충학습을 돕도록 하였다.

글쓰기 수업을 통해 학습자는 어떠한 역량을 증진할 수 있을 것인가. 글쓰기는 계량적 수치로 학습자의 능력을 판단하기 어려운 측면이 있다. 그러므로 학습자 역량 증진의 내용을 수치화할 수 없다. 글쓰기 향상은 오랜 시간이 걸리며, 읽기와 함께 나아가야 효과적이다. 수업은 글쓰기의 습관을 만들어주며, 좀 더 쉽게 글쓰기에 다가갈 수 있는 길잡이 역할을 해준다. 또한 많은 분야의 글을 다양하게 접해봄으로서 글쓰기에 대한 두려움을 없애주는 것이 가장 중요한 글쓰기 수업의 현실이다. <오레오 글쓰기>는 다음과 같은 역량 증진을 위한 방안을 마련했다.

[표 7] 오레오 글쓰기 역량증진과 역량평가

	역량 증진 방안 항목	역량 평가 방법
주역량 의사소통	오레오맵 이론 수업을 통해 글쓰기의 새로운 모델을 학습. 다양한 분야의 글을 오레오맵을 활용하여 자신의 글쓰기에 적용함.	중간고사, 기말고사에서 의사소통과 관련된 다양한 문제를 이해하고 정확한 답안을 제시하는 것을 정량 평가하며, 분석적, 비판적 사고로써 주제에 대해 이해하고 표현하는 글쓰기 능력을 정성 평가함.

부역량1 창의적 문제해결	정치 사회 문화 등 다양한 주제에 대해 자신의 생각을 전달할 수 있도록 함. 타인의 생각과 자신의 생각이 어떻게 다른지를 확인하며 창의적 생각을 갖도록 함.	조별활동과 워크시트에서 논제에 대한 토의, 대안 제시 및 결과물 산출, 개인 글쓰기의 창의적 사고와 표현 능력을 글쓰기 과제로 평가함.
부역량2 자원활용	글쓰기를 통해 다양한 정보를 수집해야 함. 수집된 정보를 분류하고 선택하여 적용하도록 함. 자신이 작업한 결과물을 포트폴리오로 집적하도록 함.	시간관리 및 자기주도적 학습관리를 포함한 자기관리능력을 과제 이행여부, 과제 제출 시간 준수 등으로 평가함.
[비고] 실습과제	배점 35% 읽기자료에 대한 준비 및 학습. 오레오맵 워크시트 만들기. 다양한 주제에 대한 에세이 쓰기 실습. 모든 글쓰기 실습은 오레오맵 방법론을 활용. 모든 과제는 LMS로 제출. LMS를 통해 교수자가 피드백.	

위와 같이 학습자의 역량 증진 방안과 그 방안에 맞는 평가 방법을 설계하였다. 이러한 설계를 바탕으로 실제 학습자를 어떻게 평가할 것인지 방안을 마련해 보았다.

학습자 평가 방법 중에서 글쓰기 실습 과제에 대한 배점은 높게 설계해야 학습자가 요구하는 실용적 글쓰기에 부합할 수 있다. 일반적인 이론 수업과 달리 중간고사와 기말고사의 배점이 높지 않고, 글쓰기 과제에 대한 배점이 높아야 한다. 즉 글쓰기의 이론 부분만 학습해서 학점을 잘 받을 수 없고 글쓰기 실습 과제도 성실하게 수행해야만 높은 학점을 받을 수 있다.

글쓰기 실습 과제는 다양한 방식으로 평가하고 있다. 각 주제별로 부과되는 읽기자료 준비, 워크시트 실습에 대한 부분과 에세이 쓰기 실습에 대해 평가하고 있다. 이러한 평가는 총 5회 정도 진행한다. 또한 모든 과제는 종합정보시스템 LMS를 통해 업로드하여 제출받는다. LMS를 통해 업로드 할 경우, 교수자와 학습자 모두 자신이 쓴 글을 1차 과제부터 5차 과제까지

연속적으로 살펴볼 수 있다. 이를 통해 학습자는 자신의 글이 어떻게 변화해 나갔는지를 볼 수 있으며, 교수자는 학습자의 글쓰기가 어떤 방식으로 향상되어 갔는지 한눈으로 평가할 수 있다. 또한 학습자의 글쓰기에 대한 성실함도 살펴볼 수 있다.

글쓰기 실습의 피드백은 LMS를 통해 이루어진다. LMS의 과제게시판에는 교수자가 과제첨삭코멘트를 할 수 있는 기능이 있다. 이 기능을 이용하여 코멘트를 하고, 실제 첨삭은 학생들과의 면담을 통해 해설하여 피드백을 할 수 있다. 학생들과의 면담을 통한 첨삭 피드백은 학급당 학습자의 수와 강의 공간과 시간을 고려하여 학기 초에 결정하고, 이를 오리엔테이션 때 학생들에게 공지하도록 한다.

정기평가인 중간고사와 기말고사는 글쓰기 이론 수업에 대한 내용을 필답고사로 치른다. 단답형과 완성형, 논술형을 혼용하여 문제를 출제하고 평가한다. 토론과 발표는 오레오 글쓰기 방법을 개인별로 하는 게 아니라 조별활동을 통해 오레오맵을 익히는 것이다. 조별로 각자의 논리를 합하고 발표함으로써 자신의 논리와 타인의 논리가 어떠한 변별점이 있는지 살펴볼 수 있는 계기가 된다. 수업 내용 중에서 오레오 글쓰기와 연계되는 부분은 다음과 같다.

[표 8] 오레오를 활용한 글쓰기 수업 주제

주차	수업주제	세부내용
3	오레오맵 활용 방안	오레오맵의 원리와 부가 방법들. 신문(NIE) 활용. 오레오맵 방법론(내 글을 논리적으로 완성하는 방법)과 적용 방안. 오레오맵 워크시트 만들기
4	스토리와 플롯	오레오를 활용한 나만의 스토리텔링. 2020 청춘 인생사전 제작.
5	정서적 언어와 방법	오레오를 활용한 감정을 묘사하는 글쓰기. 오레오를

		활용한 사물과 상황을 새롭게 바라보는 글쓰기.
6	문학 테라피	문학 테라피의 언어와 방법. 오레오식 기억의 글쓰기 (상처 치유의 글쓰기). 오레오를 활용하여 일상을 연결하는 글쓰기.
9	설득과 제안	논증의 언어와 방법. 오레오 심화 글쓰기. : 학교(회사)의 업무적 글쓰기(보고서, 제안서) 실습
12	사회와 세계 인식	오레오 심화 글쓰기. 2030 글로벌 UN 아젠다 주제 찾기(환경, 기아, 에너지, 복지, 노인, 인구). 오레오로 자신의 의견 제시하여 발표하기

글쓰기 실습은 개인별 실습 위주로 진행하며 피드백은 LMS를 통한 간단한 피드백과 1-2명을 선정하여 모두에게 소개하는 피드백 형태로 수업을 진행한다.

과제첨삭 코멘트

1. 적극적으로 자신을 표현하는 방법을 알고 있습니다.

2. 문장을 연결하려 하지 말고, 문장을 짧게 쓰는 연습을 해보세요. 주어+목적어+동사 등의 간결한 문장으로 쓰면 됩니다.

3. 분량이 정해진 과제니 글은 참고문헌을 많이 읽고 인용이나 예로 사용하세요. 즉 자신의 글뿐 아니라 다른 참고서적도 적극적으로 사용하세요. 대신 출처는 분명히 밝히고 써야 하겠죠.

4. 개요를 미리 짜놓고 글을 써보세요. 추후 개요에 관한 수업을 할 겁니다. 그때 잘 살펴보세요. 자신의 주장을 한 단락 쓰고, 이후 주장에 대한 근거를 하나씩 차례대로 쓰면 됩니다.

[그림 6] 과제첨삭 코멘트 게시판의 예(건양대 간호학과 LMS 2020.9.26.)

매주 개인별 글쓰기 실습을 발표하게 함으로써 자신의 생각을 글뿐만 아니라 말로도 잘 전달할 수 있는 기회를 제공한다. 발표 부분은 학습자의 상황과 특성에 따라 좀 더 세심하게 설계할 예정이다.

오레오 수업은 다양한 방법의 글쓰기 과제 수행을 통해 이어진다. 수업 중 이루어질 수도 있고, 수업 외 과제로 이루어질 수도 있다. 논증과 다양한 문화 텍스트를 감상한 후 쓰는 감상비평의 글쓰기, 아이디어 발상법을 이용한 창의적 글쓰기. 2030 글로벌 UN 아젠다 주제를 찾아 조별로 준비하여 발표하는 시간도 갖는다. 글로벌 UN 아젠다 주제는 환경, 기아, 에너지, 복지, 노인, 인구 등의 주제를 중심으로 조별 토론을 통해 선정하려 한다.

중요한 점은 오레오를 통한 글쓰기 수업을 진행했을 시 드러나는 효과에 대한 객관적인 근거를 수업을 구현하여 제시해야 한다. 건양대학교에서 2020년 1학기에 실시한 <오레오 글쓰기> 교과에 대한 강의평가 항목과 결과를 통해 이를 제시하려고 한다. 오레오 글쓰기의 문항별 수업평가는 다음 [표 9]과 같이 분석되었다.

전체 오레오 글쓰기의 수업평가 평균 점수는 85.47로 2020년 대학 전체 평균값인 84.75보다 조금 높은 수치로 나왔다. 가장 높은 항목은 수업에 대한 학생들의 기대치로 8.94가 나왔다. 가장 낮게 나온 질문 항목은 수업내용의 수준과 수업방법으로 8.1이 나왔다. 오레오 글쓰기의 강의평가는 수업개설 분반의 차이로 인해 일반 교양필수 교과와 달리 표본 수치에 큰 차이가 있다. 실용적 글쓰기를 요구하는 학습자들의 필요와 수업모형이 어떤 차이와 합일점이 있는지 수업평가 분석을 통해서 진단해 볼 수 있다.

[표 9] 오레오 글쓰기 학습 효과 항목

현행 글쓰기 수업 수요자 요구 항목	오레오 글쓰기 실현 항목	수업평가 효과 문항 항목	수업평가 항목 분석을 통한 학습 효과
실용적 글쓰기 요구	단위수업 세부 내용 실용적 커리큘럼 실습 내용	2, 3, 4	8.38
글쓰기 수업에 대한 학습자 인식	4차산업혁명시대 글쓰기의 필요성에 대한 과제 제시와 2주차 수업	6	8.22

주당 수업 시간에 대한 학습자 인식	주당 2시간 수업 (특이사항: 온라인 LMS 수업)	1, 5	8.45
학습자 요구 수업방식	개인 글쓰기 실습 위주(피드백) 팀활동은 온라인 수업으로 다시 설계 필요	9, 11	8.35
평가 항목	실습 배점 높게 설계	7, 8	8.1
교양선택 교과목 학습자 요구	1학기 단편적 개설이 아닌 CQI 환류보고서를 통해 매학기 수정하여 연시적 운영	12, 13	8.57

　[표 9]를 보면 현행 글쓰기 수업의 문제점이라 할 수 있는 수요자 요구를 6가지 항목으로 구분한 후, 이 항목을 오레오 글쓰기를 통해 효과적으로 구현할 수 있는 내용에 해당하는 항목을 서로 대조할 수 있다. 그러면 오레오 글쓰기 수업을 듣고 난 후 수업평가를 통해 기존 글쓰기 수업의 부족한 부분을 오레오 수업을 통해 어떻게 효과적으로 실현할 수 있었는지를 계량화하였다. 수치화된 학습 효과는 모든 항목에서 평균값에 해당하는 수치를 보여준다. 수치적으로 다른 항목과의 변별점도 많이 찾아볼 수 없을 정도로 고른 분포를 보이고 있다. 가장 낮은 항목은 '학생들의 특성에 따른 수업'과 '적절한 수업 방법'이다. 이 부분은 코로나19 바이러스로 인한 수업 운영의 변화 때문에 LMS온라인 수업으로 전환되면서 생긴 한계로 파악된다. 실제 오프라인 수업에서 팀활동과 발표 등을 효율적으로 운영하여 학습자 학습 의욕을 더욱 높일 수 있을 것이다. 실습 배점에 대한 부분은 수정해가야 할 지점이다. 또한 가장 높은 결과값은 오레오 글쓰기 수업이 필요하다는 학습자 요구에 대한 항목이다. 앞으로 매학기 수업을 개설하여 양질의 글쓰기 교육의 토대를 마련할 것이다.

[표 10] 2020학년 1학기 오레오 글쓰기 수업평가 분석

2020학년 85.47		2020학년 대학 전체 평균 84.75					
순번	문항	응답요소(단위: 명)					평균
		5점	4점	3점	2점	1점	
1	나는 수업에 적극적으로 참여하였다. (동영상 학습, 질문, 토론 등)	11	7	8	0	0	8.41
2	나는 수업 내용을 이해하고자 예습 또는 복습을 하는 등 적극적으로 노력하였다.	10	8	8	0	0	8.35
3	나는 수업내용을 세부적으로 이해하고 있다.	10	7	9	0	0	8.31
4	교수님은 수업계획서에 강좌의 목표, 교재, 내용, 방법, 성적평가계획 등을 제시하고 안내하였다.	11	9	6	0	0	8.49
5	교수님은 휴강시 보강을 포함한 수업계획 준수를 위해 노력하였다.	11	9	6	0	0	8.49
6	이 수업은 해당분야의 기초적인 지식과 능력이 발전하도록 도움을 주었다.	8	10	8	0	0	8.22
7	수업내용은 학생 특성과 수준을 고려하였다.	8	9	8	1	0	8.1
8	교수님은 적절한 수업방법을 활용하였다.	8	9	8	1	0	8.1
9	교수님은 학생들과 상호작용(LMS이용, 대화방, 문자회신 등)하려고 노력하였다.	10	8	8	0	0	8.35
10	시험은 수업시간에 다룬 주요 내용을 기초로 이루어졌다.	10	8	8	0	0	8.35
11	시험, 퀴즈 또는 과제에 대한 피드백이 이루어졌다.	10	8	8	0	0	8.35
12	이 수업을 친구나 후배들에게 수강하도록 추천하고 싶다.	9	7	10	0	0	8.2
13	본 강의에서 내가 기대하는 학점	15	10	1	0	0	8.94

강의평가를 통한 오레오 글쓰기의 효과 항목은 전반적으로 평균값에 상회하는 결과를 보여준다. 추후 온라인 수업을 통한 글쓰기 피드백은 어떠한 방식으로 이루어져야 할지 논구해야 할 사항이다. 부득이하게 이루어진 글쓰

기 온라인 수업을 어떻게 효과적으로 운영해야 할 것인지에 대한 연구는 또다른 자리에서 수행되어야 한다. 수업 개설의 한계로 인해 이 결과값을 일반화시킬 수는 없지만 다음과 같은 소수의 주관식 의견 또한 분석할만한 결과로 평가할 수 있다.

[표 11] 오레오 글쓰기 수업 평가 주관식 학생 의견

의견 내용
좋은 글도 알려주시고 수업이 너무 재미있습니다.
이해하기 쉽고, 오레오 글쓰기를 통해서 글쓰기가 조금 더 수월해졌다.
코로나로 인한 온라인 강의라 많이 당황하셨을 텐데 온라인 강의여도 수업의 질이 매우 좋았습니다.
대면 강의를 못했다는 점이 아쉬웠다.
제 글에 대해 피드백 해주셔서 정말 감사합니다. 어디서 쉽게 배우지 힘든 것들을 수업을 통해서 정말 많이 배우고 있습니다. 감사합니다.

수업평가가 아닌 설문조사를 통해 수업의 전과 후를 비교해보는 방법론도 적절할 것이다. 앞으로 부족한 부분은 수업개선 CQI보고서를 통해 더욱 보완 수정해 가면서 수업 프로그램을 설계해야 한다. 오레오 글쓰기가 기존의 글쓰기와 비교하여 어떤 효과가 있는지는 더욱 많은 경험을 축적하여 논증할 만한 데이터와 근거를 마련할 것이다.

5. 결론

본 과제는 OREO맵을 활용한 글쓰기 교과를 효과적으로 수업에 장착하는 방법론에 대한 논구이다. 많은 대학들은 미국 MIT공대에서 시작한 논리적

글쓰기의 모델을 적용한 논증의 글쓰기를 주된 방법론으로 원용하고 있다. 또한 미국의 대학들은 논증의 글쓰기와 정서적 글쓰기 교육을 병행하고 있으며, 정치 사회 교육 문화 환경 등 다양한 주제에 대한 자신의 관점을 글쓰기를 통해 구현하는 교육 프로그램을 갖고 있다. 한국의 대학(서울대의 경우)에서도 WAC(전공연계 글쓰기, Writing Across Curriculum)와 같은 글쓰기 프로그램을 개발하여 이를 실제 글쓰기 교육 방법론으로 시행하는 등 다양한 방법론을 개발하고 있다. 하지만 이러한 교육개발은 많은 연구진과 교수진이 참여하여 이를 운영할 수 있는 글쓰기 교육 센터 등의 인프라가 구축되어야만 가능한 일이다.

오레오맵은 실제 수업에서 수행하기 좋은 모델이다. 즉 오레오는 익히기 쉽고 적용하기 쉽다. 글쓰기 이론 교육이 너무 복잡하거나 난해하면 글쓰기에 오히려 역효과가 나기도 한다. 글쓰기는 어렵고 복잡한 것이라는 선입견이 오래도록 자리잡아 글쓰기에 대한 거부감으로까지 확대될 수 있다. 또한 오레오맵을 통한 글쓰기 방법은 하나의 공식으로 학습할 수 있다. 글도 어렵지 않게 쓰면서 판단력, 논리적인 사고력, 전달력, 설득력까지 습득할 수 있는 방법론이다. 또한 피드백을 통해 글쓰기 능력의 변화와 발전을 직접 확인할 수 있다.

글쓰기 피드백에 대해서는 별도의 연구가 더 논의되어야 한다. 대학의 글쓰기 피드백은 첨삭과 짧은 코멘트를 통해 이루어졌다. 이는 추후 학습자의 수업 인원과 일대일 피드백을 제공할 수 있는 수업 구조를 설계한 후 폭넓은 결과값을 산출해야 할 것이다. 효과적인 글쓰기 피드백에 대한 방법론은 일정 기간 수업에 적용해보고 향후 가장 효과적인 방법론을 선정하여 운영하면 된다. 특히 피드백은 학교의 특성, 학과의 특성에 따라 그 방법이 달라질 수 있다.

아쉬운 점은 아직까지 오레오를 통한 글쓰기 수업이 시작 단계이며, 수업의 효과에 대한 결과치가 아직 계량화되어 있지 않다는 점이다. 이러한 점은 다양한 방식으로 수업에 오레오 글쓰기를 접목하고, 이에 대한 효과를 입증할 수 있는 경험이 축적되어야 하는 향후 연구 과제를 안고 있다.

글쓰기의 가장 중요한 교육적 효과는 자기 주도적 표현 즉 자기의 생각과 의견을 적극적으로 드러내는 글쓰기 경험을 갖게 하는 것이다. '오레오 글쓰기'는 이를 극복하기 위한 하나의 방법이 될 수 있을 것이다.

참고문헌

1. 기본자료

구자운, 『벌거숭이 바다』, 창작과비평사, 1976.
김안, 『아무는 밤』, 민음사, 2019.
박용래, 『박용래 전집』, 창작과비평사, 1984.
여정, 『벌레 11호』, 문예중앙, 2011.
유형진, 『피터래빗 저격사건』, 랜덤하우스코리아, 2005.
이민하, 『환상수족』, 열림원, 2005.
이산하, 『악의 평범성』, 창비, 2021.
이승훈, 『나는 사랑한다』, 세계사, 1997.
_____, 『시집 샤갈』, 탑출판사, 1987.
이원, 『야후!의 강물에 천 개의 달이 뜬다』, 문학과지성사, 2001.
이형기, 『이형기 시전집』, 한국문연, 2018.
정재학, 『광대소녀의 거꾸로 도는 지구』, 민음사, 2008.
_____, 『모음들이 쏟아진다』, 창비, 2014.
허만하, 『길과 풍경과 시』, 솔, 2002.
_____, 『물은 목마름 쪽으로 흐른다』, 솔, 2002.
_____, 『비는 수직으로 서서 죽는다』, 솔, 1999.
_____, 『시의 근원을 찾아서』, 랜덤하우스중앙, 2005.
_____, 『청마풍경』, 솔, 2001.
황병승, 『트랙과 들판의 별』, 문학과지성사, 2007.

2. 단행본

권영민, 『한국현대문학사』, 민음사, 2002.

김병국 외, 『비판적 사고와 글쓰기』, 문경출판사, 2020.

김윤식 김현, 『한국문학사』, 민음사, 1996.

김종회·최혜실 편저, 『사이버 문학의 이해』, 집문당, 2001.

김종회 편저, 『사이버 문화, 하이퍼텍스트 문학』, 국학자료원, 2005.

김준오, 『도시시와 해체시』, 문학과비평사, 1988.

_____, 『시론』, 삼지원, 1982.

김채환, 『디지털과 미디어』, 이진출판사, 2000.

김학동, 『한국 전후 문제시인 연구 1』, 예림기획, 2005.

나카무라 유지로, 『토포스』, 박철은 역, 그린비, 2012.

나카야마 겐, 『현자와 목자』, 전혜리 역, 그린비, 2016.

니콜라이 하르트만, 『미학』, 전원배 역, 을유문화사, 1983.

로지 잭슨, 『환상성』, 서강여성문학연구회 역, 문학동네, 2004.

마우리치오 랏자라또, 『기호와 기계』, 신병현 역, 갈무리, 2017.

모리스 블랑쇼, 『문학의 공간』, 이달승 역, 그린비, 2010.

문학사와비평연구회 편저, 『1950년대 문학연구』, 예하, 1991.

미르치아 엘리아데, 『이미지와 상징』, 이재실 역, 까치, 1998.

미셸 푸코, 『담론과 진실』, 심세광 역, 동녘, 2017.

_____, 『주체의 해석학』, 심세광 역, 동문선, 2007.

발터 벤야민, 『독일 비애극의 원천』, 김유동·최성만 역, 한길사, 2009.

상허학회 편저, 『한국 근대문학 양식의 형성과 전개』, 깊은샘, 2003.

송기한, 『한국전후시와 시간의식』, 태학사, 1996.

송숙희, 『150년 하버드 글쓰기 비법』, 유노북스, 2018.

시와세계 편저, 『이승훈의 문학탐색』, 푸른사상, 2007.

아지자 올리비에리 스크트릭, 『문학의 상징 주제 사전』, 청하, 1989.

에드워드 렐프, 『장소와 장소상실』, 김덕현 역, 논형, 2005.

오형엽, 『알레고리와 숭고』, 문학과지성사, 2021.

_____, 『환상과 실재』, 문학과지성사, 2012.

울리히 바이스슈타인, 『비교문학론』, 이유영 역, 기린원, 1989.

월터 옹, 『구술문화와 문자문화』, 이기우 역, 문예출판사, 1996.

윤호병, 『비교문학』, 민음사, 1994.

이상옥, 『앙코르 디카시』, 국학자료원, 2010.

이선이 편저, 『사이버 문학론』, 월인, 2001.

이승훈, 『시론』, 태학사, 2005.

_____, 『시적인 것도 없고 시도 없다』, 집문당, 2003.

_____, 『정신분석 시론』, 문예출판사, 2007.

_____, 『포스트모더니즘 시론』, 세계사, 1991.

_____, 『해체시론』, 세계사, 1998.

이재훈, 『나는 시인이다』, 팬덤북스, 2011.

이창민, 『현대시와 판타지』, 고려대학교출판부, 2008.

이-푸 투안, 『공간과 장소』, 심승희 역, 대윤, 2007.

쥘리아 크리스테바, 『검은 태양』, 김인환 역, 동문선.

지크문트 프로이트, 『무의식에 관하여』, 윤희기 역, 열린책들, 1997.

최기숙, 『환상』, 연세대학교출판부, 2007.

최병우, 『다매체 시대의 한국문학 연구』, 푸른사상, 2003.

캐스린 흄, 『환상과 미메시스』, 한창엽 역, 푸른나무, 2000.

피터 브룩스, 『육체와 예술』, 이봉지 역, 문학과지성사, 2000.

한국현대문학회 편저, 『한국 문학의 양식론』, 한양출판, 1997.

3. 논문 및 평론

간호배, 「박용래 시에 나타난 토포필리아」, 『한국근대문학연구』 20권, 한국근대문학회, 2019.

강희안, 「박용래 시의 상징 이미지와 공간 지각 현상」, 『비평문학』 29호, 한국비평문학회, 2008.

고봉준, 「김수영 문학에서 '시인'과 '시쓰기'의 의미」, 『민족문학사연구』 68, 민족문학사연구소, 2018.

구모룡, 「시와 사유가 끝 간 데」, 『시인수첩』 가을호, 문학수첩, 2011.

권정현, 「대학 글쓰기 교과를 위한 온라인 첨삭 프로그램 운영 요건과 개선 방안」, 『사고와표현』 32권, 한국사고와표현학회, 2020.

김경희, 「미셸 푸코의 '진실의 용기'에 대한 소고」, 『여성연구논집』 26, 여성문제연구소, 2015.

김미덕, 「내부고발(자)의 근본적 특징: 파레시아, 진실 말하기 혹은 비판」, 『민주주의와 인권』19, 전남대학교 5.18연구소, 2019.

김미영, 「회화와 문학의 비교매체론-일제강점기 조선근대회화와 조선근대문학을 중심으로」, 『한국현대문학연구』28, 한국현대문학회, 2009.

김미정, 「탁류의 토포스」, 『한국문학이론과비평』55집, 한국문학이론과 비평학회, 2012.

김민정, 「대학 글쓰기 교육에서의 '반성적 쓰기'의 활용과 의의」, 『한국문학이론과 비평』제45집, 한국문학이론과 비평학회, 2009.

김선희, 「비판, 파르헤지아 그리고 아이러니 상이성의 공존을 위한 철학적 사유」, 『인문과학연구』17, 강원대학교 인문과학연구소, 2007.

김양희, 「매체의 변화에 따른 시 변화 양상 연구」, 한양대 대학원 박사학위논문, 2001.

김열규, 「Topophilia: 토포스를 위한 새로운 토폴로지와 시학을 위해서」, 『한국문학이론과 비평』제20집, 한국문학이론과 비평학회, 2003.

김중일, 「2000년대 시에 나타난 환상성」, 『한국문화기술』1-1, 단국대학교 한국문화기술연구소, 2005.

김철교, 「예술의 융복합과 고정된 틀로부터의 자유-시와 미술을 중심으로」, 『한국시학연구』49, 한국시학회, 2017.

김치헌·원만희, 「글쓰기 상담지도 모형 연구」, 『반교어문연구』40호, 반교어문학회, 2015.

김홍중, 「멜랑콜리와 모더니티」, 『한국사회학』40, 한국사회학회, 2006.

김효중, 「한국 현대시에 수용된 샤갈의 그림-이승훈의 시집 샤갈을 중심으로」, 『어문학』, 한국어문학회, 1999.

노철, 「디지털 시대의 현대시 형태와 인식에 관한 연구」, 『국제어문』23, 국제어문학회, 2001.

류신, 「멜랑콜리 시학」, 『한국문학과 예술』9, 한국문학과예술연구소, 2012.

박상수, 「애도와 멜랑콜리 연구」, 『상허학보』49, 상허학회, 2017.

박상준, 「'陶器'적 상상력과 전통서정시-구자운의 50년대 시를 중심으로」, 『겨레어문학』제21-22집, 겨레어문학회, 1997.

박진영, 「1960년대 소설에 나타난 '광장', '시장'의 토포스」, 『열린정신 인문학연구』16집, 원광대학교 인문학연구소, 2015.

박춘희, 「대학의 학술적 글쓰기에서 개요 작성 지도 방법론과 개선 방안」, 『국제어문』81호, 국제어문학회, 2019.

박현수, 「김소월 시의 보편성과 토포스 연구」, 『한국현대문학연구』7, 한국현대문학회,

1999.

박혜숙, 「한국 현대시의 환상성」, 『새국어교육』 76, 한국국어교육학회, 2007.

서정혁, 「대학의 교양교육과 글쓰기 교육」, 『독서연구』 제15호, 한국독서학회, 2006.

손민영, 「이미지 리터러시와 직유를 활용한 자기발견 글쓰기」, 『문화와 융합』 41권, 한국문화융합학회.

송승환, 「허만하 시의 수직 지향 연구」, 『우리문학연구』 제26집, 우리문학회, 2009.

송지언, 「대학 글쓰기의 감상-작문 통합 수업 연구」, 『문학치료연구』 32권, 한국문학치료학회, 2014.

신지영, 「로컬리티와 가치전환의 사유」, 『사건, 정치의 토포스』, 소명출판, 2017.

심은섭, 「이승훈 시의식의 변천 양상 연구」, 『한국문예비평연구』 제34집, 한국현대문예비평학회, 2011.

안상욱, 「아리스토텔레스의 토포스가 가진 정의와 속성」, 『범한철학』 제97집, 범한철학회, 2020.

엄경희, 「박용래 시에 나타난 게니우스와 헤테로토피아의 장소 경험」, 『국어국문학』 198호, 국어국문학회, 2022.

여지선, 「한국 현대시에 나타난 마르크 샤갈 수용 양상-김영태와 이승훈을 중심으로」, 『비교문학』 제65집, 한국비교문학회, 2015.

오형엽, 「멜랑콜리의 문학비평적 가능성」, 『비평문학』 38, 한국비평문학회, 2010.

원구식, 「왜, 환상인가?」, 『현대시』 1월호, 한국문연, 2010.

이성우, 「디지털 기술과 한국 현대시」, 고려대 대학원 박사학위논문, 2005.

이성혁, 「위기 속의 비평과 시의 미학적 윤리」, 『창작과 비평』 178, 2017.

이승은, 「'대학글쓰기'의 특수성에 관한 한 고찰」, 『비교한국학』 vol.25, 국제비교한국학회, 2017.

이연승, 「이승훈 시의 미학적 특성에 관한 연구」, 『한국언어문화』 제33집, 한국언어문화학회, 2007.

이윤정, 「김춘수 시에 나타난 회화의 수용 양상」, 『인문과학연구』 24, 강원대학교 인문과학연구소, 2010.

이찬, 「이승훈 시론 연구-이론의 변모 과정을 중심으로」, 『Journal of Korean Culture』 6, 한국어문학회, 2004.

이창민, 「한국 현대시의 환상성 연구」, 『우리어문연구』 27, 우리어문학회, 2006.

이혜진, 「한국의 대학 교양 글쓰기 교육의 현황과 미래」, 『한국문예창작』 18권, 한국문예창작학회, 2019.

임수영, 「디지털 시대에 직면한 한국 현대시의 변화상 연구」, 『인문논총』 72-2, 서울대학교 인문학연구원, 2015.

임지연, 「시적 파르헤지아에 대하여」, 『오늘의 문예비평』 67, 2007.

장세룡, 「사건, 정치의 토포스에서 로컬 서사와 로컬 주체」, 『사건, 정치의 토포스』, 소명출판, 2017.

전혜리, 「미셸 푸코의 철학적 삶으로서의 파레시아」, 이화여자대학교 대학원 석사논문, 2015.

정끝별, 「21세기 현대시와 멜랑콜리의 시학」, 『한국문예창작』 24, 한국문예창작학회, 2012.

정희모, 「대학 글쓰기 교육의 현황과 방향」, 『작문연구』 제1집, 한국작문학회, 2005.

_____, 「대학 작문 교육과 학술적 글쓰기의 특성」, 『작문연구』 제21집, 한국작문학회, 2014.

조강석, 「빈 숲에 야생의 꽃 피었다」, 『현대시』 7월호, 한국문연, 2006.

조난주, 「담론적 실천으로서 파레시아」, 『시대와 철학』 31, 한국철학사상연구회, 2020.

조동구, 「자아탐구와 시쓰기의 문제-이승훈론」, 『현대문학의 연구』 10권, 한국문학연구학회, 1998.

조용훈, 「회화 시 소설의 상호 텍스트성 연구」, 『한국문학이론과 비평』 제29집, 한국문학이론과 비평학회, 2005.

진은영, 「문학의 아토포스: 문학, 정치, 장소」, 『현대문학의 연구』 48호, 한국문학연구학회, 2012.

최문규, 「근대성과 심미적 현상으로서의 멜랑콜리」, 『독일현대문학』 24, 한국뷔히너학회, 2005.

최은영, 「'글쓰기' 과목의 과정중심주의 평가 방법 연구」, 『순천향 인문과학논총』 제37권, 순천향대학교 인문과학연구소, 2018.

최현식, 「환상(성), 사전 혹은 실재를 구성하다」, 『현대시』 1월호, 한국문연, 2010.

한상철, 「박용래 시의 장소 표상과 로컬리티」, 『비평문학』 58호, 한국비평문학회, 2015.

황인원, 「1950년대 시의 자연성 연구: 구자운, 김관식, 이동주, 박재삼 시를 중심으로」, 성균관대 박사학위논문, 1999.

이재훈

1998년 『현대시』로 등단하여 작품활동을 시작했다. 시집으로 『내 최초의 말이 사는 부족에 관한 보고서』(문학동네), 『명왕성 되다』(민음사), 『벌레 신화』(민음사), 『생물학적인 눈물』(문학동네). 저서로 『현대시와 허무의식』(한국학술정보), 『딜레마의 시학』(국학자료원), 『부재의 수사학』(작가와비평), 『징후와 잉여』(경진출판), 대담집 『나는 시인이다』(팬덤북스)가 있다. 한국시인협회 젊은시인상, 현대시작품상, 한국서정시문학상, 김만중문학상을 수상했다. 중앙대 문예창작학과에서 문학박사 학위를 받았다. 현재 건양대학교 휴머니티칼리지 교수로 재직하면서 글쓰기와 문학을 강의하고 있다.

환상과 토포필리아

초판 1쇄 인쇄 2023년 10월 20일
초판 1쇄 발행 2023년 10월 30일

지은이 이재훈
펴낸이 이대현
편집 이태곤 권분옥 임애정 강윤경
디자인 안혜진 최선주 이경진 | **마케팅** 박태훈
펴낸곳 도서출판 역락 | **등록** 1999년 4월 19일 제303-2002-000014호
주소 서울시 서초구 동광로46길 6-6 문창빌딩 2층(우06589)
전화 02-3409-2060(편집부), 2058(영업부) | **팩스** 02-3409-2059
전자우편 youkrack@hanmail.net | **홈페이지** www.youkrackbooks.com

ISBN 979-11-6742-584-3 93800

정가는 뒤표지에 있습니다.
파본은 교환해 드립니다.